李培战 著

李培战散文集

陕西新华出版传媒集团
太白文艺出版社·西安

图书在版编目（CIP）数据

李培战散文集 / 李培战著. -- 西安：太白文艺出版社，2022.1（2023.2重印）
ISBN 978-7-5513-2052-8

Ⅰ.①李… Ⅱ.①李… Ⅲ.①散文集－中国－当代 Ⅳ.①I267

中国版本图书馆CIP数据核字(2021)第188590号

李培战散文集
LI PEIZHAN SANWENJI

作　　者	李培战
责任编辑	杨　匡　张馨月
封面设计	李培战
版式设计	建明文化
出版发行	陕西新华出版传媒集团 太白文艺出版社
经　　销	新华书店
印　　刷	三河市嵩川印刷有限公司
开　　本	787mm×1092mm　1/16
字　　数	250千字
印　　张	17.25
版　　次	2022年1月第1版
印　　次	2023年2月第2次印刷
书　　号	ISBN 978-7-5513-2052-8
定　　价	58.00元

版权所有　翻印必究
如有印装质量问题，可寄出版社印制部调换
联系电话：029-81206800
出版社地址：西安市曲江新区登高路1388号（邮编：710061）
营销中心电话：029-87277748

贾平凹题写书名

曹谷溪题赠"美在心灵"

李培战与文化学者、著名评论家肖云儒

李培战与著名文艺评论家、西安音乐学院教授仵埂

李培战与陕西省作家协会副主席、陕西师范大学文学院教授朱鸿

李培战与陕西省作家协会副主席、鲁奖获得者阎安

李培战与著名评论家、西安建筑科技大学文学院教授韩鲁华

李培战与秦文化专家、西安市委党校教授王琪玖

散文的味道
——《李培战散文集》序

文 / 陈长吟

有一种审美叫味道。酒席桌上吃味道，欣赏字画看味道，音乐会上听味道，散文呢，也要读味道。

味道是什么，理论上不一定说得清楚，更多的是头脑里的感觉，是一种形而上的总结。

味道的形成，来自原材的选择，佐料的加入，制作人的手艺，等等。

这是我读了李培战的散文《咥面》后的感想。培战通过他的经历和体验，把一碗面食写得有滋有味，让人垂涎三尺。

我觉得，培战的作品，除了《咥面》，还有《鼓缘》《阿黄的故事》《母亲的荣耀》《醉柏》诸篇，是有味耐读的东西。其味首先来自真情的流露，一碗面、一面鼓、一盆花、一条狗，都在他的生命中留下了难忘的记忆，提起笔来不吐不快。其次是细节的渲染，吃面时的环境、阿黄的悲惨结局、擂鼓的情景等，都给读者留下了深刻的印象。还有就是语言的精练，他这么年轻，文字却这般老到，我真没想到。

其实，最让我有共鸣的，是那篇《汉水悠悠》。我与培战在年龄上是两代人，平素来往较少，偶有微信交流。读了这篇散文，我才知道，原来我们早有交集，是在那个叫青套的地方。

青套是陕南一个偏僻的村子，当年系安康县唯一的不通公路的乡政府所在地（现在改成村了），前往者需要乘船渡过汉江，然后在蜿蜒的山道上步行许久才能抵达。20世纪80年代末期，我参加社会主义教育运动，在青套乡住了几个月。那儿山大人稀，小路崎岖难行，社教干部吃的是百家饭，一天转一家，翻岭过沟，户户都得走到。饭食简单，蔬菜很少，但每顿都有自家酿的红苕酒。小学校只有几间教室，白天上课，晚上就成了乡村妇女计划生育结扎用的手术室，时时有呻吟声传出……青套留给我的记忆，是遥远、偏僻又凄凉。多年后，李培战也去青套实习，也在这些教室里上课，当然，他的记忆是温暖的，有难舍的学生们和感人的孙老师，还有暖心的送行场面。

培战在文章的最后写道："一晃，十五年过去了，我却没有回过青套一次。"对我来说，三十年过去了，我再没踏上去青套的山路。

时代不同，年龄不同，我与培战的青套记忆，大相径庭，各有其味。

写出各自的味道，这是创作规律。

陕南的稻谷有山水的清香，关中的面食有厚土的筋道。

合篇之后，能让人琢磨、回味，便是好散文。

希望培战在今后的创作中，选材更广一些，用笔更精致一些，味道更醇厚一些，形成自己的味儿，带着自己的标签，这是成功之道，也是每个写作者应该追求的艺术目标。

2021年秋日写于西安迎春巷

（作者系中国散文学会副会长、陕西省散文学会主席、西北大学现代学院文学院院长，著名散文家、研究员、教授。）

目录

第一辑 文学的家乡

3　鼓缘

6　阿黄的故事

10　记忆里的曾祖母

15　哑面

19　水盆羊肉

23　渭北过年

28　怀念婆

31　我的先生爷

37　老姨

40　父亲和他的苹果树

48　母亲的荣耀

53　纸风筝

57　老堡子记忆

第二辑　三秦散记

65　醉柏

68　你好，延安

72　情系延安

76　"非常规"的赵季平

80　与贾平凹老师换月饼

84　李瞎子的故事

87　炕味

90　秦人秦雨

92　秦地之秋

94　春之雪

97　汉水悠悠

第三辑　岁月的诉说

105　灰色的日子里

110　学在囧途

114　买辆自行车

118　卖桃

120　三棵树

123　说导游

127　一棵龟背竹

130　我的文学缘起
133　亦师亦友李印功
137　岳父李景楼先生
141　岳母王雅珠女士
144　姐夫哥先生
148　结婚十年

第四辑　唐仁古韵

157　李白的酒
161　仁者杜甫
165　冬游九娘峪
167　陈炉游记
169　林皋湖漫游记
171　《了凡四训》新说

第五辑　文字里的芬芳

175　人生在世，不过一场"暂坐"
181　古朴的散文
185　吼一声"阿宫"，浑身舒坦
189　文学的暖流
194　厚土情深

196　小说不仅仅是讲故事

第六辑　与文学名家"面对面"

202　遇见贾平凹老师
208　三访曹谷溪之一
213　三访曹谷溪之二
219　三访曹谷溪之三
224　听党益民老师谈写作
228　玉祥门外初见何群仓老师

附录

233　读李培战《我的文学缘起》之感
236　陕西文坛明天将更美好
240　写给培战
243　培战系列散文对我们的启示
247　散是形式　文是内涵
251　寥寥数笔似当面　惊鸿一瞥曹谷溪

259　后记

第一辑　文学的家乡

鼓　缘

　　我生长在陕西富平，这片土地富庶太平。富平老鼓，就是古时的人们为了守护这片热土而擂响的战鼓。我自幼便与这老鼓结下了不解之缘。

　　富平老鼓，闻名天下，尤以老庙镇老鼓最具盛名，素有"声震十里八乡"之说。少则一盘鼓，三四副镲锣，数人就能开；多则五十盘鼓，上百号鼓手，锣、镲手排好方阵，那场面就极其壮观、震撼了。一槌下去，九州雷动，大地轰鸣，如暴风骤雨，空气也跟着亢奋了起来。老庙老鼓鼓点密集，节奏紧张，昂扬激越，似千军万马破冰而来，势不可当。生活在这里的人们世世代代爱着老鼓。

　　父亲认为我是个打鼓的好苗子，特地请师傅来教我。出于好奇，我欣然答应了。教我的师傅年近古稀，精通音律，是方圆几十里出了名的老鼓艺人。但凡有鼓声的地方，就会有他的影子。他长期打鼓，肤色黝黑，个头不高，但看上去干脆利落。他的大儿子叫录娃，大伙就称呼他录娃大（大是父亲的意思）。我管师傅叫任爷。前几次，任爷先是把鼓谱抄给我，逐一指着上面的符号，讲解不同符号代表的含义。我偷偷把鼓谱夹在语文书里，早读时哇啦哇啦背，不出几日，已烂熟于心。任爷不善言辞，但到了关键处，他总会手把手来教。有时担心我不懂装懂，还非要让我独自完成一遍。富平老鼓花样繁多，比如"梅花鼓""缠穗子""叮叮咣""老婆走"等，他都会一一教给我，极具耐心。

可大量的训练仍需在家完成。父亲希望我沿用他拿筷子敲碗的方法来练习，母亲说敲碗不祥，将来要讨饭。父亲灵机一动，他把家里的铁桶翻过去，桶底朝上，又爬上门口的桐树折了两根短木枝，稍作拾掇，当作鼓槌。他笑着说，就用这"铁鼓"练习吧。小是小了点，但总算有了鼓的模样。"咚咚当当"的打击声是童年最动听的音符。某天，父亲下地回来，见我忧心忡忡地呆坐在院子，问我怎么不练了，我斜了一眼打落在一旁的桶底。

进入腊月，结婚的人就会越来越多。那天下午，任爷找到我，说他揽了活儿，要我去雇事。由于第一次出场子，激动加兴奋使我彻夜未眠。天还没有亮，任爷就喊我出门。雇主家离这里还有近三公里路，我们步行前往。任爷把一条羊肚手巾裹在头上，双手背在身后，仍不说话，我紧跟其后，活脱脱爷孙俩。将来我也会是任爷这般模样吗？我心里想。

迎亲队伍即将出发了，主家说趁着人多，敲上一阵。任爷示意我第一个上。为了防止鼓槌滑落，我往手上啐了口唾沫，来回搓了几下。周围的人很快凑了上来。他示意我打一盘《鹁鸽旋窝》。《鹁鸽旋窝》表达的是人民群众对幸福安宁生活的一种美好愿望，特适合这喜庆的场合，但这盘鼓动作难度极大，要将鸽子觅食、起飞、盘旋、回巢等一系列动作表现出来，与其说是打鼓，倒不如说是舞鼓。我紧紧攥住鼓槌，暗暗告诉自己，绝不能丢了任爷的脸。随即左脚往后一蹬，右腿紧紧顶住鼓身，呈弓形，双手灵活地挽了几个花子，这便是序曲。紧接着四肢舞动，眼睛跟随着舞动的鼓槌一起上下跳跃，时而如脱缰的野马，时而如低回的春燕，完全忘了自我，忘了周围的人。真是越擂越起劲，越擂越热烈。汗水在尽情地挥洒，热情在自由地释放，整个屋子里沸腾了起来。好一个富平老鼓！潮水般的掌声不断在耳畔响起。打完时，我已是上气不接下气，如同长跑刚到终点，极度缺氧。主家高兴，朝我扔了一盒烟。此时周围已被观众围得水泄不通。任爷满心欢喜，激动得热泪在眼眶里打转。

稍稍平静后，我感到手背有黏糊糊的东西，伸上来看时，全是血，我的六七个手指关节全部在鼓面上磨破了，竟没一点知觉。吃席时，任爷告诉我，新手常常会出现这样的情况，尤其在冬天，天气冷，人的皮肤很脆弱，打鼓的时候，要用鼓槌的前端接触鼓面，切不可平行于鼓面落槌，不然的话，手指容易硌伤。他从口袋里摸出几片创可贴，小心翼翼地缠在我的手指上。下午又打了两盘，任爷夸我表现很棒。那些年，锣鼓队雇事是不挣钱的，主家一般会发一条毛巾和两三盒烟作为酬礼。回家的路上，我把烟塞给了任爷。

时间如白驹过隙，一晃八年过去了。我成了方圆百里名副其实的鼓手，打鼓赚的毛巾塞满了箱子。后来接到了大学录取通知书，便知道自己要去外地求学了。离开家乡的头天晚上，任爷来找我。他看上去苍老了许多，刀刻般的皱纹更深了，背驼得更低。他问我以后还会打鼓吗？我点点头。他说书读多了，该不会忘了鼓谱吧？不会！我已泪眼盈盈。他说，那就好。他转身要离开时又说，老鼓技艺的保护和传承要靠你们这些年轻人，老先人留下来的东西不能小瞧。我说，记住了。

冬去春来，又是几年。大学毕业后，我去了南方。父亲打来电话，说录娃大走了，葬礼办得很简单。我问，请锣鼓队了吗？父亲说没有。挂了电话，我泪如雨下。

2018年7月30日

阿黄的故事

同大多数土狗一样,阿黄极普通,极普通。

阿黄是在一个冬日的黄昏来到我家的。那天,父亲赶集回来,它一路小跑跟在父亲的自行车后面,发出欢快的"汪汪"声。自行车七拐八拐到家后,父亲才惊奇地发现,家里来了一位不速之客。他赶忙从厨房拿出一个馒头,掰成几小块,用母亲锅上淘菜的铝盆盛了些水,俯下身子,将馒头递到小家伙跟前:"来,吃……"父亲不断地重复着:"这狗与咱家有缘。"

小家伙有一双炯炯有神的眼睛,像极了黄宝石。灰黄的绒毛又细又密,尾巴高高翘起,弯成了螺旋状,在太阳的照耀下,越发耀眼。不几日,父亲给它取了一个俗不可耐的名字——阿黄。

阿黄的故事就此开始。而父亲要为阿黄做的第一件事,就是清理掉它身上的跳蚤。在我的印象里,20世纪90年代初,正是农村跳蚤泛滥的年代,炕上、房屋、羊圈、田地,甚至路上,跳蚤无处不在。阿黄身上也是跳蚤的聚居地,常常痒得它抓破皮肤。父亲一蹲下来就是半晌,这也是阿黄一天当中最享受的时刻了,它会背部着地,四脚朝天,眼睛微闭,神情

第一辑 文学的家乡

悠闲,尽量露出全部肚皮和腋窝,极力迎合着父亲的每一个动作,喉咙里时不时发出"呜呜"的感激声。同巷人看见了,说捡来的一条土狗,照看得像自己的娃。父亲听后只是笑了笑,不说话。到了晚上,父亲打着手电筒给阿黄逮跳蚤,我记得父亲把逮到的跳蚤用指甲盖整齐地挤在手电筒的玻璃光罩上,一圈一圈,毫不马虎,构成了一幅怪异的几何图案。

阿黄一天天长大了,父亲说阿黄可以代替他送我去上学了。起初我不以为然,按照父亲事先的安排,到了校门口,我冲着阿黄厉声喊道:"回去!"阿黄果真就像机器人完成提早被写入的程序一样,扭头就离开。渐渐地,我也开始喜欢上了阿黄。但我那时胆小,始终不敢与阿黄近距离接触,父亲为了拉近我和阿黄的距离,也为了锻炼一个小男子汉的胆量,他将自己的一只手放进阿黄嘴里,面带笑容故意说着,咬,咬啊。那一刻,我的心简直提到了嗓子眼儿。奇怪的是,阿黄怎么就不咬父亲的手呢?那时我并不明白其中原委,于是由衷地佩服父亲的勇敢。他让我也尝试着把手放进阿黄嘴里去,我听后,头摇得像拨浪鼓。

几年后,父亲成了村里第一批栽苹果树的果农。果子快要成熟时,阿黄被安排看守果园,它恪尽职守、履职尽责,这倒让父亲省了不少心。可在那天早上,连畔栽果树的王婶气冲冲地找到我家,说昨夜阿黄闯入她家的果园咬伤了九只公鸡。父亲听罢一脸愕然,无以应对。王婶可怜巴巴地说那些鸡是她花光家里所有积蓄买来的。父亲沉默片刻后,说一定给王婶一个交代。一气之下,父亲往自行车后座上别了一根长长的竹条,愤愤地直奔果园。阿黄一见主人,兴高采烈地扑上来迎接,它万万没有想到,招呼它的,是那根长长的竹条。我已经记不清,那天早上父亲在阿黄身上留下了多少条伤疤,它"嗷嗷"的惨叫声让人不寒而栗。王婶让赔她点钱了事。父亲搜寻了家里上上下下里里外外的毛票,总共四十七元五角,阿黄吃鸡之事才一笔勾销。

7

从那天起，我似乎再也没有看到过阿黄与父亲的亲密无间，他们的距离已远到了不可估量的地步。阿黄仿佛对自己的狗生失去了信心，包括吃喝。后来，王婶又买了几只公鸡，可奇怪的是，几日后园里又是一地鸡毛。这次不是阿黄干的，因为它早已被父亲用铁链死死地拴在了树桩上。王婶殚精竭虑，整宿不睡，她终于找到了元凶，竟是黄鼠狼。父亲盯着阿黄发呆，整整一天，像是在乞求阿黄的原谅。阿黄的头转向一边，眼神荒凉，心事重重。

父亲经历了无数个不眠之夜，他希望有机会能向阿黄诚恳地道歉。

"咚咚咚"，天还未亮，外面传来了几声急促的敲门声，惊醒后的父亲披了件外套赶紧出去。又是重重的一声撞门声，父亲大声说："别敲了，来了来了，有什么事不能等到天亮再说，到底是谁呀？"门外没有人回答，父亲隐隐约约听到有人抽泣的声音，他头皮一紧，到底是谁？门外依然没人回答。父亲拉亮电灯，挪开门闩，大门开了。眼前的一幕让父亲终生难忘，只见阿黄横躺在地上，脖颈被勒出了几道血痕，口吐白沫，已是奄奄一息，两条后腿无力地蹬着。父亲跪倒在地，用手不停地抹去阿黄嘴上的白沫。"阿黄！阿黄！"他像是在呼唤自己的孩子，阿黄艰难地呼吸着，眼角流出了一股透明的液体，父亲泫然欲泣。不过，他很快回过神来并当机立断，阿黄一定是遭人下毒了。不好！果园有状况。父亲找到手电筒，骑上自行车火速奔赴果园。果然，偷苹果的几个贼并没有走远，他们用来装苹果的白色化肥袋子在夜里显得格外刺眼。父亲使出浑身力气向看不到尽头的蓝黑色天空吹了一声很响很响的口哨，周围的狗叫声开始此起彼伏，几个早醒的果农闻声跑了过来。

天麻麻亮了，父亲看到拴阿黄的树桩上血迹斑斑，一道一道，像是划在了他的心上，那是阿黄在吃了涂有剧毒的馍块后，垂死挣扎时留下的。阿黄终于挣断了铁链，仅凭最后的一丝气力跑向家里，用自己的身体反复

第一辑　文学的家乡

撞击大门，向主人报信。

　　天空十分昏黑，团团乌云像是要塌下来。父亲怀着沉痛的心情用铁锹在果园里挖了一个方方正正的深坑，他跳下去将底部的土疙瘩一一捡了出来，怕硌着阿黄。阿黄后来是父亲用自行车驮到果园的，就像它当初跟着自行车回家一样，不过这次它睡得很沉，一声不叫。

　　村里人问，你们家的土狗死了？父亲缓缓转过头，仍不说话。

2018年12月22日

记忆里的曾祖母

关中方言里，称曾祖母为老婆，有老婆婆的意思。很庆幸，曾祖母去世近二十年后，我还能时时想起她。记忆里，曾祖母一直坐在老屋门口的圆形石鼓上，那是她小儿子——我五爷的家。曾祖母手里拄着一根竹子做成的拐杖，头发已白得刺眼，却无丝毫凌乱，上身穿一件旧式大襟衣服，上面别着随时用来擦嘴的蓝白格子手帕，黑色宽松的裤子，只有裤脚用布条紧紧地缠裹在一起。

曾祖母问人年龄时只问属相，她能靠掐手指算来：子鼠、丑牛、寅虎、卯兔……最后准能说出周岁多少，虚岁多少。我那时小，不懂十二生肖的学问，对此很是稀奇，故每见曾祖母一次，都会自动报上我的属相，她也总不厌其烦地算我的年纪，我乐在其中。

有一回，五爷的儿子从门口经过，我礼貌性地喊了一句："国正大（这里指叔父）！"没想到这一叫惹恼了坐在石鼓上的曾祖母。她把我叫到跟前，让我蹲下，诘问我："你到底是在叫国正还是在叫大？称呼长辈时，前面不要带名字，以后要改！"我的脸瞬间涨得通红，顿感无地自容。她接着仰头掰了掰手指，又压低嗓门对我说："国正排行为七，你以

第一辑 文学的家乡

后见了他要叫七大,记住了吗?"我不停地点头答应着。

她所纠正的称呼方式,我一时间难以习惯。于是,一连几天,我都没有进老屋去看曾祖母。她经常教导晚辈的那些话,我却能倒背如流:娃娃勤,爱死人;娃娃懒,鞭杆攒。自此,我觉得曾祖母除了印象中的可爱,更有严厉的一面。

小时候,在乡下,家里能包一顿肉饺子,简直就是过年。父亲一大早去集市上割了肉,前脚刚踏进门槛,便对我说:"快去把你老婆搀出来,后响的饭就在咱屋里吃。"我跑到老屋门口,看见曾祖母端端正正地坐在石鼓上,精神焕发。她一见我,立马笑容可掬。"我娃有些日子没来看老婆了。"她说。我说明了来意,她让我回到里屋给五婆说了后,就爽快地跟我朝出走。我那时的身高和她的拐杖高低相当,她一只手扶在我的肩膀上,另一只手拄着拐杖,就这样跟跟跄跄地,在坑洼不平的巷子里前行,两百来米的路常常得走半个钟头。她一边走还要一边说:"老婆这一辈子没亏过人,到老了,儿女子孙都很孝顺,你看看,隔三岔五就有好饭吃。"我那时似懂非懂。把曾祖母接到家里后,曾祖母总是要搭把手,有时择韭菜,有时包饺子。她一边包,一边讲着老早以前的趣事,常常逗得大家一阵阵哄笑。讲到那些已故的好心人时,她总是唏嘘不已,神情凄然;讲到那些胡日鬼倒棒槌最终没有好下场的人时,她往往怒火中烧。

马戏团来喽!看表演喽!村子里几个年龄相仿的孩子欢呼雀跃,奔走相告这一孩童的专属盛事。我飞一般跑了出去,眼见邻村一片空地上搭了一顶又高又大的帐篷,看样子像要挨着天了,周遭围了一圈网绳,足足有一个成年人那么高。帐篷旁边有一个小口,人们手持观看票鱼贯而入,我也夹在当中。忽然,一个戴墨镜的男子拦住我,问我要票。我心想,我哪有钱买票?只好悻悻而退。

我知道没戏了,两块钱不是个小数目,我平时最多才拿过五毛钱。正

11

午，父亲正好下地回来，我硬着头皮对他说："我想看马戏表演。"父亲很坚决地说："不看！"我"哦"了一声。

午后的阳光已不再强烈，知了扯着嗓子叫着，空气却闷得让人窒息。父亲喊我回去午休，我哪能睡着。我独自在村子里瞎转悠，实在没地方去，偏偏又想到了曾祖母。见到她的时候，她依然端端正正地坐在石鼓上，难道人老了就不瞌睡？曾祖母问我："我娃晃荡啥呢？咋不去看马戏？张村不是有河南马戏团来表演吗？"我没有说话，缓缓低下了头，眼睛忽地一阵酸涩。曾祖母看出了我的心事，她笑了笑，一只手伸进衣服里面去，摸索了半天，掏出一个用手帕包裹着的东西，一层一层小心翼翼地打开，原来是钱包。曾祖母拿出两张带着体温的一元钱，问我，够了吗？我说刚好！接过钱，我撒腿就跑。

我是最后一个进场观看马戏表演的观众。虽迟到了，但《空中飞人》《双鬼打架》《老山羊过独木桥》《大变活人》等节目还是让我大开眼界，给我的孩童时期留下了挥之不去的记忆。时至今日，我仍觉得，那是我看过的最好的马戏表演。

上初中那会儿，家里生活变得宽裕，吃肉饺子成了家常便饭。一天，父亲对我说："把你老婆接过来，下午包饺子吃。"我刚要出门，父亲又说："把架子车拉上，你老婆走不动了。"父亲先是往架子车里铺了一张报纸，然后拿来沙发上的坐垫放在上面。我拉着架子车来到五爷家门口，曾祖母还是像以前一样坐在那里，眼神略显暗淡。我说我来拉你吃饺子去。她说，太麻烦了。我打算搀她上架子车，她说自己能行。曾祖母招呼我扶好车辕，她吃力地爬了上去。起先，我推着架子车向前走。曾祖母说，你掉个头，拉着走，省力。我拉着曾祖母一步一步朝家里走，一向健谈的曾祖母突然变得少言寡语，我心里五味杂陈。

不得不承认，曾祖母一天天老了。有一回，我去看她，她紧紧抓住

第一辑　文学的家乡

我的手,去碰触她脸上新长出的老年斑。那些紫黑色的斑点大小不一、凹凸不平,摸得我心里一阵慌乱。曾祖母说她可能活不久了。我赶紧转移话题,让她算算属老鼠的今年多大了。曾祖母伸出右手,迟疑片刻,眼神荒凉地说:"老婆算不了了,十二生肖背不全了。"

　　读高中后,学校要求住校,我见她的机会更少了。一个周末,我完成作业后去看曾祖母。她还是坐在石鼓上,眼睛微闭。我叫了一声:"老婆!"她缓缓地睁开眼睛,让我上前一点,她说眼睛看不清了,耳朵也不好使了。曾祖母用双手紧紧攥住我的手,她的体温我现在还能感觉得到。她问:"你是谁家的娃?"我一怔:"我是战战呀!你的重孙战战呀!"话音刚落,我的眼泪唰地淌了下来。她说:"我娃别哭,老婆知道你是咱屋里的娃,就是猛地想不起你大是谁了,想不起你叫啥了。"曾祖母用她干瘪的手抹去了我脸颊上的泪水。

　　有人说曾祖母老瓜了。上大学期间,一天晚上,母亲打来电话,悲戚地说:"你老婆——老了。"我在电话一头如同着了魔,只愣愣地说了句:"哦,老了!"便挂了电话。

　　曾祖母能够长寿,与五爷、五婆多年如一日的精心照料是分不开的。我依稀记得,每年还不到冬天,五爷就提前准备好了给曾祖母煨炕的柴火,整整齐齐,能堆半个院落。曾祖母去世前的一段日子里,她的儿子儿媳、女儿女婿、孙子孙媳等晚辈都来轮流照顾,喂饭、洗被罩床单、擦洗身子等,陪她走完了人生的最后一程。曾祖母得以寿终正寝,享年九十三岁。埋她的那天,白孝衫连成了一条长龙,恸哭声淹没了整个堡子。

　　关于曾祖母的记忆恍如昨日。曾祖母是经历过历史变迁的跨世纪老人,也是享受过五世同堂的为数不多的幸运者。在那瘟疫肆虐、噩梦缠身的艰难岁月,她从来没有放弃过生的希望,一生含辛茹苦,养育了五儿两女,如今儿孙满堂、家业兴旺。曾祖母的乐观豁达、是非分明,早已成为

13

一种精神传承，渗进了我们每个李家人的血液里。

　　我常常想，一个人死后多年，还能被后人时时忆起，这该是怎样的一个人？愿曾祖母在天堂安乐。

2019年6月21日

咥　面

　　不写点咥面的事，总觉得对不住"我是陕西人"这几个字。

　　陕西的作家文人，大多写过关于咥面的文字。贾平凹老师和朋友开车几个小时花几十块钱的过路费，就为了去耀县（现为陕西省铜川市耀州区）咥当时一元钱一碗的咸汤面。用贾老师的话说，咥面要咥出一头汗来才叫过瘾，才叫滋润！陈忠实老师更爱咥面，有一回去户县（现为陕西省西安市鄠邑区），看着人家过喜事备的臊子面垂涎欲滴，硬是厚着脸皮要了一碗，结果一碗根本不解馋，又亲自盛了第二碗。陈忠实老师笔下的黑娃更是爱咥田小娥亲手做的面，一碗不够还要一碗。

　　陕西人把"吃面"叫"咥面"。咥，绝不是细嚼慢咽，恰恰相反，它是一种近乎狼吞虎咽的吃法。咥面的人或坐或圪蹴，捧起老碗，挑起面条，吸溜几声，光溜溜的碗底就露了出来，要是再喝一碗面汤，才叫美。难怪《说文解字》把"咥"释义为"咬"之外，还有一种"xi"的读音，从口至声，大笑也。细一琢磨，还真是这回事，面从嘴里入，发出"吱溜"的声音，这不是"从口至声"嘛！咥完面，整个人也精神了，当然大笑也。看来，陕西人还真是把"咥"理解得相当透彻。

在我看来，这"咥"还有快、用时短的意思。咥面，是可立马遂的事。要是一碗面半天咥不完，一定是面不香或食者饭量太小。当然，咥不仅仅有吃的意思，比如说"咥活"，就有厉害、干大事的意思；再比如说，把这货"咥"一顿，千万不能理解为把他一顿吃了，那就闹出天大的笑话了，"咥一顿"就是打一顿。但无论作何解释，都无法掩饰陕西人骨子里头的粗犷、豪爽和雷厉风行。

我在小的时候，其实不爱咥面。原因很简单，家里几乎天天下午都做面，别说吃，就是看也看饱了。那时候总觉得咥面太普通，是个人都能咥面，于是恳求母亲做改样饭，比如饸饹、麻食、煎豆腐、水饺、凉粉等，这当中我最喜欢的是水饺，但必须是肉馅的，菜馅水饺我一概不吃。这在当时，其实给父母出了难题，哪有闲钱隔三岔五去割肉？所以，越是想吃，越吃不到，只好盼着过年过节美美地咥一顿，末了，还要落下个"嘴馋得很"的名声！

真正爱上咥面，是读高中后，也是最初离家的时候。二姑家离学校近，每逢周五放假，二姑总会给我准备一碗香喷喷的油泼棍棍面，咥完后，浑身上下都有了劲，骑上自行车，一口气蹬几公里路回家。二姑家条件好些，葱花油多，搅匀后的面条也玉带似的，除了香，下口还利；辣子油也多，咥完嘴唇就像抹了口红。咥面时剥几瓣紫头青皮蒜就着，更过瘾。现在回想起二姑家的那碗棍棍面，依然满口生津。

姐夫哥带我去西安东郊田王一家面庄吃饭，在那儿，我第一次吃到杨凌蘸水面。姐夫哥要两根，我也跟着要两根。早听闻陕西八大怪之一的"面条像裤带"，说的正是杨凌蘸水面，没敢多要，怕吃不完浪费。杨凌蘸水面的汤汁和面是分开来放的，放面的盆子大到不能单手托起，盛汤汁的碗较小，夹起一根裤带面，挑高，然后拖到汤汁碗里，轻轻一匀，即可入口。蘸水面光滑顺溜，也筋道，汤汁配料更是丰富，酸酸的，很养胃。姐夫哥问我两根

第一辑 文学的家乡

能吃饱不,我嘿嘿一笑,示意再加两根。记得那回,我共加了三次面。

我出门在外,首先要找一家可口的面馆,一来觉得亲切,二来经济实惠。其他陕西人是不是这情况,我不清楚,反正我是这样,面馆找好了,才肯踏实地去干该干的事。十几年前,陕南一个小镇上的刀削面大大地吸引过我的味蕾。按说,刀削面是山西人的特色传统面食,一个陕西人把刀削面做得喷香可口,实属不易。我去吃过几次,那家店店面不大,仅能放两三张桌子,厨房在西边,中间用一堵凿有橱窗的墙隔开,方便递送碗筷。人稍多时,店内就显得特别拥挤。生意好,服务员忙不过来,一般都由食客自取。到了饭点,店门口台阶上也站满了人,人人手里捧一个大老碗,不言不语,一门心思地低头咥面,这倒也算得上一种别致的风景。这家面馆一般超过中午十二点就不卖面了,有几次我去得晚,就扑了空。他家的面,咥了会叫人上瘾,两三天不咥,心里就慌得难受。可奇怪的是,没过多久,这家面馆就关闭了,终不知缘由。

在广东学习交流期间,我吃不惯学校的米饭,喝不惯带有鱼腥味的肥汤,只好外出寻觅一家面馆。没走几步,写着"陕西面馆"四个大字的招牌迅速跳入眼帘,真是得来全不费工夫。坐定后,要了一碗家常手擀面。做面的师傅手下利索,几分钟工夫就把面端上桌了。我往碗里一瞅,无疑是机器面,一夹就断,抿了口汤,又少盐缺醋。我问服务员面师傅是不是陕西人,服务员用标准的粤语回了一句:"本地银(人)!"我"哦"了一声,付了面钱,径直离开。真可惜那个碗和那张醒目的招牌了。这大概是我咥面以来最差的一次体验了。此后一段日子,只要在南方街头一看见"关中面馆"或"陕西面馆"几个字,我第一反应便是:不会是骗人的吧?

前几年在延安觅得一家面馆,一来二去,吃了几年。去过延安的人都知道,延安的物价略高一些,日常消费甚至超过西安。就拿面食来说,在西安,八九块钱就能咥一碗好面,但在延安,门儿都没有,稍有特色的面也在二十块钱左右，当地人爱吃的麻辣肝盖面，便宜的也得十八块钱。可价高自有价高的道理，在延安吃面，都会送一碟小菜，吃完还可以加，面不够也可以加，管饱，这恐怕在其他地方办不到。

我吃的这家面馆，也可以加菜加面，且面价便宜，一碗面仅卖十块钱。去的次数多了，自然成了熟客，老板一见我，总是安排厨房多下点面。有一回，老板问我："今天的油泼面香不香？"我说："比之前更香。"老板嘿嘿一笑："面里又加了些切碎的生姜末，煎油一浇，香气扑鼻。"嘿！看来各行各业都需要创新呀！我仔细观察过，来这里吃面的人大多是农民工，他们衣服上的涂料、各色油漆是不会说谎的。周内一到饭点，店里座无虚席，我就在门外等过好几回哩。

有一次，店里人少，我问老板："附近的几家面馆都涨价了，你为啥就不涨？况且你家的面是周边做得最好的。"老板爱笑，他稍作思考后说："来我店里吃面的人都是下苦人，他们是城市的外来人员，挣钱不易，你看看他们穿的衣服，几乎没有一件完好的。我也想过调价，但还是不能调。再说，除过房租和雇工支出，我每个月都有好几千块钱的结余呢！"老板接着说，他们还要在城南再开一家面馆，而且价格保持不变！走出面馆，我心里既欣慰又沉重，一种说不出的滋味涌上心头。

咥面，早已成为我的一种习惯，深入骨髓。今年春节，因疫情影响，我在老家宅了一个多月，母亲天天给我做面吃。她说，自家小麦磨的面粉，健康、筋道。不过，母亲尽可能变着花样来做，比如揪面片、麻食、红豆面、挂面、炒面、菠菜面等，我挨个尝了一遍，各具特色。母亲问："吃腻没？"我说："家里的面永远也咥不够。"回到城里后，妻子又接着做各种各样的面食，她注重创新，让人咥出了不同的口感。

我咋就这么爱咥面呢？谁叫我是陕西娃呢！

2020年3月14日

水盆羊肉

如果说面食是贯穿陕西人饮食的主旋律，那水盆羊肉无疑是这主旋律中流淌出的最美的音符。

"三千万秦人齐吼秦腔，一碗羊肉泡喜气洋洋"是对陕西人生活的生动写照。水盆羊肉源自陕西东府。以前，用来煮羊肉的器具形似脸盆，顾名思义曰"水盆"。今天的水盆羊肉和盆已无多大关系。羊肉属温补食品，按说秋冬季最宜享用，可精于烹调的老陕人，巧妙地将羊肉做成了夏天的一道美味，不仅如此，还冠上了一个好听的名字——六月鲜。陕西人不似内蒙古人那般餐餐不离肉，而是隔三岔五吃一回，往往是一个家庭里的中年人带上老的小的去吃。吃水盆羊肉，讲究赶早，要是在西安老孙家吃，光是掰馍都得半天，不赶早能行吗？"老板，来，里面坐！吃肥瘦还是瘦？"往往还没等客人坐定，店里的伙计便热情地招呼起来。我发现，年长的人都爱吃肥瘦，口味略重的，还要另加羊杂，或许是他们经历过饥荒岁月，身体里向来缺油；也可能他们认为，咥一回羊肉，肉不肥、汤不肥，就等于没咥。年轻人则不一样，一般要纯瘦，汤还要清。羊肉端上桌之前，食客就开始忙着剥蒜，查看油泼辣子够不够，店里送不送小菜等。

等服务员端着热气腾腾的老碗扯着嗓子叫号时,总能听到那充满激情而又嘹亮的一句:"是我的!"我有一次听到服务员叫号,竟鬼使神差地答了一句:"到!"惹得周围人向我投来异样的目光,服务员也忍俊不禁。少顷,一老碗水盆羊肉端上了桌,汤清肉烂,香气四溢。

同一碗羊肉,各地演绎着不同的吃法。譬如富平、蒲城、大荔、澄城一带,人们吃水盆羊肉,就有着区别于其他地方的吃法。食客并不是着急掰馍朝汤里放,而是先拿一个烧饼夹着吃。刚出炉的烧饼直烫人手,只好用筷子豁出一道口子,让里面的热气散尽,然后往馍里夹些油泼辣子,最妙的是少点辣子多点油,紧接着舀一小勺盐,均匀地撒在辣子上,最后才去碗里夹两片羊肉放进馍里,双手一捏,便大口大口地咥起来,往往咥得满嘴流油。当然,能就几瓣鲜大蒜或糖蒜,更叫美气!这一带的烧饼除了有常见的圆饼外,还会见到月牙饼。不管啥饼,烤得焦黄就是好饼,一般一碗水盆羊肉都会配两个烧饼。一个夹馍吃了,另一个就用来泡,这才算是"羊肉泡"嘛。用来烙烧饼的面很筋道,馍块掰得再小,也不会泡糊,就着木耳、粉丝和碗里鲜嫩的香菜、葱丝一口气连吃带喝进肚里,那叫一个爽!很多人早上吃了水盆羊肉,一整天也不用进食,要是口渴,多喝水便是。怎么样?这吃法是不是和梁山好汉大块吃肉大碗喝酒的架势有得一拼?的确,这种吃相与陕西人骨子里头的豪爽耿直是分不开的,一方水土养育一方人嘛。换作是唐僧,端起老碗,大喝大吃,满嘴流油,那又是何等不般配。

我很小的时候,父亲就当上了生产队队长,于是我天天盼着大队里开会。尤其在冬天,开会前,村干部和各队队长先要美美咥一顿,自然以水盆羊肉为主,偶尔也会有甑糕。大队里是不管馍的,也没有碗,这些需要自带。母亲总能赶在开会前一天烙好馍,若遇时间仓促,干脆用蒸馍将就。记忆中,父亲骑一辆破旧的加重自行车,车头上吊着两个洋瓷碗,由

第一辑 文学的家乡

于道路崎岖不平，碗碰撞发出"咯咯"的响声，我坐在大梁上，两个脸蛋冻得通红，小手也不敢伸出袖子，嘴里哈着白气，心里却美滋滋的。赶到大队部时，院子里已排起了长长的队伍。父亲将掰好馍的一个洋瓷碗递给我，叫我排他前面。轮到给我盛汤放肉时，父亲几乎每次都要对灶上的师傅说同样的话："把我那份肉给娃，我只喝汤。"那时我太过天真，以为父亲不大爱吃肉。我和父亲端着洋瓷碗，圪蹴在院墙底下大快朵颐，咥饱了，嘴一抹，我跑到窑背上去耍，他们就在院子当中开会。我瞅见，前面几个领导有凳子坐，其余人都坐在地上，或半蹲。站在窑背顶上向下看，我才发现，整个院子就我一个孩子。

二十来岁的时候，我有了一辆长安牌面包车。每逢学校放假，我总要抽出时间，拉着全家人去咥水盆羊肉。我爷和老板熟悉，我们也因此沾过不少光，个个的碗里都是半碗清汤半碗肉。我婆总是笑着说："量太大了，我可吃不了。"后来，婆有了经验，每次吃前，她把肉分给我们一些，即便如此，婆也只能吃一个烧饼，另一个只好带回家。老板人实诚，他们家的生意格外好，店里常常座无虚席。门口电动车、三轮、小车停得满满当当。来吃水盆羊肉的大多是上了年纪的人，但又都是由子女辈或孙子辈带来的。吃了羊肉的老人，回到村里后，逢人就夸，我那谁谁又拉着我去吃羊肉了，他们以此为荣。长时间没有吃羊肉的老人也会暗示他的子女，你看，一大早的，那谁又把他爸他妈拉去吃羊肉了，那老两口世下（生下）好娃了，真有福！

一晃又是几年，我换了辆新车，婆却走了。现实告诉我，我不可能再拉婆吃一次水盆羊肉了，一次都不能了。为了让我爷尽快走出悲痛，一天早上，我叫爷去吃水盆羊肉。爷有气无力地说："不去那家了，换个地方。"我答应爷换个地方。我想，爷之所以不愿再去原来的羊肉馆，一定是认为那个地方有过很多他和我婆的影子，或许他担心老板会问："咦，今天咋没带老伴儿来？"

　　最最地道的水盆羊肉，非渭北莫属。据说，好些西安人专程去大荔、蒲城、富平一带吃水盆羊肉，随便进一家店，味道也都差不到哪里去。酒香不怕巷子深，这些店面不一定在繁华街道，也不一定都是大店、名店，还可能在背巷里，甚至连个牌子都没有，可人人都往这里攒。

　　水盆羊肉，不仅仅能让人填饱肚子，它早已成为一种文化符号，一种性格。在历史的长河中，它承载过太多的时代变迁，太多的悲欢离合，太多的人间至情……

　　一碗水盆羊肉，浓浓故乡情。

2020年6月5日

渭北过年

在我的家乡——渭北，交上腊月，年味便愈来愈浓。初五，家家户户头顿饭，必吃用五样豆子熬成的粥，唤作"吃五豆"，寓"五谷丰登"之意，更有"吃了五豆不糊涂"一说，大概是说，平日再节俭，过年可不能吝惜，要大方，得舍得花钱，过个红火年。渭北一带"吃五豆"的由来，已有上千年历史。

接踵而来的是"腊八节"，吃过腊八面，年的序幕就算正式拉开了。在外打工、求学的人，提早抢了车票，风雪无阻，纷纷赶了回来。原本空荡的村子逐渐恢复了生气，人们相互间久别重逢的问候，如春日的暖阳，消融了冬日残留的最后一片薄冰。再有几日，各色大小的车辆，亦会塞满村头巷尾，沉默了一整年的村庄，焕发了暂时的生机。男女老少，个个眉开眼笑。

腊月二十三日，是北方的小年。是日，灶君要辞灶上天。母亲向来是敬神的，因此，祭灶仪式显得十分庄重。傍晚时，母亲供上早已备好的烙饼，插了香，虔诚地跪拜。黄表纸在她手里化成灰烬，在空中翩跹飞舞，看到此情此景，母亲总要满意地说："看看，灶王爷还是很高兴的，咱烧的钱,他老人家全收下了!"说完,母亲便深深地叩下头去。待第二遍跪直了身子,嘴里仍念念有词:"灶王爷爷您姓张,我支板板您坐上……白面糟蹋是失错,上去长短不敢给玉帝说……好话多说,瞎话甭说。"我们跪在母亲身后,听着她每年都要重复一遍的台词,也将头深深埋了下去。送神结束,再去瞧墙壁上的神龛时,灶王爷和灶王奶奶愈加和颜悦色了。

送走灶君,父母又紧锣密鼓地投入扫舍当中。家乡人把岁末大扫除叫"扫舍"。人们见面便问:"你家扫完舍了?"扫舍除尘,除的更是晦气,是过去一年的不顺当、不如意,祈佑家人新年健康,万事顺遂。先是各家扫舍,然后村民自发地清理村落环境卫生,扫的扫,铲的铲,村庄旧貌换新颜。过去,我们住几间厦房,中间偌大一个院子,笔直地生着几棵桐树。故仅需半晌,扫舍可就。后来,家里的房子越盖越多、越高,我们姊妹几个大多时候在外,扫舍成了父母心中的一件大事。但他们总能在儿女们回家前完成所有的事。我前几日回家,适逢父母扫舍。父亲背对着我,他将笤帚系在一根长杆子顶端,双手高高举起,踮着脚,小心翼翼地清扫墙角的蜘蛛网。他的身子和长杆,有节奏地来回晃动,时不时有大片灰尘落在草帽上。天气不算热,可父亲已喘着粗气,额头上分明沁出了几颗豆大的汗珠。终于,父亲觉察到了我,他忙将手里的活儿停下,摘下草帽,猫腰拍了拍身上的尘土,微笑着说:"你回来咋不提前说一声?好让你妈给你做饭。"见到母亲时,她正吃力地爬上一张方桌,欲将厨房的墙砖一一擦拭干净。母亲同样戴一顶草帽,草帽下的身材越发矮小了。我忙上前,按稳了桌子,叮嘱母亲千万小心。那一刻,我心头一紧,不禁自责起来:父母已是年逾花甲之人,扫舍对于他们而言,岂是易事?我内心的忧虑,终于没逃过父亲的法眼。他安慰似的说:"能过年,能扫舍,这真是一件幸福的事。"此时,站在高处的母亲也开了腔:"你回来得正好,明天蒸年馍哩!"

第一辑　文学的家乡

　　我曾多次劝母亲，年龄大了，蒸年馍太过劳累，有些传统该丢还是得丢。城里人谁还蒸年馍？都是买馍。我说得多了，母亲有时也会嘴上答应不蒸了，但几十年来，何曾间断过？母亲早已发好了两大盆面，放在有火炉的房子。第二天一大早，面发得快要从盆里溢出来。母亲往案板上撒了面粉，将整盆面倒上去，接着又是搅拌碱水，又是续面。这些程序完毕，母亲朝我脖颈上挂个围裙，说："开始揉面。"揉面是个体力活儿，腿部、腰上、胳膊肘，处处都得发力。母亲身子前倾，也在用力地揉着。我尽可能加快速度，这样会让母亲少揉一些。母亲一边揉，一边说："面揉到位了，蒸出的馍才会有酵香味，看着也光堂。"未几，一堆堆揉好的面团，经母亲巧手雕琢，成了各式花样的馍，再端去太阳底下泛一会儿，馍越显得晶莹饱满了。父亲负责烧火，锅里的水早已滚开，就等着上笼了。第一锅馍搭上后，我和母亲又开始准备第二锅。除了蒸馍，母亲还要蒸各种馅的包子，荤的、素的。事实上，这些包子，大多送了人。我擀皮，母亲包馅，时间也在不知不觉中悄悄溜走。第一锅馍要出锅了，厨房里到处弥漫着热馍散发出的醇香。紧接着蒸第二锅、第三锅……天麻擦黑时，母亲收拾好了年馍，满足地说："蒸年馍是累了些，但自个儿蒸的馍，吃起来就是香。"年馍里，有母亲对美好生活的无限期盼。

　　在乡下，腊月底的集会让人异常兴奋。赶集的人齐刷刷涌上街头置办年货。街两边有炸油糕的、调饸饹的、写对联的、扯布匹的、卖自家公鸡的……凡所应有，无所不有。叫卖声、讨价还价声，此起彼伏，小镇盛况空前。我小时随大人赶集，常驻足肉夹馍摊旁，馋涎欲滴，父母一边说没有闲钱，一边告诉师傅多夹些瘦肉，娃嘴馋。他们质朴的疼爱让我懂得了感恩。现在，轮到我对父母说了："看上啥就买，别嫌花钱。"父母置办年货，总要货比三家，待价钱谈妥了，便买下。半晌的工夫，豆腐、肉类、饮料、果蔬，一一买全了，他们方挤出人群。腊月的集会，年味十足。

　　年三十，喜庆的对联贴上了家家户户的门两边，那高高挂起的大红灯笼，灿烂了人们的心情，新春的呼唤似乎已在耳畔回响。然，今日之要事，是下午吃过水饺后，去先人坟地，请先人回家过年。此绝非迷信，而是地道的寻根问祖。我们本家人多，非要聚齐了，带上酒、烧纸、爆竹、鲜花之类，队伍才出发，长者先，幼者后。来回须步行，以示对先人的敬重。一年来，大家鲜少见面，一路上聊聊生活，谈谈工作，议议时事，倒也热闹。至坟地，按祖先辈分先后，均须一一请过。此时的坟场，爆竹声一齐混鸣，烟雾氤氲，人影散乱。长年在村或不在村的人，这一时间都来坟地请先人，大家难得见上一回，相互打个招呼，或递根烟，寒暄几句后，便各自离去。请完先人回至家中，于门口空旷处响一串鞭炮，以热烈的方式欢迎先人回家过年。然后在案头正中央摆上先人遗照，以及各类供品，点燃蜡烛，上了香，让先人归位。此时，全家人齐作揖、叩头，心中默念祖先之德泽，仪式算是完毕。

　　千门万户曈曈日，大年初一味至浓。新年伊始，万象更新。吃过臊子面，父亲和我、我的女儿，一家三代，提着柿饼、琼锅糖等礼物，去给本家长辈拜早年。若遇主家供奉了祖先神位，定是要叩头的，案桌前早铺好了垫物，以方便跪拜。与主家叙叙家常，道声新年好，便往下一家去。族里人，你来我往，这一轮下来，约莫需两个钟头。往来之间，人情亦在其中了。

　　家乡人习惯用锣鼓来庆祝新年的第一天。富平老鼓，起源于古代的战鼓，发展至今，已为民间"鼓舞"之一，给人以乐舞相得益彰之美感，中央电视台、陕西电视台曾多次给予专题介绍。初一这日，鼓声一响，万人空巷。与安塞腰鼓不同的是，富平老鼓主要突出鼓者一二人，其余锣、铙钹数副协奏。以鼓为中心，锣手、铙钹手各占其位，呈圆形排开，指挥者一声令下，鼓乐声瞬间覆盖方圆数十里。雄浑有力的鼓点，紧张刚烈的节奏，牵动着所有人的心。鼓者身着彩装，身轻如燕，时敲时舞，表情随鼓点变化而不停变化，鼓槌上系的彩绸也随之跳跃。锣手、铙钹手自不省力，他们一个个伸长了脖子，手底下的人极力配合鼓者，不敢有丝毫差错，到了紧张处，还要吼上两嗓子，那场面可谓壮观。此时，总有几个调皮的孩子，围在老鼓一旁，跟着节奏扭动腰肢，大概最能逗笑了。一盘鼓打完，鼓者已是上气不接下气，可他赢得了围观者的阵阵掌声，这或许是他新年收到的最好的礼物了。

从初一至元宵节，半月之久，老鼓从未歇过，鼓声不绝于耳，每日直到月亮和星星探出头来，爱鼓的人仍不肯散去。听爷爷讲，旧社会的元宵节当天，除有锣鼓队助兴外，更有底店的血社火、刘集的高台芯子、到贤的舞龙灯一起来欢度佳节，群众往往围得水泄不通，场面热闹非凡。

时至今日，渭北的年味依旧清晰、真切。时光飞逝，但故乡的年味并未走远。故乡的年，是每一位游子心中无法抹去的记忆；故乡的年，是永远戒不掉的乡愁。

2021年3月1日

怀 念 婆

关中方言里,婆是对祖母的称呼。我与婆不相见已有四载。

婆不识字,在我很小的时候,她总爱笑着说"丑人多作怪,黑馍多就菜",渐渐长大后,才知道这句话里有婆对我很深很深的爱。

婆出生于1931年4月20日,十多岁就嫁给了爷爷。在那吃粮紧张的年代,爷爷在外任教,每月仅拿两块钱的工资,是婆独自撑起一个七口之家,担水、洗衣、做饭,从不输于男人。但一到夜里,她总是提心吊胆,几个孩子时常因为饥饿难以入睡,婆把一个馍掰成四五块分给孩子们吃,遇着没馍时,孩子们饿得哭,她也跟着哭。命运不济,婆却从未低头。

婆能活到八十多岁,得益于她的大气、能容人。我常常告诉自己,婆的仁慈温和是我要用一生去学习的,她似乎从不讲一句伤人的话。爷爷常因为一些鸡毛蒜皮的事大发雷霆,唠叨个没完,婆一句话都不说,有时只是在没人的地方哭上一阵。爷爷甚至会在年三十或大年初一大动肝火。我不敢想象,那些年,婆受了多少难场,她是怎么熬过来的。

婆包粽子,那是一绝,每至端午,要数婆最忙活了。她烫粽叶,那香气也像是有了生命,四处奔腾;被浸泡了一整夜的糯米,粒粒饱满透亮。

第一辑 文学的家乡

婆包的粽子是红枣糯米的，用一根红线四周缠绕系住，大人小孩捧在手里，满心欢喜。婆把包好的粽子放在一个大铝盆里，能吃好多时日。有时遇到来乞讨的，婆总会三个五个地拿给他们。婆说，这叫积福。

婆在闲暇时，总是坐在老屋的门墩石上纳"千层底"，一针一线，毫不马虎。厚厚的鞋底，密实的针脚，越穿越舒服，这份爱承载了儿女们的童年。父亲曾经问鞋底为啥要这么厚，婆笑着说，希望孩子们走得更踏实、走得更远。

再后来，婆找到了母亲，神情忧伤地说她老眼昏花了，鞋是纳不动了，以后只能靠买了，但她又穿不惯买的鞋。不久，母亲便捧了十几双布鞋送给婆，我跟在后面。婆颤颤巍巍地接过鞋，放在炕沿上，注视良久，待回过头来已泪流满面，说这些鞋足以给她养老送终了。

不得不承认，母亲与婆情同母女，不，有些母女也可能难以企及。在我几十年的印象里，母亲从未和婆发生过半次口角，从未红过一次脸。人都说婆媳关系很微妙，但在她们身上，这种担心明显是多余的。外婆去世早，母亲很多活计都是嫁过来后跟婆学的。婆也待儿媳如女儿，无所不教，无话不谈。她们的相处一度成为村里的楷模。母亲擀着面片，婆在一旁包着花边饺子，两人说说笑笑，如今这些温馨的画面只能在思念中回味了。

正月初七，年味尚浓，父亲手术刚过百天，婆猝然离世。噩耗扑至，我和妻子飞一般奔回家里。父亲打来电话，说人已经不行了，医院的殡仪车正把婆送往家里。约莫一周的时间，婆便在亲人们的悲痛欲绝中入土为安。

我万万没有想到，此后的一两个月才是我最难熬的时间。每当一人独处时，就会想起她老人家，想起每次回家时婆总要说"我娃回来了"，想起她那慈祥的面孔，想起她那语重心长的叮咛。遗憾的是，自己没有在婆临终前见上她最后一面，没有紧紧抓住她的手；遗憾的是，春节忙于婚庆而忽略了与婆的陪伴。不知道婆在走前有没有把她的亲人们在脑海里像放电影一样过一遍。再说自私点，在她咽下最后一口气之前，我这个孙子有没有在她脑子里闪现一次？我想是没有的，因为死神来得匆匆，她已无暇顾及。

人常说，日有所思，夜有所梦。可奇怪的是，几年来，婆几乎没有托梦给我。记忆里只有特殊的两次，一次是我在学校午休时，婆突然坐到了我床边。蒙眬中，我呼唤着婆，但任凭我怎么吼叫，都发不出一丝声音。她的话语我却听得一清二楚，她说来看看我在学校这边过得好不好，并且轻抚着我裸露在外面的胳膊。等我醒来时，她早已不在了，才发现泪水已打湿了枕巾。犹记得我曾答应过带她来我所在的学校参观，但未能实现。还有一次是在延安，同样是午休时候，她又来看我，这一次她的呼吸声我竟然听得清清楚楚。我想婆一直都没有离开过她的亲人们，我知道她一直都在远方默默地看着我们。

外甥女说，老奶奶去天上了，老奶奶在天上累了要下来休息的。我信以为真，故每晚睡觉时只睡床的一半，另一半是留给婆休息的。

婆，如果真有来生，我还想当一回您的孙子。

2019年5月6日

我的先生爷

在我年幼时浅陋的认知中,两种人曾被叫作先生,一是医生,一是教师,我爷属后者。

我爷出生在一个封建家长制作风极严的家庭,一个"棍棒底下出孝子"的年代,他们兄妹七人,爷排第二。听爷讲,他十三四岁那年,因围观闲人赌博,曾受到曾祖父的重罚,屁股差点开花。经此教训,他再也不敢心生旁骛,整日里老老实实地放羊割草、牵骡子喂驴,跟着大人,没日没夜地干着重体力活儿。

少年时期的爷,身薄力小,加之食物匮乏,他经常晕倒在田间地头。一日,他正于村南田地吆牛套犁劳作,忽一邻村少年奔走而来,只见那少年上气不接下气,迫不及待地说:"明日县里有场考试,我们去博它一博!"爷听罢,二话不说,把手中扶着的犁往田里一别,找一处有草的地方拴好牛,顾不上回家,二人便大步流星地奔赴县城。

尽快寻得钢笔和墨水,乃当务之急。为此,他们二人守在丈八坡给人掀车,半晌工夫方挣得两毛钱,自是欢喜得不得了。买罢钢笔,幸有好心亲戚凑钱,方购得墨水一瓶。

次日，考试如期进行。二人从考场出来，长长舒了口气。天大黑时，他们方行至村头大槐树下，简单告别后，便各自回家了。

"这驴（指我爷）跑哪儿去了？地不耕，牛在人家田里撒欢，等驴回来，非美美收拾（打）一顿不可！"曾祖父又开始发飙了。爷前脚刚踏进门槛，一股浓浓的火药味便迅速将他围住，平日里这种语气总是让爷不寒而栗。爷无声地叹息着，最终还是咬紧牙关，硬着头皮，摸黑走了进去。照例，又是一顿暴打。漫漫长夜，一连饿了几日的爷饥火烧肠，再加之屁股巨疼难忍，真是含泪难眠，一时间，竟恨起了天迟迟不亮。

不日，县里捎来了口信，爷的考试顺利通过，并以优异成绩被全县最好的学校——迤山中学录取。可喜的是，一同参加考试的邻村少年亦被录取。

功夫不负有心人。爷决定把这个天大的好消息告诉他的父亲。不料却遭到曾祖父的冷言冷语："碎尻（小娃）不好好干活儿，一天胡想啥呢？考上也不准去！屋里的几十亩地谁来种？"曾祖父越说越上火，眉毛呈倒"八"字。爷听至此，将头埋下，像是做了荒唐事，眼泪吧嗒吧嗒的，顺着脸颊滑落在露出大拇指的粗布鞋面上。

"我不想劳动，我要上学！"爷猛地抬起头，使出洪荒之力朝曾祖父发疯一般喊出他憋在心里很久很久的话。话音刚落，两行眼泪也随之而来。与其说这是爷的心里话，还不如说是爷朝着自己的梦想勇敢地迈出了第一步。那一刻，空气骤然凝固，爷唯一能感受到的，是自己不断加快的心跳。可能连他也不知道，是谁赐给他那一瞬间的勇气。

这一闹，反倒使曾祖父的情绪缓和了不少。"行吧！你碎尻翅膀硬了。"曾祖父突然压低了声音，"你真要上学，大也挡不住你，你驴可记清了，学费别问我要！口粮别问我要！你出去，自己好好想想。"

夜幕深沉，万籁俱寂，爷仰望着微凉的夜空，无数次地问自己，该何

第一辑　文学的家乡

去何从？他果然听到了回答，那声音来自自己的灵魂："做你自己！"这句话连续数日，萦绕于他的心头，仿佛给他那颗年少的心注入了无穷无尽的力量。

一日，爷做好挨揍的准备，寻机悄悄从家里背出五斗小麦，三斗卖掉作为学费，余下的两斗磨成面粉，蒸成馍。就这样，爷带着些许遗憾、些许憧憬，半农半读地来到了他梦寐以求的学堂，开启了他的另一种人生。是年，爷十七岁。多少个求学的日子里，他以粥度日，靠好心人接济生活，但他并不悲伤，只因有书可读。

读初中二年级时，在家人的安排下，爷成了家。有了奶奶的帮助，他再也不必为蒸馍发愁了。

三年后，爷再次以优异的成绩考取了高陵师范学校。盘缠问题是解决了，可他仍忧心忡忡，距离富平几十公里的路程，咋走下来？学费何来？随之出现的一系列问题，弄得爷那些天心神不宁，寝食难安。

"去吧！读书是要紧事，办法总比困难多，家里有我。"奶奶说话总是温和如春风细雨，但产生的效应，是极为震撼的。

机不可失，时不再来。爷又一次踏上了艰辛且漫长的求学之路，这也是他有生以来第一次到达县城以外的地方，他对一切都充满了好奇。入学几日后，他获知，国家给师范学生每月都有补助，这无疑是雪中送炭。此时的爷"恰同学少年，风华正茂"，他很快有了自己的生活圈子，遇到恩师，交到知己，何其幸哉！然一个人独处时，无限的悲凉总会袭上心头。风里来，雨里去，几十公里的路程，爷整整用双脚丈量了三年。

1957年师范毕业后，爷被分配回原籍任教，成了一位名副其实的教书先生。

然而，生活的磨难并未就此打住。家里孩子越来越多，口粮远远不够，仅凭他每月微薄的工资，眼看撑不起这个家了。又是吃饭问题！他身边的很多教师纷纷离开了工作岗位，另谋出路。爷舍不得自己的学生，舍不得自己钟爱的教育事业，他毅然坚守着。奶奶天生一双巧手，能织能纺，在她夜以继日的辛劳下，一捆捆布匹织成了。三年困难时期，渭北一带农民用织成的布匹去陕北换口粮吃，爷也加入了这个行列。他利用寒暑假外出换粮，因力气小，每次仅能背回三十五公斤左右的小米。跑一趟陕北，前前后后得花三四天。可别小觑了这每次背回的粮食，在那困难时期，它被称为"救命粮"，维系着一家老小的生命。

在这种生存状态下，爷依然不忘行善，他曾救过一条人命。被救的是一个姑娘，那姑娘连人带自行车一起翻进了一口枯井。爷听到求救声，连忙在附近村子里找来缠在辘轳上的井绳，在几个村民的合力帮助下，将那姑娘拽了上来。听爷说，那姑娘命大，如今她的外孙都大学毕业了。又一次，爷去曹村镇开会途中，目睹生产队一头耕地的老牛掉进了泥水潭里，几乎要憋死的样子。此情此景，会让人迅速联想到"泥牛入海"。周围人急得团团转，却束手无策。爷走上前，环顾一周后，拿起一把铁锹，在泥潭旁挖起深坑来。起初众人不解，待潭里的稀泥渐渐落下后，牛的大半个身子已露出。几个机灵的社员看出了名堂，忙上前帮助。听闻那老牛发出"哞"的一声，身体猛地一哆嗦，稀泥四下溅落，爷说："这牛得救了。"生产队的社员感激不尽，让爷留下来，无论如何得去他们队的灶上吃一碗干调面。爷笑笑说："不了，我还要去镇上开会。""那你得留下名字呀！"爷说："我是个教书先生。"

每每谈及这一人一牛之事，爷总引以为豪。

后来的一件事，影响我多年。爷在校工作兢兢业业、本本分分，一直担任班主任。一年元旦晚会，爷带的班出了一个节目，不料晚会后，校长很快便找他谈话，理由是节目准备不周，场面太过寒酸，责问开学初收的班费用在了何处。过去的班费都掌握在班主任手里，根据班里需要，班

第一辑　文学的家乡

主任可有计划地安排班费去向。爷被这突如其来的一问，弄得一时语塞。很长一段时间，校长对爷是避而远之，然爷并不生气，他说，在任何时候，踏踏实实干好自己的工作永远是最正确的选择。第二年开学典礼上，爷果然与相伴多年的"模范""先进"称号失之交臂。听说还是一个家长为爷"打抱不平"，找校长理论。那家长言，李老师班级管理方面没二话可说，教学成绩在公社里也数一数二，连续两个学期收的班费中途都退还给了学生，虽然只有两毛钱，可家长们感激呀！校长听罢，一脸愕然，愧疚难当。后来我问爷为啥把班费退还给学生，爷说，他看着班上娃们太恓惶，那时候，对于一个穷苦家庭来说，两毛钱不算小数目。我问班上的开销又从何来，爷说花他的工资。我顿时明了。听父亲说，奶奶以前总是埋怨爷藏了私房钱，每月拿回的工资总会少一些。爷说，他是个教书先生，能做的，也仅此而已。

爷在到贤镇任教十二年，张北村三年，他非常热爱教育事业。后来先后调转过几所学校，每至一处，必受孩子们喜欢、家长们尊敬。他常说，天下大事，安全第一，教育学生亦是如此。管一个学生，就要操心孩子跌跤；管两个孩子，就要担心他们打架。总之，对学生要全权负责，做到卖馍的不离笼屉。只让学生读课本知识是远远不够的，天是房，地是床，大自然才是最好的课堂。爷教数学时，给孩子们归纳过这样一个口诀：应用题，很简单，首先把题读三遍，看它给的啥条件，一步一步往下算。这些口诀如今被他年已六七旬的学生又传给了他们的孙子。爷还打得一手好篮球，能写一手漂亮的毛笔字。他说，能写能画，能拉能唱，方为学生所喜爱。

这就是我的先生爷，用一颗心温润过无数颗心的平平常常的人。年前，爷收到一封来自青海的信件，外加五百块钱。他读后自豪地说："看看，看看，若用心对待学生，学生定不会忘记！"爷一生参加过"肃反""反右""四十天集训会""落实三五六"等一系列运动，直至"文化大革命"，他都谨言慎行，从不犯一丁点错误。规规矩矩做事，堂堂正正做人，是爷的终生信条。六十二岁那年，爷退休了。如今，八十八岁的他依然精神矍铄，健谈乐道，身体力行，告诉晚辈们一个"人"大写的模样。他说自己之所以能活到今天，最应感谢的就是共产党的正确领导、父母的严格教育和妻儿的默默支持。

"先生"这一称呼，在今天似乎有些廉价，好像人人皆可称为先生。若诚为先生，理应具备先生之正直热诚、浩然之气、知行合一、家国情怀等品质，做一个有温度的先生，对得起"先生"称呼的先生，让先生之风千古盛行。

2020年9月16日

老　姨

老姨从不会错过每一次赶集，镇上总有她穿梭的影子，她似乎已经成了这里的"公众人物"。

按说，国家给农村老人补贴的养老费也不至于让她过得如此窘迫，可老姨就是舍不得多花一块钱。她常说，有钱了，也不能乱花，得攒着。鲁迅先生在小说《伤逝》中写道："人必生活着，爱才有所附丽。"而对于老姨，是先活着，其他的事再说。迫于生计，菜市场成了老姨经常光顾的地方。其实，捡菜叶的事偶有发生。集会刚开始那会儿，是没有菜叶可捡的，往往是集会将散时，一些商贩急于处理掉不耐放的蔬菜，便吆喝着让利销售。老姨是最能把握时机的，若运气好，有时几块钱可购得一大包菜，足以打发些时日；若遇上天旱、蔬菜短缺时，只能靠捡了。

老姨是他们姊妹几个当中最为苦命的一个。她身材矮小，脚大，长相平平，一辈子没当过母亲，自视低人几等。因自幼未学养家本领，加之命运多舛，用他人的话来评价老姨，那便是"人不能行"。老姨父倒是待她不薄，可惜过早地命归黄泉了。

早年，老姨将先头儿（老姨父和前妻的儿子）视如己出，百般呵护。

老姨年老后，先头儿把她安顿在几间厦房里，水电倒也齐全，只是偌大一个院落里，终日只有老姨踽踽独行，身影愈显得可怜。

母亲倒是从未嫌弃过她这个"不能行"的姨。一年中，母亲总要看望老姨五六回，不是送菜送油，就是洒扫庭除，偶尔也会给老姨留一些零花钱。一开始，老姨是不肯收的。有一年腊月，母亲让我给老姨送一些刚蒸的年馍。我带着豆沙包、菜包子和馒头来到老姨村里，见到老姨时，她正半跪在炕上往墙上贴年画，喘着粗气，显得颇有些吃力。我要上前帮忙，她说不用。"快过年了，家总得有个过年的样子。"老姨说。我问她光线这么暗，为啥不开灯。她说再暗也是白天，电得节约着用。忽然，我听见她的柜子背后发出沙沙的响声，我刚要挪开柜子时，老姨拦住了。她说："不用看，是老鼠，是我的伴儿，有时半夜醒来，这老鼠一响动，我就知道我还活着。"我"哦"了一声，不再说话。临走时，我照例把两百块钱塞到老姨手里，让她置办点年货。这些事情，以前只有我和母亲知道。

我很小的时候，老姨总夸我乖，说我老气，我问她"老气"是啥意思。她没有读过书，自然不好回答。老姨见我话多，又开玩笑似的说哪里来的孩子，这么多话！我风趣地回答："话（华）山来的！"她听后更是笑得合不拢嘴。可能是老姨无儿无女的缘故吧，她格外爱我。老姨每年都要从娘家不辞劳苦地背回一些柿饼、柿皮给我吃。老姨不会骑自行车，来回百十里的山路，全仰仗她两只大脚片子。母亲担心我吃多了柿皮会咳嗽，便巧妙地把柿皮藏起来，可无论藏至何处，都会被我灵敏的鼻子嗅到。只是，我不敢光明正大地吃罢了。柿皮，是我童年的一道美味。

有一回，刚从城里回来的姐姐在镇上碰见老姨，当时老姨手里攥着几片捡来的白菜帮子。姐姐除了给老姨买了一大包菜外，还塞了些钱。越是可怜的人，越要对他们好些，母亲平日里是这么教育我们的。

和我相差九岁的妹妹嫁给了镇上一户做生意的人家。结婚那天，正好是集会的日子，街道上人山人海，好不热闹。街上几个认识老姨的人说，那天老姨没有捡菜叶，而是刻意将自己拾掇了一番，从头到脚穿戴一新，一大早就兴高采烈地守在响喇叭、贴对联的新郎家门口了。太阳西斜，眼瞅着婚宴结束了，老姨才默默离开。在拥挤的人群中，她当了一回看客。

后来，老姨极少出现在街上了。

2017年夏天，天气爆热，母亲骑电动车去看老姨。她还是像往常一样，坐在门口，只是不停地感慨天真热。母亲将老姨的房间包括厨房一一打扫了，给老姨炕上铺了新买的凉席，叮嘱老姨天气热，别乱跑，生活上需要什么尽管说一声。老姨不疾不徐地说，亲戚们都能看见（照顾）她，孙女娜娜更是听话，很孝顺，从没空着手回来过。看到老姨无恙，母亲放心地回家了。

隔了一天，吃早饭时，母亲隐约听见门口有人询问她的名字，说是报丧的。母亲放下碗筷，慌乱中跑出去探个明白。获悉后，母亲一时间哽咽难鸣，像失了魂。

老姨死了，热死了！

后来，听老姨邻居的一位老人讲，那天中午，老姨抱了柴火打算做饭，走到门口时突然跌倒了，被人发现时，已没了呼吸。唉，可怜的人！苦命的人！为了一台七十块钱的风扇，往镇上跑了三趟，搞了几次价，都没舍得买。你说，这人脑子是咋想的？这么热的天，咋能连个风扇都没有！走了也罢，活着，对她来说太痛苦了！

母亲已泣不成声，她的悲恸一半源于老姨的死，一半源于自己。

安葬完老姨，家人收拾她的床铺时，在褥子底下意外发现一沓钱，崭新崭新的，数了数，有一千多。

2019年12月25日

父亲和他的苹果树

　　父亲大半辈子都在和黄土打交道。

　　父亲，一个地道的关中汉子。二十世纪八九十年代，村里人纷纷外出打工，他选择留下，守住祖祖辈辈开垦过的几亩旱田。秋麦两料，靠天吃饭，年复一年。温饱是解决了，可一年到头，钱包总是瘪瘪的，父亲有些不甘心。

　　听外面回来的人讲，栽苹果树保准能发家致富，父亲决定当一回第一个吃螃蟹的人。当年，洛川县苹果已名声在外，父亲便托人捎回来百余株苹果树幼苗。按照以往栽树的经验，父亲用玉米秆量好株距，仅用两三天的工夫，上百株苹果树幼苗就笔直地挺立在了田间地头，父亲看得心里美滋滋的。我记得有"红冠""秦冠""黄元帅"等好几样品种。

　　父亲对苹果树百般呵护，有时比对我们几个孩子还要上心。父亲心里清楚，希望就寄托在这些当下看起来并不起眼的小树苗上。从此，父亲以果园为家，寸步不离。除草、打药、灌溉、施肥，丝毫不敢懈怠。果园的劳作不仅繁重，时令还很要紧，父亲总是满载对未来的憧憬而孜孜不息。

　　一晃三年，苹果树幼苗足足有成年人那般高了，树身也有锨把粗，可就是不挂果，父亲开始按捺不住了。有人背地里议论，说父亲托人买的根本就不是苹果树，上了陕北人的当！还有人说，那苹果树是公的，长到老也不挂果。更有甚者，说父亲不务正业，那二亩地被白白糟蹋了这几年，要是种上麦子和玉米，估计这会儿，粮囤都要溢出来了。

那天，村里一个务了一辈子农的长者颇有经验地对父亲说："娃呀，快抡起镢头把树挖了去，土地是农民的命根子，折腾不起呀！"这位长者的话如同在漆黑的夜里给父亲点亮了一盏明灯。不听老人言，吃亏在眼前，父亲自然明白。可辛辛苦苦培育了几年的树，怎能狠下心来说挖就挖？父亲心里如一团乱麻。

"再等等，管树就像管娃，有的娃知事早，有的知事晚。说不定，明年就挂果了。"母亲温言软语劝说着父亲。

是年冬天，父亲劳作时无意间看到一个树枝末端有个鼓鼓的东西。根据经验，他可以肯定，那就是来年的花骨朵。父亲喜出望外。

的确，苹果树自第四年起，便开始挂果了，虽只有几个苹果，但也堵上了很多人的嘴。"我早说过，陕北人厚道，不欺人。看看，这些树果然不是公的，这不是挂上了嘛！"父亲咧开嘴嘿嘿地笑着。

后来，这仅有的几个苹果像是给父亲打了鸡血，让他浑身有使不完的劲，让他累并兴奋着。父亲干脆在果园北头打了井，盖了井房。他要用全部精力好好经管这些能够改变命运的果树，他要把自己一生中最美的年华奉献给这些苹果树和这片供养苹果树的黄土地。

往后几年，苹果树的产量相当可观。看着堆积如小丘的红苹果，父亲打心底感谢说出"功夫不负有心人"这句话的人。村里人纷纷来果园购买苹果，就连周边村子的人也上门购买。父亲总是给他们挑大的、红的，临走时，还要再搭上一两个苹果感谢乡亲们的光顾。大伙吃后，说父亲务的苹果脆、甜，好吃。

半个月过去了，苹果卖出去十之一二，仅靠现有的购买力，这些苹果迟早得坏到果园里。看着堆放在地头的苹果，再瞅瞅树上那些已熟透了的香气四溢的果子，父亲明白自己必须找出一条能大量出售苹果的销路来。

一天下午，父亲让我们几个孩子帮忙摘了两笼又红又大的鲜果，他千叮咛万嘱咐不能磕碰。我问父亲，这是要卖给谁家，谁家吃得了这么多苹果？父亲笑而不语。天刚擦黑时，父亲将两笼苹果用架子车拉回村里，苹果上面全都苫了青草，据说能保鲜。夜里，我问母亲，我大（dá，即父亲）把苹果弄去哪里卖了？母亲说，你大把苹果运到西安去了，坐卖白灰的手扶。我又问，为啥晚上去呢？母亲不厌其烦地说，手扶没有手续，只能夜里偷偷跑，估计后半夜就能到。后来，我睡着了。

第二天后半晌，父亲提着两个空笼回来了。他激动地说，咱们的苹果到了城里被人抢。他以为城里人见多识广，没想到，竟有人问他苹果是长在蔓上还是长在地底下的。父亲说挂在空里。那人又接着问，这么大难道掉不下来？一定是在骗我们城里人。父亲不再解释。两笼苹果卖了一百零三块，这在当时，可了不得。一个娃的学费够了。

我们老师今天也催费了，啥时给我交？我也跟着询问起来。父亲抚摸着我的头，很自信地说，别怕，再卖一回就够你的学费了。就这样，父亲连续好些日子没有正儿八经睡过觉。他往车顶上铺些麦秸，再放上一张棉絮已外露的薄被子，尽管如此，脊背还是被块状白灰硌得生疼，每过几分钟就得翻一次身。就这样，父亲听着手扶柴油机发出的突突声，看着满天的星星将就着睡一会儿。有时遇见路政半夜挡车，他也跟着手扶司机一起担惊受怕。有一晚，他们被路政的车穷追不舍，手扶司机慌了神，一头扎进一条逼仄漆黑的巷子里，才得以脱身。待他们再出发时，发现手扶头上的两只大灯全被撞坏了，他们摸黑蜗行进了西安城。

还有一回，父亲坐了一位陌生客人的面包车提前回来了，我们很是惊奇。父亲介绍说，开面包车的客人是西安城里人，就是之前问苹果究竟长在哪里的那位，今天特地来看看，苹果究竟长在哪里。我们听后忍俊不禁。那人打开面包车后备厢，我看见后面的座位全被拆了，后备厢塞满了大大小小的箱子。父亲悄悄告诉母亲："这回运气好，碰见个大买主。这好像还是咱们村里迎来的头一位苹果客商呢。"母亲也显得异常激动。

后来，这位好心的客商连续来过四五回，每回都能运走千把斤苹果，并且都是给现钱。他每次来拉苹果，父亲都会在村里寻几个帮手，在树上摘的、从果园往出运的、挑拣的、包装的、过秤的，好不热闹，又秩序井然。最后一次装完苹果时，那客商当着大伙的面说了句话，让年幼的我第一次看见了父亲自豪的样子。他说："我之所以三番五次来拉老李哥的苹果，一是因为老李哥的苹果确实务得好，大，而且味好！但这些都不是重要原因，这么说吧，我是冲着老李哥的实诚来的，在老李哥家拉了几车苹果，他从没有把一个有伤疤或带虫眼的苹果塞进我的箱子里，而且在秤上总是让着我，怕我拉回去后，苹果脱水……"

因为父亲和他的苹果树，我们家成了村里的万元户。

一年夏天，村里来了个和父亲年龄相仿的算卦先生。可父亲从来不信命，那算卦先生硬是撺前撺后缠着父亲非要给他算上一卦，而且不收钱。父亲无奈，便让一算。那算卦先生先是询问了父亲的八字，然后掐掐手指，两个眼珠骨碌一转，煞有介事地说："你们家果园地下有一匹金马，不过……""不过啥？"父亲突然有点急切。"不过，这金马刚刚露出了马耳……哎呀，这可了不得呀！要是过些年这马头、马身子往外一露，你可就发达喽！"父亲呵呵一笑，满不在乎地说："我只信脚底下这黄土地，信这苹果能给我挣钱，能给我娃交学费。金马的事，恐怕是做白日梦哩。""贵人，让我们有缘再见！"算卦先生摆了个告别的手势，笑着扬长而去。

后来，在父亲的影响下，我们村家家户户都栽上了苹果树。不久，我们县还被评为全国优质苹果生产基地。

父亲照料果树，精益求精。他时常参加一些地方果协组织的果农培训会，偶尔也买回两本书圈点勾画。他在书里了解到，当年从洛川买回的苹果树属乔化品种，其特点是挂果迟，树形大，有大小年之分，而当下最新品种是短枝和矮化品种。父亲心里想，甭管啥品种，只要产量大、能卖钱就行。

寒冬腊月，很多人冻得不愿再出门时，正是父亲修剪果树的最佳时机。细枝可直接用剪子剪掉，粗一点的则需要动用手拉锯。有时，为了锯掉一些低矮粗壮的树枝，父亲会艰难地跪下来，吃力地拉动锯条。那沉闷的拉锯声，犹如父亲一次又一次地向命运宣战。

父亲剪树，母亲跟在后面捡枝条。母亲将粗枝条归一类，细枝条归一类，一摞一摞，整整齐齐，这样也便于装卸。父母腰都不大好，但他们几乎天天都要干需要弯腰的活儿。

一年夏天，正是苹果的膨大期，青果挂满了枝头，甚是惹人喜爱。父亲给果树施足了肥，浇饱了水，用麦秸苫在果树下保墒。万事俱备，只等秋季大丰收。不料，响晴的天空忽地狂风乍起，一时间黑云翻墨。风定了，核桃大小的冰雹又噼里啪啦砸向果园。父亲快步躲回井房，探出头来，眼看着满园的青果被冰雹砸得七零八落，有的甚至被打落到地上，父亲难过得不知如何是好。情急之下，他将一把生了锈的菜刀扔到外面，希望能阻止这场毁灭性的冰雹。听老人讲，下冰雹时，扔菜刀出去，冰雹会停下来，因为老天爷也能感觉到人们对冰雹的愤怒。这场突如其来的冰雹持续了十几分钟，紧接着是瓢泼大雨。父亲挽起裤管，赤脚走进果园，拾起刚刚被冰雹打落在地的青果，捧在手里，又把树上的青果翻看了一下，嘴里念道："毕了！"

第一辑　文学的家乡

　　雨停了，太阳继续炙烤大地，远远望去，一股白色的水汽从地面上升腾而起。父亲无精打采地回到家，有气无力地说："完了！苹果全完了！今年可是大年啊！"说完，竟放声痛哭起来。

　　1997年春天，父亲用积攒多年的卖苹果的钱盖起了村里为数不多的楼房。

　　2006年，父亲用卖苹果的钱供我和姐姐顺利读完了大学。

　　渐渐地，父亲和他的苹果树，老了。

　　后来的苹果树品种，以"新红星""嘎啦""红富士""粉红女士"为主，除过"红富士"，其余品种果期短，还能卖上大价钱。父亲的"红冠""黄元帅"没人吃了，市场已不再需要。倒是有人给父亲出过点子，"红冠"和"新红星"模样差不多，只是生长期长了一些，有人建议父亲提前用催红剂催熟。

　　几日后，父亲忍痛割爱，还是叫人把陪伴了他近二十年的苹果树伐了。"催红剂不能用，用过催红剂的苹果不能让人吃，这种昧良心的钱咱不赚。"父亲坚定地说。

　　几月后的一天晚上，母亲打来电话说："你大又栽了三亩苹果树，短枝富士，当下市场畅销的品种。"我在电话一头说："五十岁的人了，还能干动吗？我真不想让我大栽果树了，太辛苦了！"母亲说："还能干几年，农民嘛，闲不住。这不，你妹妹也快上大学了，这些果树主要是为了供你妹妹上学的，等你妹妹大学毕业了，我们就彻底收手了。"我说："我妹妹上学，我和我姐能帮上忙。"母亲说："你好好工作，挣的钱别乱花，自个儿攒着，将来要成家，要买房买车，用钱的地方多着呢。"

　　父亲，又开始了新一轮的战斗。不过，他和母亲的身体大不如从前了。前些年三天的活儿，现在得干一个星期；前些年他和母亲两个人就能干完的活儿，现在得雇人。稍一干重体力活儿，他们的身体就吃不消，腰酸背痛很多天，严重时不能下床。苹果的价钱有跌无涨，正如当地人戏说："羊上千，牛上万，苹果多得垫猪圈。"加之化肥、农药、人工费猛涨，务苹果的利润越来越小了。

有一次回家，我看见父亲趴在果树底下，身体前后晃动。我问："大，你干啥呢？"他说："拾落果呢！西头大路边上收呢！"母亲摘苹果时，几回从梯子上翻下来，好在无大碍，只是脸上划出几道血痕。

妹妹成家后，我又一次劝父亲："挖了苹果树吧！我们姊妹几个日子都过得去，车、房都有，咱不挣那钱了。再说，你们都是六十多岁的人了，还要干到什么时候？"

父亲说："这人啊，是动物，是动物就得动，这一不动呀，心里还憋得慌，只要我跟你妈还能干，说明我们身体还硬朗着呢。"

一日，父亲正在果园里锄草，一邻居带话来，说是家里来了亲戚，要见父亲，正在门口等呢。父亲停下手中的活儿，急忙回去。到家门口时，父亲的脚步不由得放慢了许多——哪里是什么亲戚，这不就是前些年的算卦先生嘛！父亲记忆力好，一眼便认了出来。两人相谈甚欢。父亲问："你当年说的马头和马身子咋还不见出来？"那人轻轻捋了下胡须，淡淡一笑，反说父亲是揣着明白装糊涂。父亲不解。那人继续说："你用心血培育苹果树，卖的钱供三个娃读书，如今个个成家立业，事业稳中有进，还合力给你老两口在城里买了房，这难道还算不上马头和马身子吗？"父亲仔细一琢磨，方明白那人所言之意，两人不约而同地哈哈大笑起来。

2019年年初，父亲突感下肢麻木甚至无力，进而升级为腿部剧痛难忍，母亲赶紧陪他前往医院检查，大夫说父亲积劳成疾，患上了严重的腰椎间盘突出综合征，建议住院治疗。理疗十多天，疼痛仍未缓解。后经多方打听，得知阎良六三〇医院特长骨科，父亲又前往阎良继续保守治疗。在此期间，母亲背着父亲，偷偷托人把后来栽的苹果树挖了。

第一辑　文学的家乡

　　出院后，父亲得知苹果树被挖，迫不及待地要去果园，母亲阻拦不住。他一路踉跄前行，几次差点绊倒。被伐倒的苹果树树身横七竖八躺了一地，父亲圪蹴在地头，沉默了半晌。我知道，父亲对他的苹果树爱得深沉。

　　今年春节回家，女儿嚷嚷说："我就要吃爷爷种的苹果！"父亲说："好呀！等你放暑假了，就回来吃。"我疑惑地看着父亲。他嘿嘿一笑："你妈没挖完，还留了几棵呢！苹果树没亏咱！"

　　父亲数十年如一日培育的苹果树，陪他走过了大半辈子。父亲把一生中最精彩、最美好的年华献给了他心爱的苹果树。苹果无言，父爱无边。父亲和他的苹果树，再一次有力地诠释了"奋斗改变命运"的朴素道理。

　　微风掠过，一片枯黄的苹果树叶飘落在父亲霜染的头顶上，他笑着说："将来我死了，就把我埋在苹果园里。"

2020年3月30日

母亲的荣耀

　　写过不少文字，却极少提及母亲。我常常担心自己笔力太浅，抑或是"母亲"这样的字眼太过沉重，唯恐写不好她。现在，是时候讲讲我的母亲了。

　　"难道你希望几个娃像你一样没日没夜地在黄土里刨吗？娃必须上学！"我们姊妹三个还小的时候，母亲常对父亲讲这样的话。她的语气算不上强硬，却充斥着一股无法抗拒的力量。

　　母亲出身贫寒，家中兄妹五人，她为长。母亲小时候酷爱读书，终因家庭成分，未能继续读书，后来被人叫去大队里的一所小学当教员挣工分。和父亲结婚后，母亲学习了缝纫技术，练得一手飞针走线、镂月裁云的好本领。母亲曾亲手为我缝制过一身西装，满足过我少年时代强烈的虚荣心。可母亲还是被叫去了学校。校长自信满满地说："你在娘家教书的事我听说了，不能让裁缝的事耽误了一名优秀的校聘教师。"母亲的教育之梦被再次点燃，开始了每月三十块钱工资的紧张生活。

　　不敢想象，那些年，母亲过得有多么艰难。学校放学后，母亲要抓紧时间料理家务，还要去地里帮父亲务弄果园。母亲一半是教师，一半是农

第一辑　文学的家乡

民。怀上姐姐后，一年多时间，母亲没去学校。再去时，校长遗憾地告诉她："以为你不来了呢，前一段时间，一批校聘教师转正了。"母亲听罢欲哭无泪，但她仍坚守着她所热爱的教育事业，仍欢喜着每一个爱读书的娃娃。

信息封闭的年代，母亲就这样错过了转正机会。两年后，母亲因我的出生又一次离开了学校。孰知，命运又一次同母亲开了个天大的玩笑，她又一次"成功"地避开了转正机会。这次的理由是，所有转正的教师必须是在校教师。母亲知道她已经错过了最后的机会。多少个夜里，她对着月亮发呆，望着星星垂泪。

再后来，我的妹妹出生了，外祖父与外祖母也相继离世。每每想起母亲年轻时的不易，我们姊妹三个总觉得亏欠她太多。我们考试失利时，母亲会鼓励我们复读，无论如何也不能放弃继续学习。生活中遭遇坎坷时，我们常常寻死觅活的，母亲总是无奈而又心痛地说："一个娃娃家不要把死吊在嘴上，死是最无能的表现，是最没出息的做法，因为人人都能做到死，那算不上本事。"我们听后似懂非懂，然而，我们也就是嘴上说说而已，谁又愿意真的去死呢？

我考上了镇上的高中，母亲却执意不让我上。她说镇上的学校管理混乱，非要我去邻镇的一所高中读书，可我的分数距离临镇高中的录取线差了十来分。为此，父亲和母亲拌过不少嘴。我心里十分清楚，如果去邻镇高中读书，学校会把我当成自费生来对待，而父亲是不愿多掏那部分钱的。最终，父亲没能拗过母亲，不得不在交了学费的基础上，再拿出三千五百块钱让我去读书。此时的母亲，已不知是第几次进学校了，据说工资涨到了一百三十块钱每月。她带的班级考试成绩也总在全乡名列前茅，然而，母亲再也没了转正的机会。

后来，我和姐姐都做了教师，但我又不甘心只做一名教师，生活成本越来越高，我想到了兼职做婚庆。之前在父亲的鼓励下，我已主持过几场婚礼，也跟着姑父学过一些摄像的基础知识，掌握了基本要领。租好门面房，购买家具的那天中午，我叫母亲来帮忙挑选。圆桌、办公桌、沙发都选定了。挑选椅子时，我却有些迟疑，一把不锈钢的皮椅深深吸引了我，但价格比挑好的木质椅子整整多出了两百块钱。

我心想，先买便宜一点的将就着用。送货师傅搬家具上车时，母亲转身对师傅说："搬那把皮椅子上车，差多少钱我来补。"我忙上前阻拦："妈，我还年轻，吃点苦不算啥，坐啥不是坐！"母亲极其平静地说："拿好一点的吧！你成宿成宿地剪辑视频，屁股底下不坐舒服一些咋行呢？"我仍在坚持着："妈，真不用！我还习惯坐硬一点的。"母亲脸上露出一丝微笑："这次听妈的！"送货师傅在一旁等不及了，催促说："你娘儿俩有意思没？不就一把椅子，到底搬哪个？"那天中午的情景，使我无法忘怀。儿女的心思，母亲又怎会不懂呢？恍惚间，十五年过去了，那把椅子仍在，它将是我一生中珍贵的记忆。

一天上午，我刚上完课，父亲打来电话，催促我尽快回家一趟。我放下课本，没来得及请假，飞一般赶往家里。持续了多日的高温天气，午后依然燥热难耐，知了似乎刚要开启一天当中的欢愉。呆坐在沙发上的母亲瞥见我进了门，三步并作两步地上前来死死地抓着我的两条胳膊不放，不断重复着同一句话："我娃明天哪里也不要去，不要骑摩托车！"看到母亲突然变得语无伦次，神色异于往常，我的眼泪唰地流了下来。我几乎带着哭腔，说："妈，你这到底是咋了？"待母亲稍稍平静后，父亲告诉我，就在刚才，母亲要把家里所有的钱送给一个长有白胡须的老人，是父亲阻止了一切，母亲现在还生着他的气呢！待我再问母亲，她却一言不发，表情略显木讷。我将母亲搀扶到了房子里。不久，母亲睡着了。

天擦黑时，母亲醒来了，说口渴难耐，唤人给她倒水。看见我时，母亲诧异地问我:"啥时候回来的?"母亲一边喝水,一边诉说着今天发生的一切,真相亦随之而来:一大早,母亲独自乘公交车去医院看病,行至门诊楼前大槐树底下时,一个操着外地口音的女人问母亲知不知道附近有一个白胡须老人,母亲说不知。那人说白胡须老人能治百病,说着说着,母亲竟和那人一起找白胡须老人去了。

途中,那人说母亲有三个孩子,两女一男。母亲愈加信服了。七拐八拐后,在一栋高楼的顶层,母亲隐约望见一位白胡须老人,忽地一闪,便不见了。接下来的一番话让母亲心急如焚,那女人紧接着说:"你儿子明天要出事,骑摩托车被撞的。"母亲急了,问怎么办。那人说:"此事不宜声张,你尽快回到家里,把所有的钱财一并拿过来,金银首饰也算上,来供奉一下白胡须老人就好了,供奉完后你的钱财悉数带回,白胡须老人不会贪你一分一毫。切记,心要诚,毫无保留地拿来,否则,孩子的事就不能保证了。"为了不失良机,那人叫来一辆出租车,母亲上了车,那人一再叮嘱,来回的路上不许讲一句话,否则就不灵了!速去速回!母亲下了出租车,径直回家拿钱,还一直默念着:"心要诚,要毫无保留地拿,儿子不能出事!"谁知,母亲慌慌张张裹好了钱财刚要出门时,外出的父亲回来了。父亲见状忙问母亲:"你脸色为啥这么差?怀里揣的什么?你不是看病去了吗,怎么回来了?"母亲仍是不说一句话。父亲将母亲怀里的包裹顺势一抽,两万余元的现金撒了一地。看到此情此景,父亲亦不知所措。母亲含泪蹲下来,去捡那乱了一地的钱票,嘴里还嘀咕着:"我娃不能有事!"父亲似乎明白了什么。突然提高嗓门厉声对母亲喊道:"你被人骗了!今天这门你出不去!"后来,父亲打电话叫了我回来。清醒后的母亲说起事情的经过,方知一开始就被那人用了迷药。母亲讲着讲着就笑了,我听着听着却哭了。

外祖母去世早,母亲嫁过来后,很多手艺都是跟祖母学的。她们两个人的性格是那么相似：不生是非，不传闲言碎语，遇事隐忍，善待一切人和事。在母亲和祖母相处的几十年里，她们没红过一次脸，没发生过一次口角。她们一起蒸馍，一起纺线织布，一起包饺子，一起纳鞋底，一起谈天说地……祖母视母亲如己出，母亲待祖母胜似生母。如今，祖母已离开多年，我仍常常念着她的好。祖母去世了，母亲更觉孤单，她时常自言自语："要是你婆在，该有多好！"

　　岁月如流，我们姊妹三个都有了自己的孩子。母亲老了，头发已花白，皱纹无情地爬满了她的额头与脸颊，原本就瘦弱的身躯更加矮小了。可母亲还是很要强，从来没有因为她的事打扰过我们的工作。久而久之，母亲学会了独自乘坐地铁、微信收付款等，且操作娴熟。一次，母亲去医院做胃镜检查，大夫关切地问："你没孩子吗？怎么一个人来医院？"母亲自豪地告诉大夫："我三个娃呢，他们都有自己的事业，忙得很。"大夫"哦"了一声不再说话了。后来，还是姐夫去医院陪母亲做的检查。以后每每想到医生问母亲的话，我都感到两耳发烫。父母的坚强独立，实则是儿女不常在身边逼出来的。

　　母亲这大半辈子，除过二十余年的聘用教师生涯外，其间还赶集卖过蔬菜，贩卖过幼鸡，售过玉米籽，开过药铺等。面对生活的种种磨难，母亲从没有退缩过，从没有放弃过，她总是以积极的心态面对一切人和事，她用自己羸弱的身躯书写了一个大大的"人"字。母亲没有转正，但她赶上了好时代，遇上了好政策。年过花甲的母亲常常笑着说："我这大半辈子，没干成啥大事，唯一值得一提的，就是三个娃都是读书出来的。"

　　这就是我的母亲，一个平平凡凡的女人。

2020年12月8日

纸　风　筝

古语云：鸢者长寿。谈至此，往事便忽地在眼前展开。

得知父亲要给我糊个纸风筝，我激动得一夜未能合眼。我打小就羡慕能飞的东西，甚至做梦也梦见自己拥有一对丰满的羽翼。父亲说，城里的孩子一到春天就放风筝，漫天飞舞，好看极了。母亲有些担心，一个大老粗能糊得了风筝？父亲说他这次近距离看了，西安城里的娃们拿在手上让他瞧的。

父亲从扫帚上抽出几根竹条，厨房里拿来切菜刀，将那些竹条极具耐心地削成竹篾，父亲说轻便些风筝更容易浮起来。他说这些话时，那乌黑的头发也跟着有节奏地抖动着，显得格外精神。父亲用扎丝（细铁丝）把削好的竹篾固定成一个菱形的框架，中间再用两根竹篾交叉为"十"字形状固定起来。这大约就是风筝的雏形吧。他又翻出一些旧的报纸，把报纸完全铺开，在做成的框架上来回比画着，待他觉得合适了，就开始用剪刀裁起来。我按捺不住激动的心了，问父亲啥时候能好，父亲却埋怨起母亲来，说和个糨糊比登天还难！我急忙跑进厨房，看见母亲正在用平日里炒菜的长把铁勺在灶台的微火里煮着面糊，这种用面粉和的糨糊黏性很好，过春节贴对联用的也是这个。当父亲用热乎乎的糨糊把事先裁剪好的报纸小心翼翼地粘上去之后，所有人都觉得眼前的风筝不像个风筝，乍一看古古怪怪的。"大，少了尾巴！"我突然想到语文书上的插图，那些风筝后面总飘着长长的尾巴。父亲摩挲着我的小脑瓜，说："对，没有尾巴，风筝就会失去平衡，自然飞不起来。"说完，他又用剩余的报纸剪出三条长长的尾巴，粘在菱形的后角上。"终于有风筝了！"我拍着小手大喊起来。现在还不行，父亲说得等它干了才能拿出去放。母亲从柜子里拿出纳鞋的线，她将绳线缠绕在线板上后递到我手中。父亲糊的风筝虽有些土气，但我却爱不释手。

我拿着父亲糊好的风筝，等风来。乡下的孩子几乎没见过风筝，都羡慕地跟上来围观。一个机敏的小伙伴抓起一把土向空中一扬，大喊道："起风了！"我举起风筝到头顶，便逆风跑了起来，起初绳线拉得很短，我使劲奔跑，风筝能略高过我的头顶，还得继续放线。可奇怪的事发生了，绳线越长，风筝反倒越飞不起来。我没有放弃，继续向前奔跑，可风筝还是被我拽到了麦地里，再也飞不起来了。"屁风筝！"小伙伴们朝我做了个鬼脸，四下里散开了。

我收了绳线，拿起风筝，垂头丧气地回到家里。父亲笑罢，说我不会放。

这回，父亲牵着我的小手，拿着风筝爬到了村西南角一个废旧的砖瓦窑上，他说："站得越高，风就越大，风筝飞起来的概率也就越高。"我点了点头，对父亲的一番分析深信不疑。起风了，父亲用手指捏住风筝的"十"字位置，嗖一下从高几米的窑顶跳了下去，显然比我有经验多了，他能一边跑一边放线，真是游刃有余，可是他跑出去不足一百米时，风筝还是贴着麦地跟他同步前进了。我看见父亲停了下来，转身走到风筝跟前，思忖良久。

第一辑　文学的家乡

　　不久，父亲带着他那被麦苗染绿的风筝又一次吃力地爬上窑顶，他不相信风筝真飞不起来。他说："城里娃放的风筝明明就是这样的。"父亲的脸上再也没有了先前的笑容。我劝他歇歇再来，他不肯。迎着风，父亲又一次出发了。可这次风筝根本就没飞起来，父亲仍一边回头看着风筝，一边奋力向前奔跑。大约跑出有几百米远，父亲猛然间被什么东西绊倒了，只见他在麦地里打了一个滚，身后的风筝匍匐在绿油油的麦地里。他不动了，风筝也不动了。我急忙跑下去，生怕父亲摔伤。看到我着急的样子，他苦笑着说不碍事。只见他席地而坐，两个膝盖上全被麦苗和泥土染上了黄绿色，豆大的汗珠从他的脸颊上滚下，落在细长的麦叶上。"这风筝还真飞不起来。"父亲叹了口气，显出失望的模样。

　　是的，风筝最终没能飞起来。那年我十四岁，父亲四十岁出头。

　　一晃二十年过去了，我成了家，做了孩子的父亲，而我的父亲成了白发苍苍的老人。

　　那些年，家里大大小小的开支都是父亲用气力一点一点挣回来的。苦难，是父亲一生的朋友。为了让我们全家人过得好些，他给生产队打胡基挣工分，用手扶拖拉机给别人碾场、拉砖，去西安卖白灰挣钱；他贩卖幼鸡来补贴家用，骑自行车绕钟楼一圈卖鸡蛋，还卖过化肥，后来赔了；他把苹果一笼一笼想方设法运到西安城去卖，用赚来的钱给我们姊妹三个交学费。为了降低盖房成本，盖房用的几万块砖，全是父亲用手扶拖拉机一车一车拉回来的。他一夹子一夹子从窑里装到车上，又一夹子一夹子从车上卸下来码成整整齐齐的砖摞。他的衣服磨破了，手上的血泡痊愈了又起。多少个日子里，父亲夜不能寐。后来，我们姊妹三个都大学毕业了，父亲说，剩下的路各自选择。

　　时隔多年，风筝一事也许早被父亲忘却，而我却时时忆起。二十年前没有放飞的风筝，以及那极窘的瞬间，曾带给我一段幸福又温暖的童年记忆，父亲教给我的是不放弃，是执着，是跌倒了再爬起，是面对生活的一种坚忍不拔的态度。那只飞不起的纸风筝，早已成为我隐形的翅膀。

如今，街市上的风筝五彩缤纷，形态各异，但父亲糊的那只纸风筝，仍让我心中溢满感动。真想与父亲再放一回风筝，在春天里，在绿油油的麦田里。

2019年2月22日

老堡子记忆

离家数十里以外，人问我是哪儿的，我说"天南"。人问"天南"在哪儿，我稍作思忖，说张村老堡子。人"哦"了一声，说："老堡子，知道，知道。"老堡子究竟有多老？也许，只有村子北头的古庙知道。

我在老堡子生活了十八年，这里有我的童年、青春和梦想，有我的家人、伙伴，有我上过的第一所小学，我勤劳善良的祖辈们亦长眠于此。老堡子，我的故乡，它承载过我无尽的欢笑与泪水。贾平凹老师把故乡称为"血地"。是啊，故乡是一个人生命的诞生地，也是母亲出血的地方。人到了一定年龄，对故乡的依赖愈加难掩。于是，对老堡子的记忆，如开闸的洪水，滔滔而来。

割草是童年的必修课

大多七〇后和八〇后的农村生人，都有过割草的经历。放学后的头等大事绝非完成家庭作业，而是一手提笼，一手握镰，蹦蹦跶跶去田间给牛羊割草。我身材矮小，整个人都能装进笼里，即便提个空笼，也觉费力，我只好把笼襻儿挽在胳膊肘内，臀部微微向笼一边倾斜。虽然走起路来忽高忽低，但也省了不少气力。

若遇好草，割草人也会两眼放光。我的四爷，便是割草能手。他一蹲下来，话也不说，便心无旁骛地割起草来，只听见镰刀底下发出嚓嚓的声音。少时，一笼草满了，笼里装得瓷实得插不进手指。我也学着四爷的样子去割，但手底下仍不利索，有时还会割破手指或脚趾，就赶紧找来刺蓟，揉搓出绿色的汁液，滴在血口子上，果然，血很快止住了。老人们说刺蓟能止血，看来不假。笼还未满，继续割。天麻麻黑时，父亲总能巧妙地找到我，他先是验一验笼里瓷实不瓷实，检验合格后，他将笼轻轻一甩，一大笼草就扛上了他的肩头。那时，父亲还年轻。

回到家，父亲小心翼翼地将草从笼里抽出来，用铡刀切成寸把长的短节，掬几捧放入牛槽，再加些水、料，后用棍子搅拌均匀，牛便开始享用属于它的晚餐了。父亲看牛吃得津津有味，脸上露出了满意的笑容。父亲爱牛，就像爱他的孩子。我找一处有光的地方，看割破的伤口愈合了没。

放学割草的日子一直伴随到我读高中。上高中后，因周内住校，我只需周末割两笼草。哎呀！终于可以缓口气了。

解忧理发馆

老堡子西头，新开了一家理发馆，生意红火。

开理发馆的人是我的本家，又年长于父亲，我管他叫伯。在关中一带，称呼对方往往还要带上名字，故，准确地说，我叫他森虎伯。森虎伯个头偏低，也正因此，他的身体略显壮实。森虎伯的头发脱得仅剩周围一圈，中间的"高地"油光可鉴，格外夺目。天凉时一身中山装，夏日里一件背心，算是他的标配了。森虎伯说话略带口吃，但这丝毫没有影响到他

第一辑 文学的家乡

对生活的热情。

　　森虎伯谈笑风生，爱心满满。他擅长拉二胡、吹口琴，写得一手好柳楷。森虎伯不光爱自己的娃，更爱老堡子的每一个娃。他爱娃，娃们自然也爱找他。理发馆里，时常"人满为患"，大伙都爱听他讲生动有趣的故事，或刚发生的新鲜事，他总能谝出新意，又极富哲理。森虎伯尤其爱逗我耍笑，即便在农忙时节，他拉着满载农作物的架子车已是汗流浃背，仍不忘同我打趣。他管我叫"双喜"。我很不理解，跑去问父母。原来，我出生不几天，家里的乳牛又添了牛犊，这在20世纪80年代的农村，的确算得上"双喜"。但森虎伯又叫不干脆，每次都是"双……双……双喜"，他总要"双"很多次后，才能完整地叫出来。每次听他叫我，我都忍俊不禁。但，我喜欢被森虎伯叫。一天晚上，我理完发，正要离开，森虎伯拦住我，一本正经地问："听你大说，你还能画画，能……能给伯……画一张吗？"说毕，他拿来纸和铅笔，我趴在他理发馆的桌子上，画他给客人理发的样子。寥寥几笔，勾勒出了大致模样，进而填充完细节，算是成了。交给森虎伯看时，他的脸突然涨得通红，看了半晌，才吞吞吐吐地说："虽然只画了个侧面，还有模有样的，这碎屃出息了。"有了森虎伯的鼓励，我画得更卖力了。

　　森虎伯教育子女严中有爱。他区别于一般农民，尽量不让农活儿耽误孩子完成家庭作业，尽可能地腾出时间让孩子阅读、背诵和默写。森虎伯一边在田里劳作，一边告诫他的儿女："你们不好好念书，大现在的样子，就是你们将来的样子。"森虎伯还对他面临高考的儿子说："考上了，是你的福；考不上，是我的福。"当时，我并不理解这些话。

　　后来的事实证明，森虎伯果真不是有福之人，他的儿子考上了省城的一所大学，寒窗苦读几载后，刚要开始挣钱孝敬他，森虎伯却匆匆忙忙地走了，根本不给儿女留机会。我知道，森虎伯是供娃上学累倒的。噩耗传来，身在异地他乡的我不敢相信自己的耳朵，那个给我童年带来无限欢乐的人，世上唯一一个叫我"双喜"的人，真的永久地离开了吗？

虽然森虎伯已离开多年，但他可掬的笑容，脖子上挂一条毛巾、拉架子车的样子，仍时时浮现在我眼前，那么清晰，那么令我痛心。

森虎伯兢兢业业一辈子，没享过一天福。他的理发馆终究没取个名字，暂且叫"解忧理发馆"吧！

鼓　事

富平老鼓，闻名天下。

若抛开老鼓谈我的老堡子记忆，恐怕会失彩不少。老堡子方圆百里的人都爱鼓。逢年过节，办古庙会，婚丧嫁娶，老人过寿，小娃满月，乔迁之喜，哪样能离开喜庆热闹的锣鼓呢？

读小学四五年级时，我便与老鼓结下了不解之缘。教我打鼓的师傅是任爷和益民伯。任爷年过古稀，下了一辈子苦，脸上的皱纹纵横交错。他寡言少语，待人和善，是方圆几十里出了名的德艺双馨的老鼓手。益民伯四十出头，正当年纪，他是农民里面的能人。益民伯一边继承着老一辈人留下来的打鼓技艺，一边探索着新的打鼓花样，着实称得上一位研究型的老鼓艺人。他们两人教我打鼓，谨慎认真，张弛有度。不是每个人都能学打鼓的，学鼓的人首先得爱鼓。父亲和我，恰恰都爱鼓。任爷和益民伯填好了鼓谱，"○"代表鼓，"×"代表钹，他们再三叮嘱我保护好鼓谱，遗失不补。我接过老鼓谱子，数了数，近二十行。任爷和益民伯限我三日内背熟。其实，我只用了半日，便可倒背如流，这或许源于骨子里头对老鼓的爱。实际训练时，父亲用担水的铁桶来作鼓，他将桶口朝下，圆形桶底自然成了鼓面。他又爬上树，锯下两根桐木，几经打磨，用作鼓槌。此

第一辑　文学的家乡

后，家里也变得"热闹"起来，"咚咚"的训练声持续了几个月。这期间，任爷和益民伯多次来监督，遇到我处理不好的地方，他们往往手把手地教，还极具耐心地对我说："右手打强，左手打弱。"如此不断重复、不断演示，直到我完全掌握。我心想，将来打不好鼓，都对不起任爷和益民伯的辛苦付出。第三个桶底被我打烂后，任爷和益民伯脸上绽开了笑容，说我出师了。

从此，我一边上学，一边雇事，吃遍了周边村子的汤水，"熟人"也渐渐多了起来。慢慢地，我的胆量也大了许多，无论多大的场面，多少人围观，任爷说"上"我就上，毫不怯场。鼓槌未落，马步外豁。一槌下去，四海沸腾。眼朝手看，身随鼓转。表情喜悦，掌声多多。每次打完鼓，我都会累得气喘吁吁、大汗淋漓，但听着耳畔传来潮水般的掌声，又觉得一切都值了。事主家从人群里朝我扔来一盒烟，激动地说："小伙子，再来一盘！"说毕，周围又是一片掌声、欢呼声。我落定鼓槌，扭头看着身后的任爷，他似乎明白我想说什么。他问我："累不？"我说："不累！"任爷说："那就再打一盘吧，难得主家这么高兴。"我又一次扎好了马步，朝手心啐了两口唾沫，以防鼓槌滑落。

邻村一户孔姓人家，老父亲去世，需要请锣鼓队，特地派人来请任爷和益民伯，任爷借故推辞了。待来人走后，益民伯开玩笑说："咋，老汉家里烟多得放不下了？"任爷圪蹴在土墙根旁，缓缓地摆了摆头，咂了一口旱烟，望着远处几棵即将被夜幕吞噬的老槐树。益民伯有些不解，又问："那到底咋了？"任爷嘴角吐出一股白烟，烟嘴仍在嘴里，他开口说话了："爱欺负人的人，我老汉才不稀罕给他送终呢！"益民伯"哦"了一声，不再说话。任爷继续补充道："咱们几个，谁也不准去！叫人家另请高明。"

几年后，打鼓赚来的毛巾和烟堆满了几个箱子。一次雇完事回来的路上，任爷一脸严肃地对我说："娃呀，黄土已经埋到爷下巴了，估计这鼓也敲不了几天了，锣鼓队以后还得靠你呀！"我静静地看着任爷，突然鼻子一酸，两眼湿热起来，我把头扭向了一边。任爷接着说："你能坚持下来，也不容易，现在的年轻人毛毛躁躁的，一心'挖'钱哩，没几个看上咱这行当的。咱给人雇事，不挣一分钱，遇上主家人好，多发一盒烟，咱也就知足了。但你记住，德行不好的人来请，绝不能去，咱可不能丢那些已故老鼓艺人的脸。你记下了吗？"我埋下头"嗯"了一声，已泪眼模糊。

后来，为了求学，我不得不将心爱的老鼓放下。听父亲说，任爷后来也很少雇事了。再后来，父亲打来电话，说任爷走了。任爷的葬礼办得很简单，我没能参加。埋完任爷的那天夜里，天空看不见一颗星星。台灯下，我掏出携带了多年的鼓谱，它已褶皱将破。任爷的话又一次回荡在耳畔："保护好鼓谱，遗失不补！"

关于老堡子的记忆，太多太多。那些人，那些事，平平常常，又如此刻骨。老堡子不大，住着数十户人家，他们一边爱着，一边恨着。老堡子的人勤劳，他们视土地如生命，他们庆幸自己拥有平整肥沃的土地，他们在追求土地奉献的同时，最终也把自己奉献给了土地，世世代代。如今，年轻人都不愿守在老堡子，去了外面闯荡。老堡子的路灯越来越亮了，村道越来越宽了，门锁却越来越坚固了。

也许，老堡子真的老了！

2021年1月28日

第二辑

三秦散记

醉　柏

　　白水县杜康谷处，有一柏树，历经千年不枯不荣，形样如初，犹醉不醒，人称"醉柏"。

　　赏山川之美，春夏两季最相宜了，而我等偏于这萧瑟的冬天来临，大自然已没了活泼之态。古人曰：四时之景不同，而乐亦无穷也。真心赏景，每个季节皆有其佳趣。驱车蛇行至谷底，如入另一片天地。天清气朗，眼前呈现三大色调，即裸露在外的山之土色，苍翠挺拔的柏之绿色，如洗天空之湛蓝色。伫立宽阔处，极目四野，令人心旷神怡。时有冷风穿谷而过，让刚从车里下来的我们禁不住打了几个寒战。

　　相传杜康造酒起源于此。我们沿谷地一路向北，道旁枯草蔫黄，一派荒凉。远处，山脚下一两孔坍塌的土窑，不知凿于何时，或许是数千年前跟随杜康一起酿酒的人所居之处，又疑心确为杜康住过的地方，皆不得而知。同行者说，此地沟壑早年是有水的，哗哗流淌，临水处草木蔚然。水乃生命之源，先民逐水而居，在此地造酒顺理成章。山风袭来，落叶沙沙作响，凝神屏息，微闭双目，仿佛感受得到当年杜康带领众民造酒时的热闹场面，舀水声、筛选谷粒声、木轮碾轧路面声、酒坛碰撞声，说笑声……好不忙碌！好不热闹！一切恍如昨日。听着听着，感觉这风也是从夏商一路吹来的。

杜康庙修葺一新，蓝砖朱门，简约朴素，顶部一横排雕饰砖瓦，花纹精细，雕工精湛，格外醒目。里间呈窑洞式，杜康塑像身披红缎，右手执杯，蹲坐于火炕之上，似邀人共饮，形象栩栩如生，让人心生敬佩。

最令我震撼的，要数庙顶那棵醉柏了。

乍一听醉柏，不解其意，读罢文字，方为之一惊。醉柏也是生命，如何做到千百年来不枯不荣，形样如初呢？很值得思考！醉柏算不上高大，生于庙顶土崖之上，人于低处仰视，黄绿可见，若不知其为"醉"柏，着实找不到可圈可点之处。也许正是因为它的不起眼，才得以在自然界中"永生"。从这一点出发，让我感慨颇多。人若能不悲不喜、不嗔不怒，心如止水，真正做到"不以物喜，不以己悲"，将会怎样？实际上，人是容易受情绪左右的。古时有一牧童，家境贫寒，整日放牧山林，日子过得极为舒坦快乐，他常在山林里引吭高歌，待牛羊吃饱，驱使而归，日复一日。忽一天，牧童于林中捡拾金银财宝一袋，他大喜若狂，却为财宝作何处理犯难。若据为己有，良心过意不去；若交给父母补贴家用，失主找上门又没法交代；若将它终日贴身携带，岂不性命堪忧……从此，山林里再也没有了牧童嘹亮的歌声，他变得心事重重。可见，喜的另一端是悲。一个人若能处变不惊，不也有了醉柏的样子？

醉柏之所以能与天地长久共生，缘于它的"不争"。它没有同身边的草木一争高下、一争枯荣。它能够坚守自己，千百年来，始终如一地守护着杜康庙。《道德经》里讲：圣人之道，为而不争。以我理解，不争即是有所舍，舍方能得。很多时候，人是善争的，是非对错、青红皂白，争赢了又能如何？归根结底，争，无非是为了自我突出与彰显。为而不争，做，但不去争，要有所舍。人们常讲：道法自然。道，就是自然。自然最大的特点是什么？是不争，是无私奉献。春天到了，小草无私地生长，装扮了大地，满足了牛羊，人们踩在它的头上，它也毫无怨言。水利万物而不争，自然界皆如此。一个人修道，修来修去是要利他，要奉献社会，这或许就叫得道。正因为不争，醉柏才在千百棵柏树里面独领风骚，赢得了游人驻足观赏，赢得了文人骚客不惜笔墨地去书写它、描绘它。从这方面讲，它又是争赢了的。有所争，有所不争，古人的智慧真是隐晦而又神秘。

醉柏之最在于"醉"态。此地酒香四溢，就连柏树也"醉"意浓浓。也许正因为这种"醉态"，使得它历经千年而不自知。人，岂能活得太清醒？愈清醒，愈痛苦！不然，医院为啥要在手术前给患者做麻醉处理呢？现实中也一样，凡事不必太较真。当然，这绝不是鼓动大家都去饮酒。老子曰：大智若愚，大巧若拙。人的"醉态"，在我看来，就应表现在"大智若愚"上。我国古代先贤孔子、王阳明、曾国藩等人，均为大智若愚之人，他们的思维言行因超出常人，在当时并不为人理解，反被看作愚钝。郑板桥说"难得糊涂"，这是一种至高境界。拥有此等情怀的人，必为后人敬仰。

想着想着，身边那些看似不起眼的人，始终如一坚守的人，与世无争的人，不就是一棵棵"醉柏"吗？

2020年12月15日

你好，延安

从关中腹地一路向北，沿途山峦起伏，沟壑纵横，车行其间，宛若蛇行。历时约三小时，便可抵达令人神往的延安城。

第一次到延安是在八年前，跟着学校的大巴车看得匆忙；第二次是因为一次拍摄任务，抵达延安时已是深夜，仍看得朦胧；真正意义上的走进延安，要算三四年前了，工作的缘故，我要长居于此。

延安，一个自古被称为"塞上咽喉""军事重地"的历史名城，北宋范仲淹曾描绘过它"塞下秋来风景异"的自然风光，大诗人杜甫曾在她的怀抱枕鞍夜息，一代伟人毛泽东在这里度过了惊心动魄而又轰轰烈烈的十三个春秋……

这么神奇的地方，这么神圣的地方，我似乎应该喜欢这个令人心向往之的地方才对，但是，走过江南的小桥流水，感受过白居易的"春来江水绿如蓝"，竟然使我对黄土高原的一山一峁兴致没有那么浓烈了。尤其到了冬天，仰头环顾一周，大大小小的山都将自己的身体暴露无遗，任凭西北风猛烈地刮过，毫无生气。

值休息日，有朋友提议去远处的圪梁梁上走走，兴许会收获一些意外

第二辑 三秦散记

的创作素材。费了九牛二虎之力，爬至一处高地，真是"一览众山小"。天空湛蓝如洗，干净得没有一丝云彩。只是这山顶的风刮得肆虐凶狠，如万马齐鸣，不绝于耳。当地一个朋友说："我们管这风叫'马儿风'，不如就地来个'听风'心得交流。"大伙"听风"的姿态各异，所获皆有不同，你言我语，畅谈"听风"之感。诸如"疑是民间疾苦声""能开二月花""任尔东西南北风"等诗句也被旁征博引，好不热闹，果真有了意外的收获。但真正的惊喜，才刚刚开始：

　　　　羊啦肚子手啦巾哟

　　　　三道道格蓝，

　　　　咱们见个面面容易

　　　　哎呀拉话话的难。

　　　　一个在那山啦上哟

　　　　一个在那沟，

　　　　咱们拉不上那话话

　　　　哎呀招一招个手。

　　　　……

远处飘来几声悠扬而又深情的信天游，虽若隐若现，但我却听得真真切切。我敛声屏气，正准备听个究竟时，信天游戛然而止。我急忙站起身，欲睹歌者风采，也未能如愿。只觉得眼前这与信天游融为一体的沟沟壑壑、山山峁峁，仿佛充满了生命与活力，不似先前那样毫无生机。这首信天游我耳熟能详，曾在电视剧《平凡的世界》里听得心潮起伏，但生平头一次在这荒芜的山峁上聆听原汁原味的演绎，内心更加震撼，一时间竟然泪眼婆娑，也许是因为孙少安和润叶，抑或是孙少平和晓霞。风忽地停下了，黄土高原的太阳光洒落在人的脸上，暖暖的。徜徉许久，我们才沿着山间汩汩涌出的一条小溪下了山。朋友们照旧说说笑笑，而我的心，却始终平静不了，对延安有了不同往日的感觉。

之后，或二三好友，或独自一人，在这山沟梁峁间陆续听到了《兰花花》《山丹丹开花红艳艳》《赶牲灵》等信天游著名曲目。这些朴实而又粗犷的信天游混合着延安的风、延安的土，逐渐沉淀在我的血液里了。

进入夏季，那些光秃秃的山像是隐匿了自己的形体，全被一层翠绿覆盖。此时再去游山，倒有了几分江南水乡的模样。也许，这黄土高原的山正像生活在这里的人们，四季分明，不藏不掖，向世人展现着自己最真实的一面。

延安独特的地理位置，造就了其丰富、厚实的文化底蕴。

这里钟灵毓秀，走出过无数文学名流。我曾以文学的名义，多次拜访过德高望重的曹谷溪先生。先生不愧是作家路遥的大哥兼文学领路人，平易近人，谈笑风生，脸上还时不时绽出儿童一般的笑容。一见到我，年近八旬的他竟称我为"先生""帅哥"，这让我如何承受得了。记得初见先生是在去年入冬后的几日，那时天还不算冷，进门时我还是捏了一把汗的，可后来发生的一切完全不似我想象。先生不仅极具耐心地为我讲解了初学写作时应注意的一些细节问题，临末了，还给我的"天人文学"平台题写了刊名，外赠几本《路遥研究》。我做梦也没有想到，一个延安文学界的老前辈，竟能对一个客居延安且初次谋面的年轻人如此之厚爱，我何德何能受此恩泽？第二次接到曹谷溪先生电话，我更是激动不已，夜不能寐。这一次，先生就文学创作的标准进行了深入的剖析，言辞恳切，情义深长，令我深受感动。他与路遥的传奇故事我早有耳闻，但听先生神情凄然地讲来，更是增加了几分感慨与惋惜。这一次，我们交谈了约有三个小时。与先生告辞后，我脑子里闪现的第一个想法不是今后的文学创作之路该如何走下去，而是真诚地盼望曹谷溪先生健康长寿，生命之树常青、诗情之水泉涌。对呀！原来先生的名字也是有寓意的，谷溪，本就是山谷里的一汪清溪，涓涓映月；谷溪，本就是山谷里的一条小溪，但它虚怀若谷。山，谷，溪，人，啊！这才是真正的延安，完整的延安！

　　古老而又年轻的延安，正在以全新的姿态迅速崛起。宝塔山，犹如一座巨型灯塔，数百年来引领着无数热血青年努力奋斗！延安精神，光耀千年，将激励着更多的追梦人奋发图强。

　　久居延安，我竟舍不得离开了。它得天独厚的地理位置和气度不凡的精神世界，深深地吸引着我。夏日山谷里凉风习习，像是这座城市的天然空调；冬日天空蓝得醉人，从来不会有雾霾的侵袭。啊，延安！已是我的精神故乡。不知从何日起，无论身在何处，我每日清晨都会情不自禁地说一声：

　　你好，延安！

2019年1月15日

情系延安

1959年，我国遭遇了中华人民共和国成立以来最严重的一次旱灾。关中地区河水断流，井塘干涸，水库无水，麦田枯黄，一场冬、春、夏连旱给农业带来了灾难性打击。爷爷实在不忍心看着五个孩子忍饥挨饿，一大早，他就把奶奶织好的粗布单子捆扎结实，放在门口的石墩上，进到厨房里，往口袋塞了几个硬邦邦的馒头，咕噜咕噜灌了几口凉水，便扛起捆扎好的粗布只身前往延安。他要为一家老小换回口粮。

听父亲说，爷爷年轻时生活担子重，又身单力薄，加之一路颠簸，所以每次只能换回三四十公斤小米。返回的路途更是异常艰辛。

那时候，延安的小米确实救过我们一家人的命。后来爷爷总是给我讲起毛主席、周总理在延安的故事。他说周总理对延安的小米可是情有独钟，中华人民共和国成立后周总理再一次也是唯一一次回到延安，他满怀深情地说："延安的小米好啊，是延安的小米哺育了我们，哺育了革命。"总理回延安吃小米干饭、喝小米稀粥是意味深长的。

"几回回梦里回延安，双手搂定宝塔山。"这是经常浮现在爷爷梦里的画面。八十五岁的他忆起延安往事，依然心潮澎湃，无比自豪。

第二辑　三秦散记

　　我估摸着爷爷的精神尚佳，决定在他有生之年帮他了此心愿，同时也为了让爷爷尽早从丧偶之痛的阴影里走出来。元宵节后，我购买了三张北上延安的火车票。爷爷知晓后，喜出望外，连夜收拾起了行囊。父亲决定陪同他的父亲一起出行。就这样，我们祖孙三代人踏上了延安之旅。

　　抵达延安时，已是傍晚。远远地，爷爷就看见了夜色映衬下的宝塔巍然屹立于山顶，两座大桥被霓虹灯装点得五彩缤纷，在河水中的倒影彩虹一般，非常壮观。整个宝塔山沉浸在各色灯影中，灿若星辰，夜色中的宝塔山显得更加雄伟、壮观，爷爷深深地被宝塔山的大气吸引着。

　　到东关桥时，爷爷不由得感叹这里变化真大，他几乎辨认不出了。他说，早年来延安换小米时，还躺在这东关桥上睡过一晚呢，那时这里荒凉不堪。他说这些话时神情显得有些悲伤。那一晚，我们睡得较早，但黑夜还是没能按捺住爷爷激动不已的心情。

　　之后的两天，我们参观了革命纪念馆，去了杨家岭、枣园、王家坪等革命旧址。

　　不到延安非好汉，不登宝塔最遗憾。一开始爷爷执意不去，他听说登宝塔山是要购票的，咨询后得知八十岁以上的老人免票，他的脸上终于露出了几丝笑意。一路上，我和父亲轮流搀扶着爷爷，他累得走不动了，我们就坐在路边的石墩上休息片刻。我建议包车，但还是被他老人家婉言拒绝了，爷爷勤俭节约一辈子，已成了习惯。不久，我们就登上了巍巍宝塔山，山上有建于唐代大历年间的宝塔，有古时为抵御外来入侵之寇所用的烽火台和望寇台，势若高悬，星辰逼临。六十多岁的父亲紧紧攥着他八十多岁父亲的手游走在巍巍宝塔之下，游走在苍松翠柏之间，这一幕感动了跟在后面拍摄的我。站在宝塔山上俯瞰延安城，三山夹两河，延河两岸高楼大厦鳞次栉比，新区建成指日可待。一座有着厚重历史而又崭新的城市展现在我们面前，延河综合治理工程已全面启动……此情此景，爷爷连连说道:"好,好!"

老人在外是待不久的。影视城还没去,爷爷就喊着要回家,我心里多少有点遗憾。无奈,我送父亲和爷爷离开。路上,爷爷说:"五十五年了,没想到还能再次回到延安。延安的小米还是曾经的味道,老区的人民还是依旧纯朴善良、热情耿直。"上车前,他还留下了一首小诗,再三嘱咐我一定要帮他记下来,最好写在本子上:

经受过风霜雨雪,

历尽过艰难困阻,

走遍千山万水,

延安风景最美。

爷爷,如果有机会,我还会带你回延安。

2018年5月10日

第二辑 三秦散记

李培战与中国音乐家协会名誉主席赵季平

"非常规"的赵季平

2019年10月23日晚,我在延安见到了仰慕已久的著名作曲家赵季平老师。年过古稀的他一头白发,腰板笔直,笑声爽朗,传达给人的是一种独有的精气神,衣着朴素大方,大家风范尽显。赵季平老师说,他这次受邀参加中央音乐学院举办的原创影视音乐作品音乐会——"为人民抒怀",再次感受到了延安老乡饱满的热情。赵季平老师已经来过延安很多次了,不得不说,他对这片黄土地有着特殊的情结。

读初中那会儿,我就在电视荧屏上看到过赵季平这个名字。殊不知,那时的他,早已是家喻户晓的人物了。

赵季平老师1945年8月生于甘肃平凉,现任中国音乐家协会名誉主席,陕西省文联主席,中国音乐著作权协会主席,第十一届、十二届全国人大代表及主席团成员,第十三届全国人大代表,国家有突出贡献专家。历任陕西省戏曲研究院副院长,陕西省歌舞剧院院长,西安音乐学院院长,中国音乐家协会主席,中国共产党十五大代表。他在中国音乐创作领域独树一帜,被誉为中国乐坛最具中国风格、中华气质和民族文化精神的作曲家,是目前活跃在世界乐坛的中国作曲家之一。

第二辑 三秦散记

赵季平老师的"非常规"自幼便有。他的父亲赵望云先生是一代国画大师，也是长安画派的奠基者，与齐白石、徐悲鸿、石鲁齐名。按理，赵季平老师应该是走画画这条道的，可他偏"子不承父业"，非要另辟蹊径。年少时的赵季平老师就酷爱音乐，小学三年级时，他就在铅笔盒里放了张纸片，上面写着"长大要当作曲家"。父亲赵望云先生对此并未干涉，反而鼓励他一路前行。"人，就要干自己喜欢的事。"赵望云先生说。

当年，陈凯歌、张艺谋在影视圈已名声斐然，他们成立了一个青年摄制组，来西安音乐学院寻找能给电影《黄土地》配乐的年轻作曲家。学校几经琢磨，推荐了几名优秀的学生给他们，这其中就有赵季平老师。在此期间，赵季平老师有一次去李家村邮局寄信，刚好陈凯歌、张艺谋也在那儿寄东西。张艺谋先看见了赵季平老师："咦，你也在这儿？"赵季平老师很有礼貌地向两位打了招呼，陈凯歌却向赵季平老师打听另外一个学生。陈凯歌说："刚好在这儿碰见你，你们学校推荐了几个人呢，听说有一个很厉害，我们更倾向于和他合作。他住哪里，你能告诉我一下吗？"赵季平老师说："这位学长我早就听说过，在我们学院很有名气，也很有才华，就在我们隔壁的乐团，你们可以找他合作的。"最后，赵季平老师把这位学长的住处进行了详尽描述。让赵季平老师没想到的是，陈凯歌扭头看着一旁的张艺谋，沉思片刻后，指着赵季平老师对张艺谋说："我们不去了，就他了！"事后，赵季平老师才明白，这是陈、张二人对他的一次试探，考验他是否小肚鸡肠。就这样，赵季平老师顺利地跟着摄制组北上延安采风，返回后开始了他的艺术创作生涯。

赵季平老师在录制节目时，如是说："是啥就是啥，人家真的好，就要说人家的好。父亲曾告诉我，做一个老实人，与人为善。"

赵季平老师的"非常规"体现在他的特殊经历中。赵季平老师从西安音乐学院毕业后，被分配到陕西戏曲研究院，一心想进交响乐团和歌舞剧团的他难掩心中失落，父亲赵望云却不以为然："好啊，你在学校学的那一套都是些技法，你要到民间去，到生活中间去，只有到底下去，才有更鲜活的素材，才能成为一个真正的艺术家。"这一待，便是二十一年。赵季平老师走遍了陕西百余县，听过无数的地方民歌，钻研了秦腔、碗碗腔、弦板腔、眉户、阿宫、信天游、铜川梆子、线腔、长安鼓乐等大量地方曲种，清晰地触摸到了最质朴的黄土地上传统文化的脉搏。除此之外，赵季平老师的足迹还遍布全国各地，他深入研究"南腔北调"，最终成为音乐杂家。

赵季平老师的"非常规"在电影《黄土地》的配乐中就得到了充分印证。电影中，当翠巧送顾青走的时候，翠巧唱的就是黄土地放歌，混合着黄土气息的原汁原味的歌声，给她伴奏的唯有山野的风，这样更容易感染人，更容易将观众带入情境之中。赵季平老师原话是这样说的："以前电影的做法，我们都回避。"1984年，是赵季平老师一发不可收拾的起点。谁也没想到，这部由陈凯歌导演、张艺谋摄影、赵季平作曲的电影获得了空前的成功，被视为新时期电影的里程碑。正是从《黄土地》开始，赵季平老师让电影配乐根植于民族器乐和民族文化中。1988年，他们三人同台拿到了金鸡奖。说到这儿，赵季平老师在央视一套《开讲啦》节目中还谈到过一段话："甘于寂寞，心态平和，逆向思维，持之以恒。"赵季平老师是擅长逆向思维的，艺术取向，是他永远探索的话题。这不正是他的"非常规"吗？

赵季平老师的"非常规"更是让电影《红高粱》大放异彩。在陕西佳县采风时，赵老师和张艺谋同住一孔窑洞。张艺谋说："季平呀，我将来也想导一部电影，也想当导演。"赵老师立即回应："这是好事呀！"张艺谋又笑着说："那我的第一部电影得请你作曲！"赵老师说："我乐着呢！"在窑洞里的约定，成就了后来电影《红高粱》的经典。1987年，张艺谋和顾长卫果然拿着《红高粱》电影剧本来找赵季平老师。赵老师说："这部电影要做到三个'非常规'，即非常规的导演、非常规的制作、非常规的配乐。"赵老师给这部片子配乐时，用三十六支唢呐模拟人的叫声，发出最质朴、最粗犷的呐喊，四支笙由高到低依次排列，一面中国大鼓撼天动地，再加上姜文雄浑的唱腔，使得该片在1988年获得第三十八届柏林国际电影节金熊奖，成为首部获得此奖的亚洲电影。试想，若没有三个"非常规"的总体要求，《红高粱》的银幕效果肯定会暗淡不少。在《大宅门》和《霸王别姬》的配乐中，赵老师更是大胆融入诸多京剧元素，让这一古老的传统戏曲和时代接轨，从而形成了中国特有的音乐符号。正是赵季平老师这种能够把民间音乐贯穿一通的"非常规"的创作方法，才让观众听得如痴如醉，让整个世界为之尖叫。

赵季平老师说："我要让中国音乐和世界对话，我们总不能老学别人的，也得让别人学学我们。"我想，赵季平老师在音乐领域造诣如此之深，源于他的家国情怀，源于他"深入生活，扎根人民"的创作精神，源于他的"非常规"。

文学创作又何尝不是如此。初学写作的我，更应该像赵季平老师当年那样不怕苦、不怕累，深入生活、扎根人民，用"非常规"的手法，写出有血有肉的文字来。

2019年11月15日

与贾平凹老师换月饼

2020年中秋前夕，我又一次拜访了贾平凹老师。

贾平凹老师不仅作品出名，他的忙更出名。他的忙，诚如两年前周瑄璞老师写的《贾平凹到底有多忙》文中所言：如果不是亲眼所见，你永远不知道贾平凹会有多忙。

在古城西安，最担心的，莫过于在看不到尽头的雾霾里堵车了。进退不得，按下窗户无法呼吸，难受得很，然事情往往如此。途中堵了近两个小时，晚八点，方至贾老师书房。进门时，贾老师正在签着手底下一沓厚厚的封面，挨个签，一丝不苟，这得多有耐心啊。不过，贾老师平日里是做惯了这些事的。还没等我开口，贾老师一句"培战来了！"让我备感亲切与轻松。一件蓝色短袖，一副黑腿子眼镜，在灯光照射下，镜片透出一道青紫光来，上面写满了认真与严谨。贾老师摘下眼镜，搁好笔，欲起身沏茶。我忙阻拦道："等您忙完再喝吧！"然盛情难却，贾老师还是端来了滚烫的开水，茶碗亦不似之前，贾老师笑着说："这次碗大，好好喝，这碗还是古董呢！"我"哦"了一声，双手接过茶碗，分量的确不轻，加之贾老师之前的铺垫，更觉手里捧着的不只是茶碗了，而是久远的过去。

第二辑 三秦散记

贾老师见我呷了一口，便问："味儿咋样？这次换了新茶叶。"我赶紧应着："好喝，好喝！"我心想，能在贾老师书房喝一碗白开水，也得知足啊！显然，贾老师工作了很久，他的神情已略显疲惫。贾老师坐在长凳一头，身子微斜，写起字来有些吃力。我轻声说："贾老师，您坐中间呀，这样坐着我都觉着难受。"贾老师缓缓仰起头，说："你来看谁在这里，她来了，我就没地方坐了。"我挪近看时，一尊卧佛庄严欢喜，静静地躺着，占据了大半条长凳。贾老师向来是敬佛的，在佛菩萨面前，他甘愿身居"卑位"。《养鼠》一文中写了这样一个故事，说是贾老师书房里来了一只老鼠，由于书房里到处堆满了书籍报刊和收集来的古董玩物，一时无法捉撵，更不能伤其性命。时日久了，贾老师与鼠"和谐"一室。说也奇怪，这鼠竟能听懂人言。直到某一天，鼠也似人那般恭敬地"拜起了佛"，不可思议。鼠久居于此亦有了佛性，何况贾老师呢？

窗外，皓月高悬，柔柔的月光洒满了古城的大街小巷。贾老师打了个哈欠，伸了伸懒腰，他说我是他今天最后一拨客人了。贾老师娴熟地点了支烟，吸得津津有味，几个漂亮的小烟圈轻巧地从他嘴里吐出来，打着旋儿缓缓上升，不久便四处消散，了无方向。此时，再去看一周的神神佛佛时，更觉神韵无限。我读了贾老师前不久出版的都市小说《暂坐》后，写了一点体悟，欲让贾老师指导。此言一出，贾老师立马熄灭抽了一半的烟，迅速戴上眼镜。考虑到贾老师忙了一天，我本打算读给贾老师听的。不料，贾老师径直从我手里要走稿子，不做迟疑，竟颇为认真地读了起来，有几处还出了声。这个过程足足花了十多分钟，此情此景完全出乎我的意料。我曾设想过今天的场景，或许贾老师会说："我今天很累了，你把稿子留下，我会抽空看的。"现在来看，绝对想当然耳。贾老师对待文字的认真劲，又一次震撼着我这个在文学圈的无名小卒。耄耋之年的曹谷溪老师如此，年近古稀的贾老师亦如此。忽忆起，冰心有诗云：成功的

81

花,人们只惊羡它现时的明艳!然而当初它的芽儿,浸透了奋斗的泪泉,洒遍了牺牲的血雨。现实中,人们往往只看到辉煌的结果,却忽视了辉煌结果背后隐含的艰辛过程。贾老师一口气读罢文字,缓缓摘下眼镜,面带微笑地对我说:"你读得很细,发挥很好,文笔也不错呢!你那里留底了吗?有的话,这份留我这里,谢谢培战了!"我喜出望外地回答着:"我电脑上有底,这份就留您这里,太谢谢贾老师了!"贾老师的一番话,使我受宠若惊。我清晰地知道,在文学领域,自己仍是入门级水平,甚至门在何处尚不得而知,但贾老师给予我的肯定,让我备受鼓舞。贾老师的话,赋予了我在文学道路上勇往直前的不竭动力,更让我感受到了一位文学前辈的博大胸襟。

时间在悄悄溜走,夜已深沉。喧闹了一天的城市,如同玩累了的孩童,终于安静了下来。贾老师说:"客人一茬接一茬来,早上六点到现在,就吃了两个馍……"说话间,贾老师的手机响了,只听得贾老师简短有力地回复对方:"马上,马上完了。"天呢!竟耽误贾老师一个多小时了,我突然为自己的不识趣尴尬起来。等贾老师挂断电话,我急忙站起来,说:"真不好意思,耽误您太久了!明天就是中秋节,我给您带了盒月饼,不成敬意,请您笑纳。"贾老师起身,说:"谢谢你了,你稍等。"贾老师转身去了另一房间,正在我纳闷之际,贾老师提着一个盒子走了出来,他一边走,一边笑着说:"我也要给你送盒月饼。"我连忙上前推辞:"这可不行,您的礼物我怎么能受得起呢?"贾老师将提绳塞进我手里,和蔼地说:"没事,中国人不是讲礼尚往来嘛,你得收下,这也是我的一份心意嘛。"拗不过贾老师,我只好收下。提着沉甸甸的月饼,我一边回头向贾老师说着"保重",一边走进电梯。贾老师照旧送我到电梯口,目送我离开,直到电梯门完全闭合。

回家途中,汽车缓慢行驶在不甚拥堵的大街上,夜色中的城市依然亮

第二辑 三秦散记

如白昼。放一曲舒缓柔和的音乐，为的是不辜负今晚这如水的月色，还有我那美丽的心情。不知是谁说过，十五的月亮十六圆。在我看来，今夜的月亮就很圆，圆得出奇。

2020年9月30日

李瞎子的故事

听爷爷讲，长久以来，关中道流传着关于李瞎子的故事。

李瞎子命薄，幼年丧父，母改嫁，他靠吃百家饭捡了条命。后来，李瞎子靠给村里人做些活计混个肚圆。他眼虽瞎，可心里亮堂着呢，谁家给他吃了荤菜，谁家又让他咥了剩饭，哪家做事大方，哪家做事啬皮，他都心里有数。

这不，地主老财黑三雇佣了李瞎子。黑三家的活儿不仅繁重，而且晌大（时间长），关键是"饭疏食饮水"。那天吃饭时，李瞎子伸手碰了一下碗沿，一哆嗦，赶紧又缩了回去，问道："请问碗里盛的可是白凉水？"黑三"嗯"了一声。李瞎子顿时放声痛哭起来。黑三不解："你这个扫把星，哭屁哩，有水喝还不知足！"李瞎子抹了两把泪，带着哭腔说："你不知道，我一个表哥刚过而立之年，就一命呜呼了。他家在白水县，一提起这白水……"说着，李瞎子又号了起来。黑三无奈，便招呼内人给李瞎子换碗茶水。茶水热气腾腾，李瞎子将筷子分开平行放在碗沿上，把一个玉米面馍小心翼翼地架在上面，之后神情自若。黑三见状嚷道："不吃饭等死呀，吃完还要干活儿呢！"李瞎子不疾不徐地说："我

第二辑 三秦散记

在托（热）馍呢！来来来，你摸摸你家的馍，硬得跟个冰锤一样，外头人都说你家过得宽展，难道你媳妇平时就给你吃的这？"黑三一时语塞，打发内人换了热馍上来。后来几日，黑三一家对李瞎子不敢有丝毫怠慢。

是日，天朗气清，李瞎子揣着好心人施舍给他的几枚铜钱来到饭馆，欲美餐一顿。待李瞎子坐定后，店主冲着伙计大声喊道："客一位，陈二哥，上菜——"这一声似乎是专门让李瞎子听的。李瞎子心想，我是瞎，又不是聋。少顷，饭菜端上了桌。李瞎子拿起筷子，夹了口菜，迫不及待地塞进嘴里，嚼了两口后，又吐了出来，李瞎子脸上原先的喜悦之色忽地消散了，他起身就要离开。店主和伙计忙上前拦住他："咋的，你个瞎子还想吃霸王餐？"李瞎子平静地说："你们说得对，这饭菜我不能白吃呀！这一眨眼的工夫，我身上的钱被人偷了，这贼一定还在店里。对了，你们店里这会儿有其他客人吗？"店主和伙计被这突如其来的反问弄得不知所措，瞠目结舌。李瞎子好像又想到了新的线索："对！对！方才除了端饭的伙计靠近过我，好像再没别人。"店主瞪大了双眼，气冲冲地看着伙计，那伙计断言绝不是他偷的。李瞎子犹豫了一下，说："算了，饭菜我就吃了一口，钱的事也不追究了。"说毕，扬长而去。店主目送李瞎子走远后，长舒了一口气："看来，这李瞎子真不好惹，怪不得连黑三见了他都客客气气的，刚才给他上了'陈二哥'（剩饭），差点儿赔出钱来，以后见了他可得多长个心眼。"

"有好戏看喽！有好戏看喽！老猛家的猪娃被车轧死喽！"一大早，村里几个不上学的孩童就像被戳了的马蜂窝一样，吵个不停。李瞎子的美梦也被这吵闹声打断，他闻声跑了出去。

老猛，原本姓孟，因他可以单手提起碌碡在空中抡圈，又能只身屠宰猪、羊，方圆百里小有名气，村里人称"老猛"。几个围观的村民交头接耳："轧死老猛家猪娃的小伙子，真是倒了大霉。"

李瞎子凑上前去，听明白了其中原委。他豁开人群，疾步走到纠纷现场，向赶车的小伙子厉声喝道："我的好外甥呀！你眼窝长屎上去了吗？咋能把车驾到人家猪圈里去？你也不打听打听，老猛是干啥吃的！"老猛一看李瞎子是站在自己这一边的，身子自然往后退了两步。赶车的小伙子半天才反应过来，扑通一下跪倒在地，搂着衣衫褴褛的李瞎子，说："舅，我没有把车驾到他家猪圈去，我的车在路上走得端端的，不料，他家猪娃飞一般冲了出来……""是这样呀，那没你的事，你走吧！路是大家的，不是某一家的。"李瞎子将面前的小伙子扶了起来，说："走吧！走吧！"老猛一看是李瞎子的外甥，再者，和李瞎子争辩，明摆着是以卵击石，又自知没理，便不再纠缠。

日中时分，赶车的小伙子买了些烟茶，又返回感谢李瞎子为他解围。小伙子说："叔，你的大名我早就听说过，今天才算见识了。不过，我很想知道，你和我非亲非故，为啥就要帮我呢？"

李瞎子嘿嘿一笑："叔没帮你，叔只是在摸着良心说话。"

（声明：本文根据八十七岁的爷爷口述而成，如有雷同，纯属巧合。）

2020年6月4日

炕　味

前天晚上，一发小从上海发来微信，头一句便问，老家现在烧炕没？他说，记得小时候，一到冬天，坐落在黄昏里的村子便被烟雾笼罩，氤氲在村子上空浓郁的烧炕味，让他颇有些怀念。

是啊！一直以来，我似乎忽略了家乡那种独有的味道。

南人住床，北人睡炕。进入冬季后，几乎家家户户都要烧炕，即使是在白天，炕也烧得热乎乎的。烧炕也是有讲究的，入冬前要储备好干柴火，诸如秸秆、麦草、苞谷皮之类的，一旦下了雪，这些东西可是不好寻的。这些火料通过炕门填塞进炕洞里，等火势大一点的时候，继续填充，这时挡住炕门，任凭浓白的烟雾从烟囱里往外钻。做好这些还不够，有时为了避免火堆聚集而导致炕上出现局部热，则需要准备一根长约两米的木棍。等火势再大一些，需用木棍将火团捣匀，这样，整个炕上都会变得温热、舒适。

北方的火炕用途广着呢，你如果仅理解为供人睡觉，那似乎也太小瞧它了。在我的印象中，一下雪，我们姊妹三个没地儿玩，炕上就成了游戏场所。被子叠好后放在炕头，床单铺平展，疯狂的"你推我搡"便开始了,翻下炕去,时有发生。有一次,我们跳得猛烈了一些,炕面凹陷了下去,父母气得火冒三丈,又舍不得打我们,只好请匠人修缮。除此之外,炕上还能烘干辣子,蒸发酵面,施压袼褙(做鞋底用的布板)等。

冬天,田里没了农活儿,我经常随父母串门。每到一家,主人不问三七二十一先招呼上炕,这也算得最高礼遇。炕上放一张小矮桌,乡下人唤作炕桌,殷实的人家会摆放一些干果来待客。有时恰巧赶上饭点,他们往往端上一碗热气腾腾的苞谷糁,上面放一撮切得很细的胡萝卜丝,顿时,一种天然的、原始的香气扑鼻而来。到最后,意犹未尽的你连碗筷也会舔得干干净净。

屋外白雪皑皑,屋内人们围着炕桌盘腿而坐,谈天说地,时间似乎过得很慢。

火炕的构造和样式也在不断发生变化。原先的炕都是土坯子盘成的,家里孩子多的话,炕就要盘大一点。在北方,父母和孩子们挤睡在一个炕上,不足为奇。土坯盘的炕预热比较慢,且散热也快,有时天不亮,人就冻醒了。后来的新式炕改用楼板,则大大弥补了土炕的不足——需要的柴火少,加热快,热区也比较匀称,持续时间又长。父亲说,关键是结实了,娃们再也蹦不塌了。近几年,炕的外形又有了很大的变化,轻巧、时尚了许多,乍一看,像极了一张砌满瓷砖的床。

随着生活条件的不断改善,大多数家里原先的土炕还是被拆除了,取而代之的是电褥子,这省去了过去烧炕的许多环节。我曾经给爷爷推荐过使用电褥子,说它如何方便。爷爷尝试了几个晚上,便把电褥子还了回来,说他身体上火了,还是睡炕吧,既节能,又暖和,这种电玩意他实在睡不惯。

我们的祖祖辈辈都是睡炕过来的,他们在炕上出生,扶着炕沿学会了走路,成年后又在炕上孕育了下一代,最后,他们也是在炕上老去。炕上，承载了太多太多的酸甜苦辣、悲欢离合。

  此时正值冬季，置身繁华之地的我，眺望家乡方向，微闭双目，仿佛又闻到了烧炕的味道。原来，炕味就是家的味道，一种简单而又朴素的情怀。

  猜想，身在上海的发小怀念炕味的原因，也大抵如此吧。

2020年11月27日

秦人秦雨

七月盛夏，暑热丝毫未减。知了比先前叫得更凶残了，在不同的树上，各自为政。道路上看不见一滴水，到处泛着刺眼的白光。雨是不常光顾秦地的，于是，生活在这里的人们翘首以盼一场雨的来访。

自古以来，秦地干旱少雨。秦人靠天吃饭惯了，若冬里无雪，春里缺雨，田地干坼，眼看小麦枯死，人们必感心慌。《诗经·小雅·甫田》中记载："以祈甘雨。"祖父就参加过祈雨，那是旧社会祭神求雨的一种仪式。祈雨头天须斋戒一日，以示虔诚。这天，男女老少齐聚村东头一片筑有高台的空地，黎明就开始敲盆击碗。在土筑高台上放一张长条木桌，桌子正中央摆放一个香炉，炉里的香烧了一茬又一茬，烟雾弥漫。桌子上排摆着满满当当的各种供品，有大肉、瓜果、蔬菜，有时会放整个猪头，这些供品都来自村民家里。台上的长者眼睛微闭，左胳膊肘搭一龙纹旌旗，嘴里念念有词，后面两排人也跟着应和，场面甚是壮观。台下的人往往不知所云，只在长者的指引下，行鞠躬、再拜、平身等礼节，这算是毕恭毕敬的祈雨。秦地祈雨方式不尽相同，有些地方把龙王爷塑像抬到空旷的地方暴晒，这叫"晒龙王"；还有些地方则用鞋底"抽"龙王，威逼降雨。

后两种祈雨方式虽粗暴了些，但秦人的个性暴露无遗。虔诚也罢，粗暴也罢，在今天看来，都荒诞不经。可以确定的是，秦人渴求雨的愿望是真真切切的。还好，现在水利系统较发达，秦人不必再"看脸"吃饭了。

轰隆隆，轰隆隆，雷声嘶鸣，黑云翻墨，狂风乍起，果真是"山雨欲来风满楼"。霎时，空气变得死一般沉寂，闷得让人窒息，每一种气息都掺和着地上蒸发出来的土腥味。我知道，这是暴雨的前兆。

起先，豆大的雨滴稀稀疏疏、不疾不徐地落在雨棚上，发出吧嗒吧嗒的声音，街上几个骑自行车的悠然自得，不以为意。倏然，雷声再次咆哮起来，越来越响，风住了，雨像箭一般从天空射下来，屋顶、路上溅起一层白蒙蒙的雨雾，犹如一道依稀可见的白纱。路边的柳树艰难地摆动着身躯，似乎要避开这疯狂的雨，结果被淋得彻头彻尾。楼下几株牡丹花倒显得格外开心，雨打在花瓣上，晶莹剔透，如颗颗珍珠，花朵越发妖娆。须臾，路上已聚水成河。雨点溅在路上，先是鼓起一个小水泡，水晶般迷人，紧接着开出一朵朵美丽的水花，那水花次第扩散开来，还没来得及荡起涟漪，就已汇入雨的河流里去了。街道上一个人影也看不到了，白花花的全是水，天地间像是挂上了无数条清澈透明的水帘，仿佛要将整座城的尘埃一洗而净。女儿掀开窗户，伸出小手去接雨，我也伸出手去，雨落在手心开了花。茫茫宇宙，人是如此渺小，正如这自然界的一滴雨。约莫二十分钟，雨势减退，街上又出现了打着五颜六色雨伞匆匆赶路的人，从楼上俯视，宛若一朵朵游走的五彩斑斓的花。

我喜欢秦地的雨。秦地的雨下得豪放，说来就来，说去便去，痛痛快快。这不正是秦人坚毅彪悍、粗犷豪放的品性吗？这不正是秦人雷厉风行、大刀阔斧的做事风格吗？这不正是秦人质朴厚道、乐观豁达的胸襟吗？

2019年7月8日

秦地之秋

暑气逼人的日子渐行渐远，秦地又迎来了一个秋天。

文人骚客赋予了秋天多重面孔：多事之秋、秋后算账、一日不见如隔三秋，诸如此类，不可俱举，这常常让秋天处境尴尬。天地本无心。郁达夫先生说："秋天，无论在什么地方的秋天，总是好的。"然悲秋叹秋、绘秋赞秋之人古来皆有。诗仙李白在一个明月高悬的深秋之夜，看着院落里栖息在秃树上的寒鸦，不禁黯然神伤："秋风清，秋月明，落叶聚还散，寒鸦栖复惊。相思相见知何日？"委实凄婉动人，引人无限牵念，好一首悲秋之作。刘禹锡却说："我言秋日胜春朝。"

天地有大美而不言。秦地的秋天厚重而多彩，淡雅而不俗，像极了水墨画。它来得匆匆，正应了那句农谚：早上立了秋，晚上凉飕飕。去田野里走一走，苹果像一盏盏红灯笼挂满了枝头，熟透了的柿子像小姑娘红红的脸蛋，饱满而又金黄的玉米棒子，像留有长胡须的老人咧着嘴笑。那些不知名的野花杂草，仿佛也要抓住这生命的尾巴，与秦地的秋天应和着。一个南方来的朋友感慨："只有亲身到过秦地，才算真正领略了什么叫'天高云淡''秋高气爽'。"

一场秋风，枯黄的落叶铺了一地，像是要给大地盖上厚厚的金毯子，好不静美、舒适。

秦人把秋雨叫秋傻瓜雨，有时下个没完。开始时还是密密麻麻地斜织着，不一会儿的工夫，就能听见雨打在树叶、屋顶上的唰唰声，仿佛是两个亲密无间的爱人互诉衷肠，抑或是大自然一首美妙的交响乐。父亲甚是喜欢这秋雨。一场秋雨，仿佛涤荡走了他全身的疲惫，拉来一把藤椅，静静地点燃一支烟，读一份报纸，用沸水煮一壶好茶。水是沸的，父亲的心是静的。有时，我的思绪也会伴随着多情的秋雨回到一千多年前的唐朝，我看见身居异乡巴蜀的李商隐正在一个秋雨连绵的深夜伏案给长安的妻子书写家信："君问归期未有期，巴山夜雨涨秋池。"一场秋雨，淅淅沥沥，涨满秋池，同时涨满的，还有多情之人的无尽思念。

秦地的秋天，是一个承前启后的季节。当人们收割完那金灿灿如棒槌的苞谷后，紧跟着要播下小麦。秦地人食不离面，当地传唱着"馒头不离手，面条不离口"的乡间歌谣。正是这秋天播种的小麦，造就了秦人坚毅彪悍、坦诚厚道、粗犷豪放的性格。

我深爱着这秦地之秋。秦地之秋，你是上天赐予秦人的人间仙境，我不禁大声歌唱你，歌唱你的香飘四野，歌唱你的成熟静美，歌唱你别具一格的风采。

2019年10月22日

春 之 雪

  大年初五夜里起了风,预感是要变天了。盼了一个冬天,总算没落空。北方的冬天没有雪,该是什么景象?你听,大大小小的诊所里咳嗽声接二连三,人们感叹着天干物燥。虽说是"一冬无雪天藏玉",可这无雪的冬天着实令大地万物尴尬不少。

  随风潜入的一场雪,悄无声息地下了一夜,外面果真是"银装素裹,分外妖娆"了。天微亮时,隔着窗帘,我已感受到了雪的刺眼。"沙沙""沙沙",是父亲扫雪的声音,我穿了衣服走出去,站在平房顶上,透过交错的几根枯枝,远远地望见楼下的父亲正佝偻着身子在门前逼仄的巷道里扫雪。父亲说,今天初六,仍会有拜年的人过往。几个早起的邻居也在各扫门前雪,大家嘴里都哈着白气,时不时搓搓手背,老远地谈笑着,赞叹昨晚的雪下得精神,似乎年味也在他们的谈笑中变得更浓了。

  万象晓一色,皓然天地中。

  下雪喽!下雪喽!女儿刚从被窝里钻出来,蓬头垢面的,便飞一般从大门里跑了出来,闹着要我给她堆雪人。我说,你爷爷现在就是个雪人,女儿看后咯咯地笑了,父亲也笑了。

第二辑　三秦散记

"爸爸你看，咱们的汽车盖上厚厚的棉被了，爷爷的电动汽车也盖上了。雪都是白色的吗？"女儿突然问我一个奇妙的问题。

幸好，前几日读过一篇《彩色的雪》的文章，不然，还真被年幼的女儿问住了。我说："雪并非全是白色的，有时也五彩缤纷。"

"呀！还有彩色的雪？能给我讲讲吗？"女儿拍着红通通的小手，激动得差点跳起来，她似乎对彩色的雪更感兴趣。

父亲也停住了扫雪，侧耳倾听。

我讲给女儿，南北极地带常有红雪，阿尔卑斯山、苏格兰、格陵兰海湾偶尔也能看到天降红雪，那雪如鲜血一般红。我国也有下红雪的记录呢，当年打败魏国、蜀国和吴国的司马炎，在建立陈国后当上了皇帝。当他年老卧病在床时，天空突然降下了很厚的红雪，不久，武帝就离开人世了，人们说这场红雪就是皇帝驾崩的征兆。当然，这只是巧合，今天对降红雪已有了科学的解释。还有，一百多年前，北冰洋的一个小岛上下了一场绿雪，整个山川大地披上了绿装，远望浓绿欲滴，异常美丽。苏联下过黄而略带红色的雪，雪后的地面仿佛铺了一层黄红色的地毯，十分美丽。对了，苏格兰还下过黑雪……

"黑雪？是不是白天也变成了黑的？"女儿问。

她能否完全理解我说的，不得而知。

"那我们这里怎么不下彩色的雪？"女儿继续问。

"如果生态环境遭到破坏，就会下彩色的雪。"我说。"哦！"女儿听得如坐云雾，"那城里限行就是为了保护环境吗？"

"当然。这几天不让你燃放爆竹，也是为了保护环境啊！"

"哦。那雪本来是什么颜色呢？"女儿又问。

"就是你现在看到的颜色，洁白素雅。"

说话间，门口的雪已经打扫干净了，女儿伸出手轻轻地摩挲着爷爷头上的雪花，她笑着说："爸爸你看，爷爷的头发也被雪染白了。"

我们返回城里时，雪还没有完全融化，一路上我开得小心翼翼。来往的小汽车都套上了防滑链，大家客客气气，相互避让。少顷，太阳隐隐地探出脑袋来，积雪受不了了，开始融化，路上渐渐积起了雪水。初春的太阳透过玻璃将阳光洒在人的脸上、身上，暖暖的。路边树枝上结了许多冰柱，还未来得及消融，像一串串晶莹的冰糖葫芦。雪后的空气也无比清新，深吸一口，浑身自在。这一切无须用笔勾勒，无须用颜料涂色，自成一幅关中雪景图。

"我爱冬天！我爱下雪！"后排的女儿欢呼雀跃。

"溪儿，现在可是春天呀。这是春之雪，是瑞象！"

2019年2月8日

汉水悠悠

  青套，隐匿在陕南的一个普通的小山村。单听名字，似乎与诗情画意沾不上边。的确，这是一个有着青山绿水又封闭落后的地方。远望青套，满眼的绿，几乎看不到人的行止，林木葱茏，像一把把巨大的伞，稀稀疏疏的房舍在绿伞下时隐时现。这样看来，倒是"青"得明显了。这里交通不便，车无法直达村庄，还得过一段水路。

  汽车蜿蜒前行了一个多小时后，司机师傅指着对面的大山，说："就是那里了。"我们在公路边下了车。大家拖着行李箱，拎着大包小包，带着好奇，趔趔趄趄，顺着一条羊肠小道来到了江边。江面倒显宽阔，一汪的绿水丝绦般延伸出去，薄雾氤氲，看不到尽头。发动机刺耳的轰鸣声早已淹没了哗哗的水流声。渐渐地，船驶入了大山深处。船家说，进出村子的人都要乘船，他们去城里买了什么，哪家又添了什么大件的家什，他都清楚。这个地方落后归落后，但一有风吹草动，就会波及全山。我问及江水的名字，船家说叫汉江，我又问当地人的叫法，船家摇了摇头。不久，船靠了岸，我们拿好行李，准备付钱给船家。只见船家向我们摆摆手，颇为友好地说："你们上船的时候，我就晓得了，你们是来我们这个穷山沟实习的大学生，我们这地方，需要你们这样的年轻老师。船费的事，校长已给过了，他还再三叮嘱我，要保证你们的乘船安全呢。"果然，青套学校专程派了老师来迎接我们。山势回环，大家走得很费力，有的同学脸上已露倦容。还好，山林里"好鸟相鸣，嘤嘤成韵"，倒是减去了几分倦怠。

迎接我们的老师说："喏，学校到了。"我们抬眼望去，所有人同时屏住了呼吸，世界仿佛也在一瞬间变得安静了。眼前的是学校吗？没有围墙，没有大门，几间简陋的砖瓦房教室，孤独地坐落在山坳里，破旧的窗户里透出几道昏暗的光线。那片平整的山地应是操场，它立刻能使人联想起尘土飞扬的跑操情景。沟岔里风大，一面五星红旗在笔直的旗杆顶端尽情地舒展，似乎是对我们的到来表示欢迎，耳畔时不时传来孩子们诵读的琅琅书声。不觉间，太阳已悄悄溜到了山后，这里的天快要黑了。

对面有一栋低矮的楼房，负责的老师安排我住楼上。洗漱就在阳台这个露天澡堂里，烧一壶热水，再舀几瓢瓮里的泉水掺进去，头上、身上、腿脚，全在一个铁盆里洗了。大家轮换着洗，直到天空中的星星探出头来。秋夜，大山里热闹非凡，皓月高悬，虫鸣鸟叫，连绵起伏。窗外，几家农舍上了灯，黄晕的光，朦朦胧胧，装点着大山。偶尔还会传来一阵阵犬吠声，那声音穿透了山谷，传遍了大山的角角落落。虽是秋天，耳边的蚊子仍哼着不知名的曲调，着实叫人难以入睡。我突然想到母亲曾说的"差铺"一词来，或许说的就是今晚的情形吧！山风裹挟着湿气袭来，凉飕飕的。天快亮时，我渐渐来了睡意。

第二天，恰逢升国旗。已生出苔藓的木桩顶端，挂着一对敞口铝质大喇叭，喇叭扩出的声音响遍行云。原本就不大的操场上，挤满了学生和教员。校长站在天然形成的高台上，用热烈的话语欢迎着我们这群实习生。孩子们神采奕奕，只不停地鼓掌，真担心他们把手掌拍烂。此刻，我才注

第二辑 三秦散记

意到，数百人的队伍里，竟看不到一双像样的运动鞋，孩子们有穿黄胶鞋的，有穿咧开嘴的布鞋的，还有穿露出脚趾的球鞋的。有几个男孩的裤子，明显破了洞。凝视着孩子们亮晶晶的眼眸，会发现，那里写满了对未来的无限憧憬。突然，喇叭里响起雄壮嘹亮的国歌声，声音回荡在寂寥的山谷中，传得很远、很远。伴随着音乐，红色的五星红旗在山林的雾霭中冉冉升起。在这样一个小山村，有这样一场简陋的升旗仪式，也足以震撼每个人的心。原来，有国歌和国旗的地方，便是最温暖人心的地方。

我的实习指导老师姓孙，青套人。他谦虚地说："指导老师不敢当，每个人都有值得学习的地方。"孙老师五十岁出头，身着一件略显宽松的灰色夹克，中等个头，黑白相间的头发，不善言谈，裤腿也总是挽着，黄胶鞋上沾有些许泥巴，放眼全身，唯肚子一圈比较突出，据说男人发福都是由肚子开始的。听他的学生说，孙老师一上完课，就回去忙田里的活儿了。孙老师同很多老师一样，一半是教师，一半是农民。孙老师代九年级的语文课，我跟着听课。几天后，孙老师对我说："你也听了几节课，要不，明天你上一节，锻炼一下嘛。"我有些不自信地说："九年级课程紧，万一我上不好，耽误了学生……"没等我说完，孙老师面露微笑地打断了我的话："不打紧的，没你说的那么严重，你漏讲的内容我后面补上就是了，再说，凡事总要有个开头。"我感激地答应了。

那天，在青套那个没有围墙的学校里，我怀着忐忑的心情，生平第一次站在了真正意义的讲台上，面对着几十双渴求知识的眼睛，真真正正地上了我教师生涯的第一节课。

自以为胡诌了一通，孙老师却十分赞赏："没想到，你古文功底很不错呢，和学生互动也好，课堂气氛好呀！"我心里自然明白，这些都是孙老师的鼓励之辞。他接着说："后面的几篇古文都由你来上。我问过娃们了，他们喜欢你上课，我看没问题，你看呢？"他这一决定，虽出乎我的意料，给我提供了更多的提升机会，但也让我"恐托付不效"起来。还好，身旁的孙老师不停地给我打气，鼓劲，后面的几篇古文讲得很顺利。

一天下午，孙老师亲自找到我，在二楼宿舍的阳台上，他对我说："九年级周六还得补课，你周六不去城里的话，就留下来上课吧。青套这地方，除了看山看水，也没有啥好去处。你闲着也是闲着，不如给娃们上上课。我周六家里还有事，你就辛苦一下！"这回，我却有些不情愿，但还是硬着头皮答应了。一连几周，周末都见不到孙老师人影，我猜想，他家里大概很忙。

月末的一个黄昏，晚霞映红了半边天，也映在了孙老师的脸庞上。他从夹克里面的口袋里掏出一沓皱皱巴巴的钱，送到我面前，笑着说："学校发工资了，九年级的补课费也发了，这几周是你一直上课，这些钱你得拿着。"说话间，钱已塞到我的手里，我忙将钱挡了出去，激动地说："您能给我这么多的锻炼机会，我已感激不尽了，怎能要您的钱呢！"孙老师不肯罢休，继续说道："你还是个学生，用钱的地方多。再说，这钱是你该拿的，你放弃周末休息时间来上课，难道付出不该有回报吗？你就别推辞了！"说毕，孙老师将钱放在了阳台的围栏上，转身下楼了。我张着嘴巴，拉长脖子，望着孙老师的背影，仿佛成了泥人，竟说不出一句话来。我将钱攥在手里，感受着孙老师存留在钱上的体温。

离实习期满的日子越来越近了，似乎从未见孙老师换过衣服。我上课次数多了，自然不怯场，也懂得如何与学生互动。在青套学校组织的实习生公开课上，校领导及九年级语文组的老师对我给予了充分肯定。孙老师偷偷告诉我："校长说了，优秀实习生非你莫属！"我自是喜出望外，但我更看重的，并非什么荣誉称号，而是能遇见孙老师。

一天晚自习，孙老师对我说："你去教室和孩子们告个别吧，这么久了，娃对你也有了感情，一听说你要回去了，娃们还有些舍不得。"

依稀记得，我在教室语无伦次地讲了很多，什么九年级的重要性呀，将来一定要走出大山，去城里生活之类的话。孩子们要我签名留念，我逐一签了。突然，后排的一个男孩子站了起来，几乎带着哭腔，说："李老师，您还会再来青套看我们吗？"他这一问，问哭了很多人，包括我。那一刻，我的眼里噙满了泪水，但我在努力克制，不让泪水溢出来。我缓缓地朝后排的男生微笑着点了点头。下课时的铃声，结束了我们短暂的告别。

离开青套的前两天，我发现床底下的皮箱不见了，心想，这地方该不会有贼吧？我急出一身汗来，衣物倒不值钱，可惜了那几本我还没有读完的文学名著。后来，我的皮箱在学生宿舍找到了，上了密码的锁子也未被打开过。我有些生气地问："是谁藏的？为什么要藏？"学生们低着头，嘴里嘀咕着："皮箱藏了，你就走不了了！"

校领导出于无奈，决定让我们周日离开，原因是周日学生都离了校，能避免分别的场面。天蒙蒙亮时，我们收拾好了行李，几辆面包车打着双闪，在楼下等着我们。车窗外的校领导，正在向我们挥手告别。车子动了，我推开窗户，扭头望着晨曦里的青套学校，它似乎还没睡醒。我终于没能说出再见，怕惊扰了它的美梦。

运送我们过江的还是来时那只大船，船家微笑着和我们打招呼。柴油机发出的声音在黎明时分格外聒噪，听得人喘不过气来。船已离岸，青套越来越远；船在渐退，大山越来越小。突然，船速慢了下来，船家指着远处，冲我们大声喊："你们看，有人来送你们了！"我们沿着船家所指的方向望去，江边果然站满了一排人，他们在喊着什么，船上的人全然听不见。后来，他们只能挥手，我们也只好挥手回应着。依稀看见，站在中间的人个头不高，肚子略显肥大，上身穿着一件灰色的夹克衫。

下了船，我们又在公路边上了车，去往城里。路上，一个同学说："李同学，你知道吗？听学校领导说，带你的孙老师身体一直不好，常年

101

吃着药呢，家里的日子过得并不宽裕。"我哦了一声，小心翼翼地掏出那一沓皱皱巴巴的钱来，望着窗外，陷入了沉思。

一晃，十五年过去了，我却没有回过青套一次。

巴山深深，汉水悠悠。

孙老师名叫孙子政。

2021年4月28日

第二辑

岁月的诉说

灰色的日子里

  2014年11月中旬，天还不是很冷。快下晚自习时，母亲打来电话，说父亲修缮厨房时踩空，从梯子上摔了下来，已送往县医院，希望我能回家一趟。顿时，我心里忐忑不安，连夜赶回家里。回到家时，已是夜里十一点钟。母亲眼圈泛红，我立即意识到了事态的严重。听母亲说，父亲摔下来后不省人事，村里满红叔等几个好心人帮忙把父亲抬上车，先是去的镇上医院，人家不收……我打断了母亲的话，心急如焚地前往县医院。

  深夜的医院也难得安静，偶尔能听到一些重症患者因疼痛难忍而发出的微弱的呻吟声。找到父亲所在的病房，我轻轻推开门，父亲并没有睡着，他平躺在床上，面容憔悴，生活的重担已经压得他没有了多少精气神。他很快意识到我走了进来，本想努力地抬起头来向我打招呼，最终没能起来。我用眼神示意他不要起来。借着微弱的灯光，依稀看见父亲的两颗泪珠顺着他眼角的鱼尾纹流向了不同的地方。那一刻，我很想哭，但还是把眼泪吞到了肚子里。我在父亲病床旁坐了下来，安慰他没有过不去的坎。记得父亲当时只说了一句话："这回跌得重了！"

  父亲被诊断为腰椎爆裂性骨折。大夫给我看了检查结果，父亲的部分腰椎骨已经摔成了粉末残渣，严重挫伤。消炎几天后，医院打算进行手术。父亲问我手术费得多少钱，我笑着安慰父亲，钱花了还可以再挣。

手术那天，我的七爸、大伯的两个儿子、小姑、姑父等亲人们都来了，我们合力把父亲抬上了移动病床。手术前，我安慰父亲是小手术，不必担心。

接下来的等待却让我度秒如年，终生难忘。这样的经历我几年前就有过，那是妻子分娩的时候。那种感觉，如同把心攥在了手里，揪得生疼。母亲坐在手术室外面的长椅上，疲惫不堪而又焦急地等待着。这些天，母亲奔波于医院和家里，本就瘦弱多病的身体，又摊上这事，唉！

前面进去的患者陆续出来了，甚至比父亲进去晚的也已经出来了，这让我们坐立不安，都抻长了脖子盯着手术室的出口，这时大家的呼吸节奏似乎都成了一致的。半小时过去了，没有丝毫动静。我开始害怕了，我想到了手术前我作为家属代表在白纸黑字上签下的名字，想到了电视剧里手术中途出现失血过多或意外情况，想到了手术第一套方案操作失败而改换第二套方案……我不敢再想了。

终于，长达三个小时的手术后，父亲被推出来了。大夫不疾不徐地说："手术比较费事，但很成功。"我们一伙人簇拥上去，高兴得热泪盈眶。回到病房，父亲仍处于麻醉状态，身边所发生的一切他全然不知。过了一会儿，主刀大夫进来了，他大声叫着父亲的名字，如此重复了几遍，父亲才微微半睁开眼，那大夫伸出一根手指到父亲眼前，问父亲是几，父亲用低微的声音回答："一……一。"他的声音低得几乎听不见，说罢又闭上了眼睛。大夫扭过头来对我们说："没事了。"

没想到这一幕使我再也抑制不住自己的眼泪，身边的几个哥哥、叔父也都在抹眼泪。父亲年轻时很精干，不仅是种庄稼的好把式，对机械颇有研究，账算得也很厉害。小时候，我经常坐着父亲的拖拉机去北边山脚

第三辑　岁月的诉说

下一个镇上卖菜，几斤几两，一共几毛几分，父亲可以一口气报出来，就连买菜的人也对父亲的算账速度赞不绝口。再看看眼前的父亲，他真的老了。

住院期间，年迈的爷爷来看了他的儿子。八十多岁的父亲来看六十岁的儿子，我想，父子俩的心情都是极为复杂的。

出院后，全村的人都来看父亲，让我们全家都很感动。婆比爷爷大一岁，那天，她来看自己的儿子。这不由得让我想起了迟志强的一句歌词，"妈妈今天来看我，孩儿心里实难过"。记得父亲当时没说过多的话，倒是婆不断重复着："我娃咋这么不小心，把你跌成这了！"伤筋动骨最少需要一百天，婆问："算到一百天，是哪天？"母亲在一旁说："明年正月初六。"

时间就在这种平淡而又艰难的日子里熬到了2015年，正值春节。父亲也基本能下地走路了，恢复情况还是很好的。新的一年，万象更新，到处洋溢着节日的气氛。大年初一，我和妻子及女儿去给爷、婆拜年，往年婆是不准我磕头的，她说和孙子们在一起她就最开心、最幸福，但我还是磕了。妻子和婆坐一起，我顺手拿起手机拍了一张，记录下了美好的一瞬。

真的没想到，万万没想到，到现在也仍不敢相信，就在父亲伤筋动骨后的第一百零一天，就在正月初六的后一天——正月初七，这天早上，婆走了。

大病初愈的父亲又一次被这当头一棒击倒了。

寒风凛冽，正月的天竟那么阴，阴得人想哭。

噩耗传来，是在正月初七早上。因妻子上班，我们一大早就出发了。刚要了早点，电话响了，是表哥打来的。他说："婆……"我问婆咋了，他说："婆……恐怕是不行了。"我听出了他的哽咽，但我不相信自己的耳朵。"你再说一遍！！！"他说："你别难过，婆她……走了。"一时间，我竟忘记了哭，呆坐在凳子上。妻子摇了摇我，问到底怎么了，我有气无力地说："婆不行了。"我的手机滑落在地上，眼泪唰唰地淌下来。好端端的一个人怎么说没就没了！现在只有一个想法，尽快回到家里！我天真地认为，及时抢救的话，一定能救活婆。就这样，我们又返回家里。一路上，车开得很快，我心里只有两个字：救婆！可到半路上，我却再也开不动了，两条腿软得使不上劲，不听使唤，握着方向盘的两只手也开始颤抖起来，眼睛模糊得辨不清路牌。妻子要换她开车，我说，没事。车靠路边停了下来，我大约哭了五分钟，继续前行。这时，父亲打来电话说："慢些开车，不要着急，人已经不行了，医院的殡仪车正开往家里。"挂了电话，我哇的一声哭了出来，妻子平时没见过我这样哭，也跟着大声哭了起来。

走进巷子，前门口人影散乱。这是我家吗？怎么突然觉得好陌生，我每向前迈出一步，都感觉有千斤重的东西在后面拖着。几个长辈对我说，人没有入殓，进去不要哭。我怎能不哭？进到里屋，看见婆安详而又平静地躺在一张木床上，如同平日里睡着了一般，脸上盖着一方手帕。本家的几个人来来回回忙碌着什么，准备着什么。外甥女和女儿平日里甚是活泼，现在却异常安静，也许，她们也意识到了事情的严重性。几个姑姑都来了，我看见她们也在哭，但没有人敢出声。二姑趴在炕上偷偷地哭。

入殓前是要给婆穿好寿衣的，由几个姑姑、长辈一起来完成，我也夹杂在里面。突然，大姑喊了一声："妈没死！妈身上还是热的！"其他人也半信半疑，都试着叫，看能叫醒不，结果可想而知，那是人去世后不久，身上仅有的一些余热。大家又哭了。人死了，衣服不好穿，我帮忙把婆的手从袖筒拉出来，确实是热的，手背上还有一个小孔，可能是医院抢救时打吊针留下的，我一点也不害怕，还多摸了一会儿。

父亲和叔父不能一直哭下去，因为婆走得太突然，后事还得安排。第一天的夜幕像往常一样如期降临，四周安静下来，家里帮忙的人各自散了，一切又好像回到了往常。

姐姐表达哀痛的方式是比较独特的，她不在人多的时候哭，其实我知道，她心里很难受。夜深人静的时候，她守在灵柩旁默默地哭，一守就是一整夜。她和我一样，不相信婆真的死了。她甚至用一根筷子偷偷地别在棺材盖下面，姐姐说，万一婆活过来，里面会有氧气，就可以求救。

人在黎明前的意识是最为清楚的，第二天天还没亮，父亲突然哇哇地哭了，可能是头一天的突如其来弄得他不知所措，现在才意识到老母亲不在了。母亲也是彻夜未眠，跟着父亲哭了起来。父亲披上衣服来到灵前，原来叔父也早都起来了，兄弟俩趴在地上泣不成声，但父亲不能趴太久，因为他腰椎部位的钢卡还没取出来。此时此刻，父亲和叔父清清楚楚地认识到，娘没了！生他们、养他们的娘没了！

婆生前就开玩笑说，她没有工资，爷爷有工资。所以，走的时候，让她先走，让爷爷多活几年。后来的事情真的如婆所说。

从此，我不再害怕坟墓，因为那里埋着多少人日思夜想却再也见不到的人。

2016年6月16日

学在囧途

　　我是被母亲生拉硬拽到学校去的。那年，母亲一手提着书包，一手拽着我的衣领，几乎恳求似的问我："你咋就不愿意上学？"我反问母亲："关进笼子的鸟会快乐吗？"现在想来，我那时真是聪明过头了。临末了，胳膊还是拧不过大腿，一来为了给当教师的母亲留些情面，二来同龄人都背着书包进了学校，村里剩我孤零零一人更是无趣，我只好选择委曲求全，要不然，哼！

　　我那时嘴上也很挑剔，专挑瘦肉吃，诸如白菜、茄子、白萝卜、芹菜以及南瓜之类一概不吃，母亲说我是个富贵嘴，这饭是没法做了。上学后，才发现学校是孩子真正意义上的天堂，那里充满了新奇与欢乐。邻村的孩子都在我们这里上学，我开始广交朋友，乐此不疲。我所在的小学总共就三位老师，一个是我的母亲，一个是我的远房舅舅，另外一个虽与我扯不上亲戚关系，但也不足为惧。他对待学生向来就像他的姓，他姓阮，其实我心里一直叫他"软"老师。仗着这么强大的靠山，我在学校里呼风唤雨，称王一时。当然，也有几个高年级的学生看我不顺眼，抽空过来捶我两下，我只好抹着鼻子去报告老师。处理的结果是，被人家捶了，就白

第三辑 岁月的诉说

被捶了。那时候，学校没有灶，老师们都是挨家挨户到学生家里吃饭的，一个学生管两天。所有孩子都担心这个，因为老师会趁机反映他们的在校情况。轮到我们管饭的前几天，我就忐忑不安起来，已经连续几周没交过作业了，这可如何是好？幸好，阮老师只是淡淡地问了句："家里很忙吗？应该给孩子留点写家庭作业的时间。"父亲"嗯"了一声，带有杀气的目光扫了我一眼，一旁的我面红耳赤，无地自容。不得不承认，我不爱学习，尤其是数学。父亲庄稼活儿很忙，只有在雨天的时候才会关心我的学习，他说笼里有八个馍，吃了三个，问我还剩几个。我自信满满地答曰：还剩十一个。小学就在这浑浑噩噩中度过了。

上初中要到一公里以外的一个村子去，没了靠山，我收敛了许多。姐姐比我大两岁，她读初三时我读初一，经常一起去上学。那些年，我们是自带早餐的。所谓的早餐，也就是母亲蒸的馍，条件好点的，还会带点辣子面，往里加些盐，搅拌均匀后，用馍蘸着吃，特爽！超过瘾！早读时，趁老师不注意，我就偷偷地在桌斗里用馍蘸一口辣子塞进嘴里，吸溜吸溜地背着自己都读不通顺的古文。冬季去上学时，天空还是一片漆黑，我成了起床困难户，往往一边极不情愿地穿衣，一边嘴里还在冲父母嘟哝："你们倒是睡得安稳，让我起来给你们上学！"天真的太冷，我和村里几个同学结伴而行，有人提议，弄些场里的麦秸来烤火，其余人都点头同意了。反正时间也早，烤完火再去学校也不迟，大伙都这么认为。一连几天，那个麦秸垛明显凹下去了一个深槽。我们的火堆也越来越大，欢声笑语越来越响，美其名曰"篝火晨会"。就在那次，我们正在享受这冬天里的一把火时，一个铁耙猛地从黑暗的夜空砸下来，幸亏没有砸到人，我们几个撒腿就跑，个个面无血色。"再烧我家的麦秸，非把你们几个的腿打得向后长！"麦秸垛的主人在后面发狂似的大喊。后来，我们再也没有烧过一把麦秸。现在想起来，还真有些后怕——把腿打得向后长会是

111

怎样一种情形呢?还有一次,到校时天麻麻黑,老远就看见班主任已经站讲台上督促早到的学生晨读了。我急急忙忙从两棵桐树间绷着的晾衣绳下钻过去,大步流星地跨进教室。一进去却引得同学们哄堂大笑,我继续走向我的座位。"站住!"班主任严厉地喊了一声,脸涨得通红,同学们也笑得人仰马翻。当我把肩上的书包甩在课桌上时,我的两个眼珠差点没掉出来,表情凝滞得如同一尊泥像——竟然把老师晾衣绳上的胸罩挂书包上了,天啊!还在教室转了半圈,那一刻尴尬至极。

初中的时光就这样不尴不尬地匆匆溜走了,稀里糊涂就上了高中。由于一周回一次家,大家都是从家里背馍到学校。夏天,馍放两三天就会长毛,周四周五就要花钱在外面买饭吃。父亲每周给我的十元钱我花得仅剩下两毛钱,而姐姐每周带五元还能剩下三元。父亲问我为啥能剩两毛钱,我答:"怕自行车没气了,两毛钱是留着给车打气用的。"印象比较深刻的一回是那个周日下午,我高烧未退,骑着自行车往学校赶,眼看到了校门口,为了避开一辆汽车,连人带自行车一起翻进了一个泥水沟里,母亲给我新蒸的馍全部泡进了泥水里。我艰难地爬起来,半个身子已湿透,周边看热闹的人很多,我那时并不觉得身体疼痛,可心很疼。

再后来,我上了大学,半年回一次家。虽说少了家务劳动,但心里却高兴不起来,每天过着教室、宿舍、阅览室和厕所四点两线式的生活。舍友条件好的,都有手机,我看在眼里,羡慕在心里。为了面子,我用父亲打的生活费偷偷买了部摩托罗拉手机,为此付出了一两个月都在吃泡面,或者干脆不吃饭的沉痛代价。可手机不到两个月就出毛病了,拿去修理时,师傅说是翻新机。

毕业后,我给自己在南方谋了份工作。远在千里之外,不想家是假的。一个月后,我给家里打了电话,接电话的是母亲,我叫了一声妈,就开始哽咽了。母亲以为我出了什么状况,在电话一头急切地询问情况。我等情绪稳定后，说："没事，就是想吃你包的萝卜馅包子了。"

　　唉，如今只能一年回一次家了。记得那年腊月二十七匆匆赶到家，正月初三又要离开，母亲叹息道，这才待几天啊。那时火车票还没有实行实名制，票都掌握在"黄牛"手里，两百元的票价我需要拿高出两倍的价钱去购买。为了节省钱，二十八小时的路程也是硬座，我理解的硬座，就是硬着头皮也要坐下去。

　　离开家那天，天空飘着雪花。母亲帮我拾掇好行李并未远送，出门时，她说，路上有泥水，裤腿挽起来。走出几步，听不见母亲的声音，待我回头看时，她已泪流满面。

2018年12月12日

买辆自行车

前些日子，我一本正经地对妻子说，我想买辆自行车。她听罢一脸愕然："家里电动车、摩托车都有了，你还要自行车干啥？若真是为了锻炼，那就走步子呗！"

我嘿嘿一笑，不再解释。后来花几百块钱网购了一辆。我买自行车，只是为了完成儿时的一个心愿。

八九岁时，在几个伙伴的影响下，我学会了骑自行车。家里有过一辆自行车，爷爷教书时买的。自行车已经很旧了，看上去像一位饱经风霜的老人，为了保护车漆，大梁上缠绕着绿色塑料带，我至今尚能记得。在父母的鼓励和帮助下，我学会了滑车、掏脚骑，到后来的跨大梁骑。因为个子矮，我骑大梁时，整个身子都在左右摇摆，可仍骑得很起劲。那时，但凡家里有外出的活路，我都会主动包揽过来。外出一趟，往往骑得汗流浃背，可从不知倦怠。

读初中时，学校离家较远，我希望能有一辆属于自己的轻便自行车，这样上下学就会方便很多。这个愿望，在当时是实现不了的。后来二姑送给我一辆自行车，是我喜欢的弯梁样子，可惜成色差了些，骑了约有半年时间，我便不再骑了。我怕同学们嘲笑车子后瓦圈螺丝都掉光了，用铁丝扎着；我怕同学嘲笑车子除了车铃不响之外哪儿哪儿都响，怕同学们在看见链条夹住我裤管，上下不得尴尬至极时发出的哄笑……年幼的我，渐渐懂得了什么叫"面子"，害怕起了"丢人"。

  同学中，骑自行车的人越来越多，车子样式也多样化。记得同桌就骑了一辆当时极为罕见的山地车。他骑到学校那天，几个老师也凑上去围观，班上几名女生更是因此向他投送过几道说不清道不明的目光。还别说，我也从来没有这般由衷地羡慕过一个男生。一天晚自习后，我对同桌说："你的自行车能借我骑一次吗？就一次！我还没骑过山地车。"他略加思索后，便爽快地答应了。天刚擦黑时，我骑着同桌的山地车一路飞奔，一路激动，觉得整条路都是自己的。突然，车子被什么东西绊住了，卡住不前，我的身体因惯性向前飞了出去。疼痛倒没多少，我赶紧爬起来，来不及拍身上的尘土，先将自行车扶起来，它可千万不能有事！绳在细处断，自行车还真就骑不了了。我把它吃力地拖了回去，放在黑暗的角落，生怕父母看见。

  第二天一大早，我又做贼般将车子拖了出去，找到一家自行车修理部，老板左敲敲，右拧拧，捋着他稀稀疏疏的几根山羊须，说："变速器坏了，这玩意咱店里没有，得发货，估计得一个礼拜。"我一听急了，恳求老板能以最快的速度修好，这自行车是我借的！老板不屑和我说话，瞪大了眼睛："你可以找别家呀！"我说："好，好！一个礼拜后我来取车子。"一路上，我满脑子都在想，如何向同桌交代。果然，他有点不高兴，说自行车是他一个叔父的，他也只是借来骑几天。事已至此，我只得尽快归还自行车。

  六七天后，我去取自行车。"什么？修个变速器就十六块钱？！"老板说："那好吧！我把它拆下来。""别，别，我去给你找钱去。"在那个万元户时兴的年代，钱不好借。最后，我想到了偷，我蹑手蹑脚地来到父母的卧室，他们平时就把零钱压在褥子底下，一翻，果然有，我拿走了二十块钱。

自行车总算完璧归赵了。

晚上回到家的情形可想而知，在那个经济紧张的年代，家里少一毛钱，他们也能察觉得到。我一撒谎血就上脸，手心就冒汗，只好说清了缘故，老老实实地把剩余的四块钱退还给了父母。

"别人的东西再好，也不能稀罕。"母亲在一旁说。

有了此番教训，更加坚定了我必须有一辆真正属于自己的自行车的想法。读高中后，家里开始变得宽裕，加之上学路远，我又一次正式提出了自己的想法。父母商议了一个下午，终于点头允诺了。那一夜，我激动得没能合眼。他们果真没有食言，开学前，父亲兴高采烈地骑回来一辆崭新的自行车，说什么周内我骑着去上学，周末家里人共用。我瞅了一眼面前的庞然大物，这根本不是我想要的，我失望至极，差点没哭出来。这么大的自行车，我是驾驭不了的，难道还让我骑大梁去读高中吗？父母并不这么想，他们坚定地认为，我一定会长高！

无奈，我骑着这辆和我身材极不相称的自行车出发了。时日久了，屁股磨红了，走路也极不自然，有几个爱说笑的同学说，你的马力不够！这些其实算不上什么，后来发生的一件事叫我心疼了好一阵子。一个周末下午，雨后天晴，发烧感冒的我，又不想错过晚自习，就迷迷糊糊骑着自行车出发了。那时柏油路是不常见的，"水泥路"倒不稀奇，是真正用水和泥混合成的路，除此之外，大小坑遍布路面，就像当地人说的：小坑能养鱼，大坑能卧驴。临近校门时，为了避让一辆逆行的大卡车，我连车带人翻进了一个能躺三头驴的大坑里。也许是因为发烧，我身体没有丝毫疼痛感，意识还比较清醒，让我心疼的是新买的自行车和母亲刚蒸出来的白面馍。馍装在一个布袋子里，就挂在车把上，现在完全浸泡在了稀泥里。我艰难地从泥坑里爬了起来，扶起与我身高相差无几的自行车，回头看时，那辆大卡车早已消失得无踪无影。远处几个同学仿佛用手指了指我，其中一个笑得前仰后合，他们具体说了些什么，我不得而知。第一节晚自习，我没有进教室，而是找了一个有水的地方冲洗我的自行车和我衣服上的泥巴。

后来，这辆我并不心仪的自行车整整陪伴了我三年的高中时光，而我，很不争气，没有像父母期待的那样：一定会长高！

一晃又是十几年，自行车已经被大多数家庭淘汰了，就连在乡下，轿车、新能源车也很普及了。共享经济为人们的生活提供了诸多便利，如今，共享单车早已遍布各个城市，街道两边停放的共享单车常常令我驻足，引我思考，要是在三十年前，我就有一辆属于自己的弯梁单车，我一定会爱它如命的。一日早上，我徒步穿过回坊街南边一条窄巷子时，眼前看到的一幕让我的心不由得咯噔了一下：残缺不全的共享单车堆积如坟墓，有的轮胎变形，有的链条断裂，有的座椅丢失……这些单车虽不是我自己的，还是令我心痛不已。我住的小区里，有一位长者，长期将一辆共享单车停靠在自家门口，还上了自己的锁，风里雨里，任其磨损；一次课前，我在一个男生桌斗里发现了共享单车的扫码牌，为此我特意召开了四十分钟的"爱护公共设施，人人有责"主题班会。

我承认，我是爱自行车的，对自行车有着一份特殊的情感，这种情感就像当年班上那些女生投给我同桌的眼神，说不清、道不明。新买的自行车，我只骑过两三回，但总算有了一辆属于自己的心仪的自行车。

2019年11月28日

卖　桃

夜里十一点多钟，母亲突然敲我的房门。我立即惊醒过来，一种不好的感觉随即将我包围。她说老驴又打来电话，明天的桃商不来了。

父亲埋怨母亲去年没有让他伐掉桃树。母亲一边抹眼泪，一边说桃树今年是大年，能多卖钱。我拿过父亲的手机正准备和老驴理论几句，却被母亲一把抢了过去。她哭着说我这样只会让一个桃也卖不出去。

他们的相互抱怨持续了很久才安静下来。夜，终于像个夜了。我将被子往上拉了拉，蒙住了头，睡意全无。我深知培育果树的艰辛，但没想到，卖桃居然还会给父母带来如此大的精神压力。后来，他们终于睡定了，或许谁也没有睡着，只是都不愿再说话而已。

第二天，天刚蒙蒙亮，父亲就把我叫了起来，说他托了关系，联系了一家快递公司。到了十点钟，三十筐桃摘满了，我和父亲把桃搬上了三轮摩托车。天气太热，他把一片破烂的毡子苦盖在车顶上，生怕桃被晒坏了。我瞥见父亲的额头、手背上都被桃枝划出了几道血痕。

到了快递公司门口，才知道卖桃的果农人山人海，各种盛桃器具早已排成了一条蜿蜒起伏的"火龙"。

第三辑　岁月的诉说

大家都在等候着。

我和父亲把桃一筐一筐搬下了车，站在队尾。到了正午，没有树荫，没有一丝风，街道两边商铺的广告牌也快要被晒化了。

父亲还没进一粒米。我问他渴不，他摇摇头。我说我来排队吧！他说太阳正毒，怕我会中暑。我去附近商店买了瓶水递给他，他仰起头咕噜咕噜几下就灌完了。

轮到我们时，已是下午三时许。那挑拣的妇女果然严格，每挑三筐，就会打出一筐淘汰果。父亲欲言又止。我拿出一个未被选上的桃问那个妇女，她说，你看看你们的桃，开始发软了，而且红度也不够呀！你们摘桃时怎么不转一圈看看呢？那女人伶牙俐齿，声音远远大出了我很多。我又拿出一个递到她面前，红度够了，也不软，这次看她如何解释。她竟说，没软？你按按这里、这里。被她反复按了几次后，那桃果然软了。我正要发起下一轮争辩时，被父亲厉声喝止住了。

那些围观的果农想要说什么，但终于没能开口。挑拣完后，我和父亲再次把被淘汰出的桃装上三轮摩托车，足足十三筐。

父亲一路上都在埋怨我不该与那妇女争论。

回到家里后，父亲从裤兜里掏出已经被汗水浸湿的几张百元钞票，他重新数了一遍，是七百块钱。这是今天的全部收入了，也是桃园一年来的首次回报。父亲说，再卖两千块钱，投资就能收回来了。

母亲从厨房端出一碗面来，父亲说他饿过了头，又不饿了。

2018年7月2日

三 棵 树

三棵树，两棵不在了，一棵还在。

一棵椿树

打我记事起，婆的后院就有棵椿树，它紧挨后院墙，树身微微南倾，甚不笔直。一到春天，椿树底下就成了孩子的乐园。婆站在院墙上，头仰得老高，双手举着长长的钩子折香椿。我们几个小孩在树底下争着去捡，看谁捡到的最多，也常常为了一把香椿闹得不可开交。婆把折下来的香椿用绳子扎成一小捆一小捆的，大多送了人。

后来，婆的后院要盖新房，匠人说，这棵椿树怕是保不住了。那天早上，电锯发出的沉闷的吼声，硬是把婆的两条眉毛紧紧揪在了一起。婆两手背后，佝偻着身子，一言不发。椿树倒在了院子当中，倒在婆身旁。

再后来，婆走了。那个给人送香椿的婆走了！

第三辑 岁月的诉说

一棵核桃树

一棵来自大山里的很不起眼的核桃树苗，是外婆从她的娘家带来的。父亲怕苗根失水死掉，一直把它放在阴凉的地方。

这棵核桃树后来生长在果园井台的一角。三四年过去了，个头也未见长高，一个核桃也没挂上。父亲说，这是山里的野核桃树，到底不会结果，过几天挖了。

突然，外婆病危，辗转了很多地方就医，还是没能留住人。外婆的葬礼上，我并没有哭，也没有像大人那样去祭奠她。外婆离开时很年轻，我还小。

送走外婆后，父亲似乎淡忘了挖核桃树一事。

一年夏天，母亲歇凉时，竟意外地发现核桃树结果了。

后来，产量越来越高，每年都能装满一化肥袋子。父亲让我们试着在网上卖。没想到货刚发出两三天，一个南方的顾客就打来电话，说："核桃已收到！这种老品种的核桃皮薄仁饱、营养丰富，吃起来油香油香的，真是难得呀！你们家里还有多少？剩下的我全要了！"挂了电话，父亲又去果园给核桃树施肥浇水了。

我知道，核桃树在，外婆就在。

另一棵，还是椿树

说不清啥时候，地头奇迹般地冒出一棵椿树来，母亲对它百般呵护。

长到第三年时，母亲仍舍不得折掉树上的香椿芽，她说："树太小，承受不了这种摧残的，再长长吧。"到了第四年，母亲还是不忍心。她希望树再长高一些，树干再粗一些。可没过几天，就有"好心人"帮母亲折了。椿芽被折走也就罢了，长了几年的椿树竟也面目全非，折断的树枝横了一地，母亲看得心疼。

第五年，这棵椿树终于没有再发芽，如此悄无声息地夭亡了。这个世界，它曾来过。

每一棵树来到世上，都要完成一项使命，使命结束，它就走了。

2021年2月8日

说 导 游

　　前几天，在抖音软件上刷到一个视频，此视频似乎已上了热搜。画面上显示：一个女导游强制游客购买五十块钱一瓶的矿泉水，还要求车上所有人闭嘴，态度极其恶劣，被网友称为最豪横的女导游！说也奇怪，导游什么时候变成了导购？而且是极其暴力的那种。为了寻求私利而去抹黑一个行业，道德素质何在？愿这样的导游少之又少。

　　有人会说："喊！这算啥？再牛还能牛过云南导游？云南导游是出过名的。"2017年12月，武汉一游客报了低价团去云南旅游，因没有购买翡翠，购物点消费没有够两千元，消费没有达到导游要求的标准，被骂作跑云南来骗吃骗喝，后来该游客被导游强行赶下车。这事传到了网上，动静还不小。经法院审定，该云南导游××犯强迫交易罪，获刑六个月，并处罚金两千元。同年8月，我们一家三口也去云南跟团游。一般，导游都不会告诉游客他们的真实信息，最多透露个姓，尚不知真假。于是，南方便有了无数个"阿×""×导"的导游，我们似乎从来没有见过导游主动向游客出示自己的证件，估计以后也不会见到。跟团前两天，导游的服务往往是顾客至上的、贴心的，眉飞色舞地讲解当地的人物风俗，时不时和游客来个互动，表现得激情满满。游客也吃得好、睡得好，感觉很值。这次是个男导游，四十来岁，中等个头，眼睛大而有神，头发一根根直立在头顶上，讲话掷地有声，脖子上系着一块很大的玉石，甚是惹眼，又精气神十足。听着听着，我感觉哪里不对！原来，车一直在路上，游客一直在听他狂谄，景点还没去一个。终于，五六个小时的车程后，迎来了一个小时的大理古城游。刚走了一半，导游便在远处喊："赶紧上车，我们得返回了！"坐车，加油，解手，吃喝，三天下来，游客已略显疲惫。第四天早上，导游开始介绍他脖子上的玉石，他会极具耐心地将玉石捧在手心，拿到每一个游客面前，让大伙看个究竟，紧接着用手电筒的光束射在玉石一面，教大家看玉石的通透性。看完，他还会细心地告诉大家，如何鉴别玉石的真假优劣。这个过程往往会花掉几个小时。下车前，导游说购物店人多，于是给每个家庭编个号，以防走失。后来才知道，此前的编号是为了统计各家的消费情况。三个小时后，大家满载而归。据说我们团消费了好几万。导游高兴，特地买了当地有名的鲜花饼，好客地分给大家吃，还一边说："不要钱，不要钱，算我请！"这也是导游三四天来第一次有了如此动人的笑容。我们家自然没有分得鲜花饼，理由是消费太低，所以只能看旁人吃。不过，我们已感到很走运了，至少没有被辱骂，没有被赶下车。之后两天，导游一见到我们，脸上立即晴转阴天。

跟劣质团旅游，不是在经济上受些折磨，就是在精神上受些折磨，二者必占其一。

报团次数多了，自然对导游的套路有所了解。通常，游客不愿和导游起正面冲突，毕竟出门人低人三分，毕竟旅游是图个好心情，毕竟谁都不容易——但也不能无原则忍让。去年8月，我们一家七口人去湖南旅游，前往凤凰古城的路上，由当地一个二十来岁的女导游接待我们。她拿起话筒，便喋喋不休地介绍当地的药材如何神奇、如何名贵……根据经验，她

第三辑 岁月的诉说

明天会着重安排游客买药，明眼人都能看出来。讲着讲着，她谈到一些骇人听闻的话题，某某游客没听她的话，不买药，结果回去后病情加重；某某本来是×癌晚期，吃了他们的药，奇迹般地自愈了。本来带父母出来是放松心情的，结果一路上都是"癌""死"之类的话题。导游讲得久了，似乎满车的人都觉得自己浑身上下不舒坦，看来明天都得买药治疗，没病也可保健嘛。似乎在短短的几个小时里，大家就改变了旅游的初衷，他们是来看病的，是奔着"神药"而来的。女导游越讲越起劲，丝毫没有要停下来的意思。

我弱弱地问了一句："难道凤凰古城除了有药卖，就没有别的可介绍的了吗？"

我这一问，果然惹恼了女导游。

她拿着话筒冲我大喊："你不听你可以睡觉呀！药材不属于当地文化吗？"

我依然心平气和地说："你声音那么大，我能睡着吗？你可不可以从其他方面介绍一下凤凰古城？"

女导游发疯一般吼道："你可以下车！下车！"

我说："行啊，你叫司机停下，我下去！"

如果当时用手机把女导游那凶残的样子拍下来，只会比那个买五十块钱一瓶水的导游有过之而无不及。

后来谁都没有说话，车上寂静得让人窒息。抵达凤凰古城时，天已大黑，我们住进了临水的一家宾馆。第二天，终于没有看到那个女导游再出现。我想，她一定恨死我了，因为是我打破了她的发财梦。

有时，现实会逼得你不得不相信"运气"的存在。跟团旅游能遇到一个合格的导游，那是多么的幸运啊！2016年，我们跟团去九寨沟旅游，接团的是一个年轻有活力的小伙子，他说自己刚跨入这个行业不久，很多地方可能会做得不到位。现在想来，他应该是我这么多年来遇到的较优秀的导游之一了。他把自己知道的一切都会讲给游客。看景不如听景，在他这里得到了充分诠释。当然，他也会介绍游客购物，但绝不强买强卖，也不占用多长时间。遇到这种情况，游客都会或多或少地购买一些当地的工艺品、食品之类。还有一个导游，也是极不错的，我去年带了几个学生去北京研学，是她带的队，大家都叫她张导。张导年龄稍大一些，我们亲切地称呼她张姐或张老师。是呢，她是有资历做老师的。如果没记错，她的名字叫张文学，这个名字对于写文字的人来讲，还是容易记住的。她骨子里头有着北方人的豪爽，大嗓门高音调，结结实实一个"女汉纸"。但她对待学生极具爱心、耐心，吃饭时，个个孩子她都要招呼到位；游玩当中，也绝不让孩子多花一分的冤枉钱。她说，她很爱孩子，看见孩子就心生欢喜。大热天，她一口气介绍完故宫，嗓子沙哑得说不出话。她曾带过的团里，有好几位游客再去北京时，都是直接和她联系，还有游客从老家给她寄去橘子、红枣、甘蔗等。她说，导游这个行业很辛苦、很累，但这么多年下来，得到了来自五湖四海的游客的认可，她也觉得值了，她所有的努力没有白费。

　　事实上，作为一名普通的跟团游客，他们最大的愿望就是能遇到一个称心的导游，而对于"称心"的定义，仅限于不欺客，这要求高吗？可实际上，要遇到这样的导游，往往是要和运气挂钩的，是和游客联系的旅行社是否正规牵连在一起的。作为导游，应具备较强的服务意识和专业技能，而不是想方设法搜刮游客身上的钱财。高素质的导游是发展旅游业、提高导游服务质量的关键。期待知识渊博、服务热情、不欺客的良心导游在中国越来越多。

2018年7月18日

一棵龟背竹

我是一个既懒散又喜欢养花的人。前些年，新房刚装修好，一时心血来潮，跑去花店购买了大大小小的绿植十余盆。瞅着客厅、阳台以及卧室随处可见的鲜绿，惬意心中来，屋子里也生机盎然。可好景不长，因我和妻子打理不善，务弄不了，终究死的死，蔫的蔫，花草完全没了刚搬回家时的精气神，没出半年，十余盆绿植已所剩无几，惆怅与失落涌上心头。朋友安慰我说："这叫'人旺花不旺'。""嘁！这又是哪儿来的歪理？"我嘴上虽表示不服，心里却为自己的"人旺"窃喜起来。后来的状况与许多家庭惊人的相似，凡目及之处，皆绿萝。

此后，我方懂得"爱花虽易，养花实难"的道理，也由衷地对养花人多了几分敬意。我在陕北的工作室总显得单调而无趣，看来看去，应是缺了几盆绿植。一日闲暇，我走进楼底下一家花店，里面果然应有尽有，应接不暇。老板是个四十岁出头的中年男人，或许是长期养花的缘故，性格也十分温和。他问我想了解哪种花。我回答说："适合懒人养的花，好活的那种。"老板会心地笑了笑，指了指一旁架子上的绿萝。"除了绿萝还推荐哪些？"我继续问着。老板又指了指身旁的一盆花，说："就它了，龟背竹！这花喜阴且耐旱，还能净化空气呢。"我蹲下仔细看了看面前的这盆龟背竹，支支吾吾地对老板说："这花看上去枝疏叶残的，耐活不了多日吧？"老板嘿嘿一笑："相信我，带它回去吧！"我煞有介事地说："过几天蔫了你要给我换。"老板爽快地答应道："没问题！"他的服务很周到，考虑到天气冷，老板特意用两层保温膜将龟背竹小心翼翼地包裹住，外用细绳缠绕一周。刚刚下过雪，手推车在冰溜子上时不时会打滑，老板走得极其谨慎，我跟在后头轻轻按着花盆。

这株看似不起眼的龟背竹，竟给房里增添了不少活力，此时越发显示出古朴雅致的气韵来，能让人在舒适中感受一种久违的安宁。龟背竹到底是怎样一种植物？我饶有兴趣地在网上查阅起来：龟背竹是天南星科龟背竹属植物，攀援灌木。茎绿色，粗壮，有苍白色的半月形叶迹，周延为环状，余光滑⋯⋯龟背竹叶形奇特，孔裂纹状，极像龟背。哦！难怪叫龟背竹。我来了兴致，不知不觉浏览了龟背竹的许多知识，还有网友说龟背竹是"极好的风水植物"呢！我不禁又一次认真地端详起眼前的龟背竹来：高高长长的根茎牢牢地扎进泥土里，旁逸斜出的气根似乎也在努力寻求生长的土壤，硕大的叶片郁郁葱葱，充满了朝气。时日久了，我竟爱上了这棵龟背竹。

年关将至，我回老家前，有意识地给大大小小的绿植来了一次透灌。我将它们放在卫生间，挨个浇，直到盆底的水渗出来，我才放心地离开了。

谁料，一场突如其来的新冠疫情席卷秦岭南北，一夜间给春节笼罩上了一种令人窒息的寂静。村子封了，年被冻住了。八十多岁的爷爷焦急地在屋里打转："这可咋办？"危难之际，一群美丽的白衣天使和"最可爱的人"挺身而出，打响了一场关乎人民生命健康的疫情防控阻击战，亿万国人的心紧紧连在了一起，与武汉人民同呼吸、共命运。

一个月、两个月、三个月过去了，疫情并未得到有效控制，我再上陕北时，已是半年之后。

我想到了陕北的那些绿植！半年没见一滴水，没照一丝阳光，它们还活着吗？

推开房门，一股刺鼻的气味扑鼻而来，我不由得捂住了口鼻。每向卫生间靠近一步，我的腿都像是灌了铅一样沉重，我不忍直视死去的花木，它们大概也不愿让我看到它们枯黄衰败的样子。忽地，我仿佛又嗅到一股清新淡雅的香味，这香味沁人心脾，令人陶醉。我终于睁大了眼睛，眼前的一幕让我瞠目结舌：绿萝、平安树等早已枯干，唯有那盆我心爱的龟背竹依然精神抖擞地伸展着深绿色的枝叶，微微颤抖着，似乎在向我表达久别重逢后的喜悦！我惊叹于龟背竹顽强的生命力！惊叹于它的绿了！一时间竟泪眼婆娑起来。我知道，它之所以能够活到现在，是因为它深知，2020年的春天，有无数人和它一样，在恶劣的环境中同艰难的处境做殊死搏斗，它不能就此倒下，它得陪着前线的医护人员和公安干警；它之所以能熬过陕北寒冷而又漫长的春天，不愿死去，是因为它知道，它的主人从未要放弃它。

竹别半载，当刮目相待。龟背竹仿佛懂得了我的期许，又一次透灌后，一片嫩黄的呈螺旋状的叶子几日后羞答答地生长出来，进而慢慢舒展开来，那填满空隙的叶片也就展现出来，颜色由起初的黄绿渐变为深绿。它的叶片总会盘旋向上，且一片高于一片，永无止境，给人一种向上的力量。

可无论如何，我仍是看不出"竹"的形态来，命名者为何要给它的名字里冠以"竹"呢？或许是它具备了竹高洁、坚贞、正直的美好品质吧！这大概是鲜为人知的。生命力顽强的龟背竹，又一次震撼着我的心。

2020年6月28日

我的文学缘起

我的文学缘起，大抵自认识李文君老师正式开始。人皆有梦想，如果遇不到点燃梦想的人，久之，梦想有可能就会真的沦为"梦"了。我却偏偏遇上了，实属幸运之事。

尚记得，头次看到自己的文字变作铅印，着实激动了好些日子。家人竟也跟着自豪起来。那是一篇题为《卖桃》的散文，无任何技巧章法可言，自认笔拙，李文君老师看完却赞赏起来，言"文贵以情感人"，"情真"的文字便是最美的。经她修改推荐，此文发表在《陕西农村报》副刊上，虽删减不少，仅占"豆腐块"大小版面，但对我而言，此刊发，意义极大，至少，足以让我此后疯狂地爱上写作。

写作如同抽烟，会让人上瘾，几日不动笔，心里便觉发慌。还好，李文君老师看重的"情真"一直影响着我的写作，几乎在每篇文章里，我都尽力做到这一点。2020年年底，我和曹谷溪老师在整理路遥老师档案时，瞥见一本名为《路遥小说选》的书，封面皱巴巴的，很有年代感，翻开看时，书的扉页赫然写着："真情实感是文章的第一要素。路遥。1986年1月。"这是一本路遥老师的小说选，由青海人民出版社出版。情乃文之魂。诚然,李文君老师算不得路遥老师那般的大人物,但他们对于文字的理解,对于追求文学内在品质,如出一辙。

紧紧围绕"情真",趁热打铁,我又写了《鼓缘》一文,经李文君老师精心雕琢,文章首段语言变得凝练、干净,终得以在省作协平台——"文学陕军"刊出。编辑打来电话说,文章写得很感人!编辑还再三叮嘱我,如果要出书了,别忘了赠她一本,我在电话一头愉快地答应着。"一篇好的文章,打开头就要吸引人,要让读者产生继续读下去的欲望。"李文君老师如是指导我的写作。

后来,我的一些拙作相继出现在一些官方刊物上。一日,李文君老师打来电话说,要给我介绍几位文学前辈认识一下。我怀着激动且敬佩的心情,提前赴了约,李文君老师也早已备了酒。那次,我有幸认识了李印功、王建立、闫忠录等在文学领域颇有造诣的老师。他们平易随和,坦率热情,在极其轻松的交谈中,我稍稍松了口气。接下来的一幕,着实是我未曾预料到的。席间,李文君老师放下筷子,认真又恭敬地对其他几位老师说:"今天把大家聚到一块,就是想让各位老师以后能带带培战这娃,这娃有写作功底,但毕竟我的文学水平有限,带到一定程度,怕是带不了了,所以,培战后面的提升,还有劳各位老师了。"话音刚落,李文君老师便站直了身子,端起面前的酒杯,继续说道:"培战娃开车,喝不成酒,这杯酒我替他敬大家!"说毕,李文君老师将满杯的烈酒一饮而尽。弹指间,两年过去了,李文君老师对我寄予厚望的那一番话,以及她仰头喝下那一杯酒的情景,至今回想起来,依然清晰、真切,足以瞬间模糊双眼。

还有一回,我把刚写完的初稿发给李文君老师审读。过了半日,李文君老师发来信息,直言文中的各种不足,并一一分析给我看,她的语气略显失望。也是,我在写作上的确碰到了瓶颈。那些日子,我稍有苦闷,不知写作之路该往何方。不久，李文君老师又发来信息："近期停笔吧，多读读名家作品，等你有了灵感再写。"这一停，便是三四个月。这些日子里，我一直保持着阅读状态，潜心地读，对鲁迅、郭沫若、朱自清、丰子恺、汪曾祺、贾平凹等名家的作品进行了大量的阅读，必要处还会勾画上几笔，并在心里反复琢磨体会。这一轮下来，内心明朗不少，自觉大有收益。

鲁迅先生说："人必须生活着，爱才有所附丽。"从事文学创作亦是如此。李文君老师常说："想要在文学上有所发展，首先要经营好家庭，经济得有保障，家人生活无忧了，方能静下心来搞写作。"李文君老师是这么说的，也是这样做的。在众文友眼里，她就是一个无忧无虑的阔太太，这当然与李文君老师的个人修养有很大关系，更是因为她能处理好文学与家庭的主次问题。在生活方面，她时常提醒我："到任何时候，都要以家庭为重，以事业为重，然后再做文学，以便提高自身修养。"如此看来，李文君老师又算得上是我的人生导师了。

多年来，我虽未写出高质量的文字来，但总算没有放弃，隔三岔五发几个短篇，聊以自慰。我不能让帮助过我的老师感到失望，更会在文学这条路上努力地走下去！

感恩文学，感谢恩师李文君！

2021年4月20日

亦师亦友李印功

因我爱好文学，起初仅听闻李印功老师是《陕西文学》杂志的副主编，心中已生出不少敬意。后来又了解到，他出版了长篇小说《胭脂岭》，五十多万字，很厚重的一本书，曾引起过文坛热议，敬意又加。再后来，了解到他还是陕西电视台《百家碎戏》《都市碎戏》两档栏目的编剧，这就激发了我想认识他的兴趣——我也有这个爱好，写过剧本，拍过碎戏，只不过我是"小巫见大巫"了。他在一年半的时间里，写了九十八部碎戏剧本，其中有八十七部在陕西电视台播出，而我呢，就无法和他相提并论了，但我俩多了一个共同的兴趣。再再后来，李印功老师应邀担任过陕西电视台五频道《大秦腔》栏目的观察员。他时而出现在文学活动现场，时而在荧屏上亮相，很活跃。这期间，他又当了《华文月刊》杂志的常务副主编，几个"官身子"于一身，成了文坛大忙人。他乐于帮助文友，获得了好口碑。著名军旅作家党益民挥毫题赠李印功老师"文坛侠客"，知名作家林喜乐写的散文《文坛侠客李印功》广为流传。

经李文君老师引荐，我有幸认识了李印功老师。他俩曾在陕西农村报社共事多年，是好朋友。我们三个人初次见面，开场白很有意思。李文君老师说："李老师，我今天给你介绍的这个小伙儿，是一个很好的小伙儿，想以你为师……"听完李文君老师的介绍，李印功老师打量着我，说："我相信李主任的眼光（李文君老师当时任陕西农村报总编助理兼行政中心主任），不过以我为师我不敢当，但话说回来，李主任给我介绍的人我若是怠慢了，我惹不起李主任。"李文君老师开心大笑，笑声朗朗，说起了她当主任时"欺负"李印功老师的趣事。欢笑中，我也打量起李印功老师来：穿着朴素，极像一个农村老头，很难和一个文人的形象联系起来。头发花白，却有一双睿智的眼睛，眼里闪着洞察世事的清光。地道的富平口音，响亮有力，风趣简洁，干脆，有亲和力。看手机时需戴老花镜，看完手机，眼镜腿子被一根细绳子拴着挂在胸前。年龄上，他属于父辈级的。初次见面，我有些拘谨，俩人并无过多交流，我只是不停地倒茶劝菜，生怕对他不恭。还好，我给李印功老师留下了不错的印象，加上李文君老师的关系，很庆幸，他乐意和我作为忘年之交的文友。

如果说李文君老师对我文学上的帮助是具体入微、不厌其烦的，那么李印功老师则是宏观上的把握，指向性的。他多次给我说，一个年轻人所处的社交圈子很重要，一定要选对圈子。跟名人打交道，跟有成果的人交往，可以学到很多东西，能够提升自己的境界，有助于摆脱平庸低俗习气。为此，他先后给我介绍过著名军旅作家党益民，著名文艺评论家仵埂，秦文化研究专家、西安市委党校教授王琪玖，《陕西文学》主编张铖，《华文月刊》总编王继庭，著名陕西籍旅美华文作家陈瑞琳，著名作家陈若星、冯积岐、王新民、林喜乐、关中牛等老师。这些老师都给予过我很大帮助，并且持续关注着我，让我在文学方面少走了许多弯路。与名家、大家交流多了，我自身也得到不少提高。水到渠成，李印功老师当了"陕西文谭网"的策划，他和顾问李文君老师一起，成了我这个"陕西文谭网"主编的左膀右臂。我们两老一少，忘年团队，齐心协力，打理着

"陕西文谭网",其乐融融。

为了进一步开阔我的眼界,李印功老师还特地介绍我参加了陕西农村报社召开的乡村文艺创作座谈会,和由陕西省社会科学院、省作协、渭南市委宣传部联合举办的基层文学创作学术研讨会等。通过一次次学习,我更加明确了自己的写作方向,也对自己提出了更高的要求,即用专注的态度、敬业的精神写出更多更好的作品来。在这些活动中,我有幸结识了肖云儒、冀福记、贺绪林等名声显赫的老师。后来,这些老师均给予过我不同程度的帮助。对于一个基层作者来说,有这样的机会,能享受这么多的名人资源,实属难得。

李印功老师曾当过几十年的记者,担任过《陕西农村报》的执行主编,在文字编辑方面,他有着一丝不苟的"工匠精神",哪怕是一个标点符号,也尽量做到准确无误。犹记得,在我写曹谷溪和党益民两位老师的拜访稿件时,他层层把关,处处提醒,逐句审读,耐心校正,连续几个晚上,通宵达旦。他说,写名人的稿子,半点马虎不得,这是对名家的尊重,也是对自己、对读者的负责。有几次,文章已经在网络平台推出了,他发现问题后,果断要求我快速撤回,待重新编辑后,第二天再发。"陕西文谭网"接受他的建议,完善编审制度,坚持推送前的预览,有效地减少了错情。"陕西文谭网"能在社会上声誉日隆,李印功老师功不可没。

更让我感佩不已的,是李印功老师为我的每一个进步而高兴,总是鼓励我在有了成绩的时候要往远处看,要有新的更大的追求。我在网络平台发了作品,他及时点赞,在纸质杂志、报纸上登了作品,他热情鼓励。他听说我拜访了著名作家贾平凹、曹谷溪、党益民老师后,鼓励我写出拜访感想,以策励自己。还有,在我遇到困难和受了委屈的时候,他开导我,年轻人要学会理性处世待人,用智慧解决问题,不要让不良情绪误导自己。我受益匪浅,内心日益强大。

在包括李印功在内的各位老师的热情帮助下，我的文学创作有了一些小小的成绩，成了陕西省青年文学协会会员，渭南市、西安市作协会员。2021年4月号的《华文月刊》推出了我的文学专题，我的照片上了杂志封面，刊登了我和我的学员的二十余篇文章，并配有彩页。此事在文友中反响很好，尤其在我开办圣谭文化培训中心的所在地——延安，引起了广泛关注。有家长发来信息说："感谢李培战老师能给孩子提供这么好的平台和展示机会！"更值得一提的，是李印功老师为我量身打造的标题——《左手为文、右手为教》，十分确切恰当。我不由得在内心感激李印功老师，也想过报答李印功老师的方式，但都被他委婉拒绝了。他说，既然做了朋友，互相帮助就是应该的，报答、感恩一类的事就免了，我年轻时也同样受过别的老师的帮扶，我只是将这种帮扶传承下去而已。感动，还是感动。

　　有些人，你这一生遇见或者不遇见，都无所谓；而有些人，你遇见或者不遇见，以后的路将大相径庭。在"左手为文、右手为教"的人生奋斗中，我为自己能遇到亦师亦友的李印功老师而深感荣幸，也许缘分真的存在。我有时候甚至想，不把事业干出个名堂来，有些对不住李印功老师，也有愧于引荐我认识他的李文君老师！

　　那就负重前行吧！

2021年4月22日

岳父李景楼先生

"你说爸说得有没有道理？"这是岳父对我说过的最多的一句话。诚然，他说的每句话总是不无道理。岳父按照道理去做事，遇事也讲道理。

岳父李景楼先生，出生于1954年4月，十六岁参加工作。不到一米七的个头，看上去却伟岸高大。也许是经历的事多，也许是读的书多，岁月在他身上沉淀出的独特气质，更是无法模仿的。古铜色的脸上镶着一双炯炯有神的眼睛，一副近视眼镜横架于鼻梁之上，整洁大方的穿着无不彰显着他独特的魅力。岳父是个文化人，毕生致力于家乡的文化教育事业。

岳父爱谝，熟悉他的人都爱听他谝。谝是一种能力，是一门艺术，这或许也是高情商的体现吧。能把一件平凡小事谝得绘声绘色、有板有眼，也非一件易事。能从小事中提取大道理，则更不多见。岳父谝起来声情并茂，口若悬河，客厅瞬间成了他演说的阵地。听的人往往将脖子抻得很长，听到搞笑处则捧腹大笑；听到动情处，往往泫然欲泣。岳父每每谝到人的身体健康时，他就挤眉弄眼、惟妙惟肖地模仿那些患上怪病的人的苦难态，引得满屋子人笑出了眼泪，大家笑后更多的是思考，思考如何保养身体。临末了，找他谝的人倒是没说上几句话便离开了。不打紧的，岳父也会择日去他们门上谝。一大早，岳父骑一辆崭新的自行车迎着朝阳出发了。谁也不知道他去了哪里，因为他很少带手机外出，即使带了，也可能不接电话，岳母也常常为此埋怨。还别说，人有见面之情，岳父谝来谝去，朋友越来越多，路越走越宽，日子越过越有滋味。

东西是世上的，命是自己的。这是岳父的至理名言。岳父能喝酒，但不贪杯。即使是高兴的日子，岳父也限饮三杯，任人如何劝酒，他也绝不多沾一滴。岳父说，喝酒是为了高兴，过量饮酒就让人难受，岂不违背了喝酒的初衷？一次，他的一个朋友因过度饮酒，导致胃黏膜大量出血，岳父去医院看望时，这位朋友紧紧握住岳父的手，感慨万千地说："楼啊，老哥以前没听你的话，这次差点蹬了腿，要了命。唉，酒是好东西，也不能多喝。东西是世上的，命是自个儿的。"

岳父爱抽烟，又抽之有度。两三天一盒，还要躲到屋子外面去抽，免得被岳母发现。岳父自己抽烟从不讲牌子，用他的话来说，就是"抽得顺就可以"，但家里来了客人，岳父就拿出他藏在抽屉里的好烟来招待客人。

岳父常教导子女不要贪图小利，不要看着人家的东西好便想据为己有，得之坦然，失之淡然，是一种人生智慧。岳父一辈子不眼红别人的小东小西，年老后却生活宽裕。

岳父注重养生，极少食肉，多以素食为主，即使是遇上岳母包饺子，他也会严格按照数目定量定餐，绝不多吃一个。他常说美味经肠过，暴食是罪恶。印象中，岳父喜欢吃甜食，遇上吃甑糕、甜饭之类，饭量就会增加。他还喜欢吃富平出的点心，早餐时吃一两块点心，喝一杯浓茶，岳父说，这叫舒坦。

善人多磨难，好人难当，即便如此，还要去当好人，这是岳父一贯坚持的原则。到任何时候，都不能失去了做人的本心，我想本心即良心。

第三辑 岁月的诉说

生活虐我千百遍，我待生活如初恋。岳父说，对待生活，要永不言弃，从不抱怨。不要总为付出寻求回报，有些善事做了，不必到处去张扬。人欠你的，天会还你。他曾告诫我，出门人低人三分，遇事多忍让，人善天不欺。是啊，岳父的这些话，都是在鼓励我做一个好人，做一个心地善良的人，这也使得我在很多事情上异常顺利，出门逢贵人，逢凶亦化吉。

某日，我无意中看到了岳父与著名歌唱家宋祖英、韩磊、付笛声等人在一起的照片，我由衷地开始崇拜岳父了。岳父精通音律，尤其擅长二胡与小提琴，在渭北一带享有盛誉。退休后，岳父本不愿收徒带弟的，只因熟人苦苦相劝，岳父才勉为其难，亦作为晚年生活的几分乐趣罢了。这几个跟着岳父学习乐器的孩子倒也争气，在"春芽杯"这样的省级艺术比赛中也名列前茅。西安音乐学院几位教授纷纷打来电话表示祝贺，看来岳父不接见也不行了，谁让他是德艺双馨的艺术家呢！

后来，岳父疯狂地爱上了手机，从此便一发不可收拾。他管蓝牙叫"狼牙"，管WIFI叫"外粉"，他开始研究数据，琢磨什么是流量，学习微信操作。他承认，在这方面，年轻人都能当他的老师。还别说，岳父很快就掌握了智能手机的基本操作，在手机上也收获颇丰，他经常与老友互发各种名家经典链接。岳父笑着说，老年人也应与时俱进。

岳父也有细心的一面。他做的五香花生米是我最爱吃的，但也只有在春节的时候才能吃到，他平日里不会轻易显山露水的。拜年时，丰盛的菜肴摆满了桌子，我的筷子去的次数最多的地方，就是盛有五香花生米的碟子了。花生米颗粒饱满，在灯光下闪闪发光，夹一颗放进嘴里，满口溢香，回味无穷。岳母看出我爱吃，吃完一碟，再盛一碟。前年，因故没能按时给岳父岳母拜年，等年后去时，岳父小心翼翼地从冰箱里端出一盘五香花生米，笑着说："这是你最爱吃的五香花生米，给你留着呢！"那一刻，我的眼眶突然湿润起来。

我的岳父李景楼先生，是一本读不完的书，一首听不倦的歌，一幅看不厌的画。其人其事，不可枚举。他说过，做人要低调。咦，岳父说的话还真的挺有道理啊！

2019年1月16日

岳母王雅珠女士

和爱人结婚前,岳母单独将我叫到一处,极其正式地问我:"你说的将来在城里买房的事,能办到吗?"我稍作思考后,干净利落地应着:"能!能!"说话时,自信十足。现在想来,当初的回答,其实是毫无底气的。不过,岳母对我的期望,成了我后来奋斗的动力。岳父岳母不世俗,不跟风,不看重彩礼,也绝不要求必须先买房、后嫁女,仅从这一点出发,足见他们的宽厚仁慈。

前些年,岳母在一家酒店做出纳,虽收入不高,但她尽职尽责,精心做好每一笔账目,直至离开时,老板和同事仍再三挽留,说俗点,还是人值钱。辞掉工作后,岳母一直扮演着家庭主妇的角色。洒扫庭除、照顾一家老小的饮食起居,成了岳母生活的主旋律。印象中,岳母大部分时间是在厨房度过的。周内,妻子上班,女儿上学,岳母得按时按点做好饭。岳父偶尔外面吃一半顿。好不容易熬到周末,我爱人和女儿不去吃饭了,岳父又得按时吃,因为他周末在家里上音乐课,规律性也很强。就这样,一周七天,岳母几乎抽不出半天闲暇。这种状况维持了多年。我要是回去,岳母就更忙活了。我去的几天里,岳母至少会包一次饺子,她知道我爱吃肉，每次都是肉馅的。除此之外，饭桌上总会比平日里多出几道菜。一次，岳父开玩笑对我说："你没事就多回来几次，让我们也跟着咥些好的。"

　　岳母生活在城里，却很少买衣服。出门几步就是商场，并不远。事实上，岳母也常常去商场，但她只是买一些蔬菜、水果以及生活必需品等。难道岳母不爱穿新衣服吗？难道岳母不爱漂亮吗？当然不是！岳母不差那点钱，她只是朴素惯了。只有在出入一些正式场合时，岳母才会特意找几件满意的衣服上身。她说，这是对别人的尊重。我和爱人多次叫岳母去买衣服，她都不肯，还语重心长地对我们说："日子好过了，钱也不能乱花，衣服有的穿就行了。"有一回，我和爱人用尽千方百计，把岳母"连哄带骗"拉进了商场，岳母看中一件呢子大衣，上身试后，果然穿出了一种独有的气质。店员说，这件衣服就是为她量身定做的。岳母穿着呢子大衣在镜子前左一瞅、右一瞧，没说一句话，但她的表情已告诉我们，她满意。正当我让店员开票装衣时，岳母却凑上前来询问价格，我赶紧向店员使眼色，生怕她实话实说，可已经晚了。听完，岳母突然像变了个人，她说："咱们再转转吧！这件衣服也不是很合适，我并不是特别满意。"说着，她拉着我和爱人的衣袖出了店门。后来，又连续进了几家店，始终没有选到能让岳母称心如意的衣服。商场要关门了，我们一无所获地回家了。

　　我知道，岳母很喜欢那件衣服，她是怕花钱。和爱人商量后，决定先去商场买了，再直接拿回家，反正岳母也试过了。幸好，那件大衣还在。提着新买的衣服，我和爱人达成一致，木已成舟，看她怎么拒绝。我把衣服交到岳母手里，骗她说，特地寻了熟人，打折买下来的。也许，岳母早已看出了我们的心思。灯光下，岳母没说过多的话，只见她的眼睛里，闪烁着亮晶晶的东西。

　　岳母姊妹六个，她排行第四，微信昵称也取名"四丫头"。岳母从小生活在乡下，农活儿无所不能，她尝遍了农村劳作的各种艰辛。岳母后来又去北京漂泊了多年，她一边打工，一边省吃俭用，到了月底，把钱寄回家里。在异地他乡打拼的滋味并不好受，这些事，都是后来爱人讲给我的。每每听到岳母在北京的不易，我常常潸然泪下。

人常说，经历是一笔财富。岳母乐观豁达，谨言慎行，和她先前的经历是分不开的。岳母寡言，但总能恰如其分地表达心声。听岳母说话不费劲，给岳母说话更轻松。简单的事，岳母简单说；复杂的事，岳母还是能挑重要的部分简单说。她似乎能够很好地把握事情的轻重缓急、主次之分，逻辑之缜密，常常令人叹服。说到这里，岳父还得向岳母学习呢。

2019年大半年里，岳母的心情一直不好，情绪异常低落，但她又很少向人倾诉，更不会随意发泄。岳母把许多事藏在心底，一个人默默承受。她可能觉得，有些事讲给他人听，他人也只是听听而已。岳母愁容不展，岳父也跟着着急，一度去了几家医院给岳母检查，结果是身体并无大碍。医院的大夫说，岳母得了心病。原来，爱人的大姨——岳母的大姐，已年过古稀，年初体检时，查出身体状况不佳，需要住院接受进一步治疗，后来，人也消瘦不少，头发全白了，也无力行走。岳母看到生病后的大姐心疼不已，害上了心病。岳母向来爱操心，一切与她有关的人和事总要牵肠挂肚。人生不如意事十之九八。我只有不断地开导岳母，告诉她大姨会好起来的，要相信现在的医疗技术和条件。为了让岳母换一种心情，岳父变着法逗岳母开心，甚至去很远的地方旅行。

时间是一剂良药，渐渐地，岳母恢复了往日的欢颜。

时光匆匆，岳母已年近花甲，不知何时，岁月已悄悄地将她的双鬓染白。我的岳母，平实朴素，坚忍刚强，她用最质朴的言行，阐释着人世间的至善至美。

2020年12月28日

姐夫哥先生

小说《白鹿原》里，主人公白嘉轩有个姐夫哥，名叫朱辰熙，人称朱先生。他总能在危急时刻一语点醒梦中人，白嘉轩也因此自豪得不得了。很庆幸，我也有个姐夫哥，虽没有朱先生那般足智多谋、神乎其神，但我的姐夫哥在教育界也算得上小有名气，事业上风生水起。

姐夫哥中等个头儿，甚至略微偏低，属于在人群里很难被人发现的那种。当然，这也是我们的共同之处，我们招呼客人时，总会说同样的话："来，坐，坐下，慢慢谈。"我为什么要称姐夫哥为"先生"呢？上面已透了底，姐夫哥是个实实在在的教书先生。

爱研究机械和电子产品，是姐夫哥给我的初印象。我第一次听任贤齐的唱片，用的就是姐夫哥的CD机。那个时候，好多人还只是听磁带，有个小随身听已经算了不起，很让人羡慕。我还是第一次看见这种洋机子，当时就被音质震撼到了，似天籁入耳，但又不知如何表达，只会不停地说："比复读机好多了！比磁带好多了！真好听呀！"那时，我正在读大学，姐姐和姐夫哥已经工作，住在一个叫甘家寨的城中村。当时，他们两个人的工资加起来也不到一千块，还要在城中谋生，生活比较拮据。但是，姐

第三辑　岁月的诉说

夫哥还是买了一辆雅马哈牌踏板摩托车,他好像总能走在时代前沿。他爱干净,也惜物,摩托车也总是锃亮如新。姐夫哥和他的摩托车风驰电掣般,穿梭在西安的大街小巷。

姐夫哥工作之余,周末忙着带家教,坚持久了,他的奥数赢得了家长和学生的最大认可。他对教材熟悉到什么程度呢?当时,书店里重量级的教材,只要说起某一题目,他能准确地说出在哪一页,令人咋舌。后来,他开始专职上奥数课,他的学员遍布城中名校,许多学员还获得过国家级荣誉呢。也正因此,他每日的上课时段从早排到晚,吃饭就像打仗,真是忙得不亦乐乎。有几回见到姐夫哥时,月亮已经开始给星星讲故事了。姐夫哥闲不住,他上完课回到家里还要搞卫生,抑或是网上购物。在他身上,能真真切切地感受到什么叫"生命在于运动"。有时明明已经精疲力竭了,但他仍要活动活动筋骨,重新摆放一下家具,或是转动一下花盆的方向,姐夫哥是一个极力追求完美的人。他布置自己的办公室、教室,总能别出心裁,令人眼前一亮。拿他的日常茶具来说,多达数十套,且件件是精品。这些茶具不是出自某个国家的工艺大师之手,便是国内的限量版。又如手机,姐夫哥也是走在最前沿的人,往往新手机还在预售中,他就付款预订了。记得几年前的一个夜里,十一点多了,突然有人敲门,原来是一个助教给我送来刚上市的苹果手机。助教说,这手机头一天上市,本地还在缺货中,是姐夫哥特意让人从外地坐动车送到的。窗外一片寂静,夜已深沉,而我睡意全无。将手机放在书桌上,我端详良久,久违的感动袭上心头。

鸡蛋从外打破是毁灭,从内打破是生机。变,才是永恒不变的真理。这句话用在姐夫哥身上再合适不过了,姐夫哥始终都在"变"中。万事万物时时刻刻都在变化中,坐地,尚能日行八万里呢!一年四季在变,一天中早晚在变,太阳和月亮的形态也在变。时代在变,人也在变。《周易》

说得通俗点，也是在讲"变通"。姐夫哥似乎与生俱来便对这些理解得入木三分。他的穿着在变，爱好在变，上课方式在变，上课地点平均两年一变，座驾也在变。最为关键的，是姐夫哥的境界发生了巨大改变。前几天，和姐夫哥同桌吃饭，我调侃他说："苹果12（手机）快上市了，你预订没？"姐夫哥抬头看着我，不假思索地说："现在都提倡用国产手机呢！"说着，姐夫哥从他的衣兜里掏出了一部华为手机，是最新款折叠手机。

姐夫哥给予我的鼎力帮助，就算结草衔环，我也难以回报。姐夫哥改变的，不仅仅是我个人的命运，更是一个家庭的未来。我的人生在三十三岁那年出现了一个重大拐点，我挣上了比一般教师稍高的工资，我拥有了大量可自由支配的时间，我没有了大多数人购房购车的巨大压力。从而，我的生活变得舒适宽展、有条不紊，我也能腾出更多的时间和精力放在文学上。虽为业余写作，但能和天南海北的文友一起探讨交流文学，这本身也是幸福。这一切的一切，都要感谢我的姐夫哥。父母常对我讲："人，要有良心，要懂得感恩！"妻子也多次感慨："我们能有今天的生活，最应该感谢的就是姐夫哥啊！"是啊，一个人无论走多远，都不要忘记来时的路。而当我郑重其事地向姐夫哥表达感激之情时，他总会说："是你具备那种能力，不是任何人都能扶持得起来的。"我心里当然明白，中国最不缺的就是人，而平台远远不够用。

也是从三十三岁那年起，我相信了"贵人"这一说。恩重如山的父母是贵人，不离不弃的爱人是贵人，良师益友是贵人，伤害挤对我的人是贵人，愿拉我一把提供平台给我的是贵人。我承认，我是幸运的，除了姐夫哥，我总能得到很多贵人的相助，生活上、文学上、事业上。常言道：贵人一个，抵友万千；贵人在侧，一生心安。感谢我生命中遇见的每一位贵人，尤其是我的姐夫哥！

第三辑 岁月的诉说

　　姐夫哥还是一如既往地起早贪黑，奋斗不止，他似乎从来不知乏困，他的身体仿佛铁打的一般。姐夫哥认为，人活一世，草木一秋，只有选择了勇敢拼搏的人生，才不留遗憾，才不算白活一世。姐夫哥做到了！他的座驾已经由当初的雅马哈牌摩托车成功地过渡到了保时捷汽车，他成了事业上的佼佼者，成了众多有志青年努力奋斗的标杆。姐夫哥活成了自己，他按照自己的方式努力工作，为喜欢的东西买单，他享受生活，也享受把钱花在他想花的地方的乐趣，他从不在乎世俗的眼光。数十年的青春付出，他从当初的毛头小伙到了如今的不惑之年，一路辛酸，一路喜悦，也许只有经历了的人才能体会。

　　（此文写给我的姐夫哥，我为他自豪！愿我的姐姐、姐夫哥、外甥女一生幸福美满！）

2020年12月8日

结婚十年

不觉间，我们已结婚十年。十年，对人的一生来说，并不算长，但它的的确确是我们最青春、最难忘的十年。

我们经人牵线认识。

十一年前，同一所学校，我在初中部，她在小学部，仅一路之隔。第一次去见她，正好课间，并没有说过多的话，她礼貌性地给我倒了杯水，我咕噜两下就喝光了，她又倒了一杯，我还是三下五除二灌了下去，可能由于讲课讲得口干。我正想喝第三杯时，她说："我还有课，要提前进教室，不好意思。"我这才意识到，只顾着喝水，差点儿误了正事。随后彼此留了手机号，我带着几分尴尬匆忙离开，心想，我一定没给她留下好印象。没多久，手机嘀嘀两声，是她的短信：

你把上衣塞进裤子扮成熟吗？不好看。

天哪！这是女人独有的表白方式吗？这条短信，让我沉醉了很多天，脑子里不断涌现着：有戏！有戏！

当时我和她都用诺基亚手机。在这之前，我已换过好几部手机，选择诺基亚手机，就是看中它的皮实耐用。我问她为什么也选择这款手机，论样式，这绝不是女生心仪的。她说："这是我人生的第一部手机。"我示意她接着说，她便不疾不徐地道来："这部手机是我妈买给我的，她说我要参加工作了，不能太寒酸，以后也不常回家，得有一部手机……"我沉思片刻后继续问："那为啥就选这款？"她脸上露出一抹微笑："和你想的一样呗！"

老陕爱咥面，我也不例外，总是以咥面的名义去见她。有一回，备课到很晚，肚子饿得咕咕叫，我发信息告诉她我想咥面！她立即回复了一个字："好。"简短有力的回复，使我立刻化食欲为行动。四周万籁俱寂，校门早已上锁，只能一展身手了。我那时特瘦，连翻两道铁门不喘一口粗气。她手下也利索，待我赶到时，面正出锅。往面上撒些辣子面和切碎的葱丝，煎油一泼，滋啦一声，香气袭人，咥起来爽口筋道。我一口气咥了两碗，再喝碗面汤。吃毕，浑身上下都舒坦了，但返回也更艰难了，由于咥得太饱，半天爬不上门。

一年后，我们谈婚论嫁。当时农村彩礼普遍都在三万元上下，城里更高一些。岳父开明，开了两万元的口，他说，嫁女不是卖女。可父母感觉两万还是多，让我试着问岳父岳母，一万元行不行。我心想，拿一万元给娃娶媳妇，估计是墙上挂门帘——没门！谁曾料想，岳父又一次爽快地答应了。他说，会寻的寻人，不会寻的寻门。当然，金项链、金戒指这些是不能省的。一天，岳母把我单独叫到一处，郑重其事地问："你说的将来在城里买房的事，能办到不？"我也很认真地回答："能！"

2010年5月2日，是我们决定相携一生的日子。那天，碧空如洗，玫瑰飘香，我们在老家举办了简单而又喜庆的婚礼，来自四面八方的亲朋好友见证了我们缘定今生的时刻。婚礼上，我们张开承诺一生一世的怀抱，许下"愿得一心人,白头不相离"的永恒诺言。也是从那天起,我不再是孤军奋战。

婚后第二年,妻子调配进水利系统,我继续在学校任教。不断上涨的物价,使我感到生活的担子越来越重,尤其当了爸爸后,这种感觉更明显。太便宜的奶粉不敢买,贵的又买不起。领着每月两三千元的工资,望着一路飙升的房价,终于懂得了什么叫"可望不可即"。那段时日,我们有时住校,有时住妻子工作的城南水站。水站的房子在二楼,面积不足二十平方米,坐东朝西,倒也通透。放一张沙发,摆一张桌子,置一张床,空间也所剩无几。到了冬季,去楼下提一桶无烟煤,生起火炉,房子很快就有了温度;夏天,吊扇也用不着,房子东边有几排白杨树,稍一有风,叶子便沙沙作响,人也闻声而爽。出门左拐就有水龙头,提水倒也方便。水站灶上做饭的嫂子偶尔给我们端一些可口的饭菜,这让我们很感激。她的女儿小名叫鸽子,模样也似鸽子般可爱。记得她尤喜跳舞,现在应该长成大姑娘了。说心里话,此刻倒有些怀念那块风水宝地,怀念那些简单平常的日子了。直到今天,每次路经水站,我都忍不住点一下刹车,按下玻璃窗,扭头看一眼曾经蜗居的地方。

有句看似不谦虚的话:若不是生活所迫,谁愿意把自己搞得一身才华。只有经历了,方能懂得其中包含的无奈与心酸。教学之余,我竟钻研起视频编辑,当作爱好也未尝不可,可我偏偏又是个一不做二不休的人。为此,通宵达旦是常有的事,二十多岁,并不觉得熬夜对身体有什么危害。我从最基本的软件学起,到了较难操作的步骤,就在网上搜相关的教学视频,视频里的老师操作一步,我在软件上进行一步,就这样,暂停、操作、播放,如此反复无数遍,不知不觉天就亮了,洗把脸,去上早读。遇到未经翻译的英文软件,就请教学校的英语教师,他们很多也不认识,说什么专业领域单词难以把握,我只好又去搜相关教学视频,到最后,用上了最笨的办法——死记硬背，以至于说不上单词名称，却深谙其功能。渐渐地，我初步掌握了PS、会声会影、Premiere以及AfterEffects等软件的基本操作。俗话说，巧妇难为无米之炊。制作视频的方法我倒是掌握了一些，可视频素材哪里来？这一回，贫穷并没有限制我的想象。我萌生出一个在当时看来很不现实的想法——买台摄像机。网上了解一番后，一天晚上，我把这个想法告诉了妻子，她不仅没有反对，还举双手赞成。我压低声音对妻子说："得一万块钱呢！"我俩把身上所有的积蓄加在一起，仍差两千元，妻子说她想办法。两三天后，妻子拿出三千元给我，并且交代："要买，就买差不多的。"后来，我拥有了人生中第一台摄像机。

摄像的基本要领可浓缩为三个字：稳、平、变。训练半年之后，我终于能举稳摄像机，手臂也不再酸胀麻木。这时，我又产生一个新的想法，用摄像机赚钱，补贴家用。2011年后半年，我正式兼职于婚庆行业，一干又是几年。除了上课，还要做婚庆，幸亏有妻子忙前忙后给予的大量帮助。每场婚礼前，我们都要提前布场：拱门、纱幔、音响、花柱、红地毯等，一一到位。我做司仪，摄像由妻子来完成。起初，我还有点不放心，天长日久，妻子还真学会了摄像，甚至超过了我的水平。人是逼出来的，有时遇上新娘家远，新郎半夜就得出发迎亲，司仪和摄像师自然也得前呼后拥地跟上。接到乡下的活儿，更是费人。每次收卷充气拱门和狮子时，整个人都在地上连滚带爬。拾掇完道具，我和妻子像是刚刚经历了一场罕见的沙尘暴。若遇半夜下雨，得去事主家用塑料袋将电源插座包起来，风机也要想方设法苫盖好。为了多一份收入，多少个日日夜夜，我们起早贪黑，风里来雨里去，从未间断。父母看我们太辛苦，好多次劝我们放弃做婚庆。

一到腊月，结婚的人特别多，我们更是忙得不可开交。为了婚庆能有序开展，我白天做司仪，晚上还要加班制作碟片，熬夜又成了家常便饭，有时一晚仅能睡一两个小时,天一亮就得出发。好几次,眼看视频要做好了,电脑突然卡顿,紧接着死机,只能重启,几个小时的努力就白费了,真是让人欲哭无泪。

和妻子一起走过的那些年,我终生难忘。

奋斗改变命运,我们渐渐过上了别人眼里羡慕的生活。

2015年,我们结婚五周年,我和妻子商量好,带着女儿去照一张全家福。出门前,我看见妻子脖子上没有佩戴一件饰物,戒指也不见,我让她拿出来戴上,妻子哦了一声,就去衣柜翻找,结果连包装盒也不见了,但她仍背对着我不停地找寻。我问妻子到底放哪儿了,是忘了,还是丢了。妻子缓缓转过头,支支吾吾地说:"我说出来你别怪我,当年为了给你凑钱买摄像机,我把金项链和金戒指便宜卖了。"听罢,我像失了控,忍不住高声喊:"这可是我们订婚时买的呀!你咋能……你咋能……"我再也说不下去了,两行热泪唰地飙了出来,将妻子紧紧地抱在怀里。

平日里,我在外的日子多一些,家里许多事情就落在了妻子肩上。辅导女儿作业、监督练字,这些琐碎而又具体的事情,她从不含糊。此外,妻子还做得一手好饭菜。只要我回到家里,她总是变着花样来做,炒菜、包饺子、蒸米饭、擀面条等,样样拿得出手,真正的色香味俱全,我有时会忍不住掏出手机来拍照。即便是晚上,她也闲不住,扫地、拖地。妻子偶尔还做针线活儿,这个活计,恐怕她的许多同龄人已经很陌生了。她买了一台小型电动锁边机,插上电源,戴上眼镜,便咔嚓咔嚓地忙活起来,直到夜深。

妻子说,她最大的愿望就是去看海。2016年夏天,我们来了一场说走就走的旅行。我之前在南方待过一段时间,这次行程,妻子完全听我安排。我们用整整一天的时间,参观了被称为"亚洲最大的动物园"的长隆野生动物园。晚上,看长隆国际大马戏,漫步广州塔下。妻子问:"你要带我看的大海呢？"我说看大海，得去深圳。我们赶到深圳时，已是最后一班公交车。深圳的夜景美得差点让妻子尖叫起来，她突然变得像个孩子。第二天一大早，我们去了大梅沙、海洋公园。南方的夏天酷热难耐，海滩上零星地坐着几个穿着泳衣的青年男女。妻子撑了遮阳伞，来到海边。她闭上眼睛，一副很沉醉的样子。良久，她说："原来大海真有味。"我问什么味？她又说不清。站在妻子身后，遥望水天相接的抖动着碎金子似的海面，我不由得吟诵起海子的诗句：面朝大海，春暖花开。妻子反应迅速，她笑着说："可惜我们是最热的时候来的，晒得皮要掉几层了。"说罢，我们一起笑了，笑声很快淹没在了翻滚而来的海浪里。

十年，弹指一挥间。也许，激情燃烧的岁月已退去，花前月下已成过往，但爱情并未离开我们，它早已化作血浓于水的亲情，化作还没等妻子开口，我就知道她想说什么的默契。人的一生不可能一帆风顺，十年里，我们也有很多的不如意，但不管怎样，还是挺了过来。也许，生活就是在这种如意和不如意中度过的。感谢这十年里妻子对我的包容和理解、支持与帮助，对孩子投入的全身心的爱，对这个家无怨无悔的付出。今天，是我们结婚十周年纪念日，我曾设想了很多种庆祝的方式，但都被妻子婉言拒绝。她说："平平淡淡才是真，健健康康就是福。"

5月2日，在这个特殊的日子里，无论如何，请允许我说一句："老婆，你辛苦了！"

2020年5月2日

第四辑 唐仁古韵

李白的酒

谈到"诗仙"李白，不得不提他的酒。正如已故著名诗人余光中在他的诗歌《寻李白》中写的那样："酒入豪肠，七分酿成了月光，余下的三分啸成剑气，绣口一吐，就半个盛唐。"可见，李白无论是赏月舞剑，还是作诗填词，酒都扮演着不可或缺的角色。

凡事都有第一次。李白第一次饮酒，源于何时何地？我们只能从他的诗中搜寻答案。公元726年，"思君不见下渝州"的第二年，李白往游金陵，逗留了大半年时间。他欲赴扬州，临行之际，朋友在酒馆为他饯行，李白作《金陵酒肆留别》一诗，诗云："风吹柳花满店香，吴姬压酒劝客尝。"柳烟迷蒙、春风沉醉的江南三月，诗人一走进店里，沁人心脾的香气就扑面而来。此处的"香"，我以为是写酒香，抑或"春风花草香"，因为柳絮之香是极难捕捉到的。不难看出，"酒香"已深深扎根于李白的诗中了。此诗虽是李白首次公开写酒，但也不能保证李白在出蜀前就滴酒不沾，偷饮几盅，也未可知，不然，朋友为何选在酒馆为他饯行？李白又怎知酒香？历史不知晓，李白自无言。只是，李白年少时的饮酒，仅是"少年不识愁滋味"的悠闲自在罢了。

酒是一个会让人上瘾的东西，李白这一"尝"，便一发不可收拾。

唐玄宗开元十五年（公元727年）早春，李白来到安陆。安陆，属湖北省，唐代叫安州，因安陆位于汉江支流涢水河畔得名。在这里，他和于唐高宗时期做过宰相的许圉师的孙女许氏经孟浩然撮合结婚，开始了"酒隐安陆，蹉跎十年"的生活。安陆人向来有好客的习惯和省己待客的美德，凡有客至，必饮酒，俗称"无酒不成礼义"。一日闲暇，李白游至安陆境内的白兆山，在一石壁上留下"数过呼君起，同饮三百杯"的诗句，可见此时的李白已嗜酒如命。据考证，李白这一时期饮的酒正是颇具名气的安陆涢酒。说也奇怪，比李白大十二岁的孟浩然恰恰喜爱白色，就连穿衣也挑白色，加上古貌清奇，确有几分道骨仙风，这倒与李白的"白"很是投缘。当然，孟浩然更为看重的是李白的才气和酒量，可谓"酒逢知己千杯少"。李白头一次去拜访孟浩然，两人一见如故，并被孟浩然留宿十多日，天天吟诗喝酒。孟浩然好饮酒，也追求醉的享受，但他从不狂饮，多半是一种"雅饮"。公元730年春天，孟浩然要去广陵，李白亲自送到江边。孟浩然的船开走了，李白伫立江岸，望着那孤帆渐渐远去，惆怅之情油然而生，便挥就了大家耳熟能详的《黄鹤楼送孟浩然之广陵》。同年，李白首进长安，却处处碰壁，天不遂人愿，"大道如青天，我独不得出"，李白渐渐摸清了世道。在安陆的这十年，李白大多数时间生活在岳父家，寄人篱下的日子使得李白郁闷至极，他终日靠酒精麻醉自己。此时的酒，略带淡淡的苦涩。公元738年，许氏因故离世，李白仕途无望，叹息离去。

天宝元年（公元742年），经玉真公主和贺知章的极力推荐，时年四十二岁的李白，盼星星盼月亮，终于盼来一生中的巅峰时刻。"白酒新熟山中归，黄鸡啄黍秋正肥"，这是李白接到唐玄宗的诏书时喜出望外的真实写照，天大的好事，当然先要喝酒庆祝了。恰好白酒刚刚酿熟，也是大好的秋收时节，在李白看来，一切都是最好的安排。李白回到南陵家中，一进家门便"呼童烹鸡酌白酒"，这些还远远不够，更要"高歌取醉欲自慰"。他一边痛饮，一边引吭高歌，来表达内心的欢愉。离家赴京时更是"仰天大笑出门去，我辈岂是蓬蒿人"，其中的喜悦之情毫不掩饰。李白二入京城长安，轰动一时，他不仅成为唐玄宗的嘉宾，还被任命为翰林待诏。具体干些啥呢？一就是帮皇帝起草一些文书；二呢，主要是文娱。换言之，根本没有实权。有一回，唐玄宗带着杨玉环在兴庆宫里观赏牡丹，令李龟年唱曲，唐玄宗心血来潮，欲让李白填写新词，这才命人赶紧把"长安市上酒家眠"的李白叫来。李白醉醺醺地作了这首《清平调》（其一）："云想衣裳花想容，春风拂槛露华浓；若非群玉山头见，会向瑶台月下逢。"瞧瞧，即便是在酩酊大醉之际，李白也能"指物作诗立就"，且生动传神。此时的李白，可以说是红得发紫，以至于到了"天子呼来不上船，自称臣是酒中仙"的地步。此时，李白的酒里，多了几分狂放纵逸。

树大招风，物极必反。不久，才华横溢的李白遭权贵谗毁，"花间一壶酒，独酌无相亲"，李白深陷孤独，自知"不为亲近所容"，恳求还山。李白写"君王虽爱蛾眉好，无奈宫中妒杀人"，他把自己比喻成一个女子，皇上虽然很宠爱我，可是有人嫉妒我，有人排挤我，我不得不离开。天宝三年（公元744年），唐玄宗顺水推舟准允李白"赐金放还"的请求。掐头去尾，李白在京城仅待了一年。"行路难，行路难，多歧路，今安在？"如大鹏折翼的李白该何去何从？

世界那么大，何不去耍耍？离开京城，李白又一次踏上了云游祖国山河的漫漫旅途，终日以酒为伴。是年秋日，李白、杜甫、高适三人在开封把酒言欢，切磋创作，纵谈天下大势。公元750年，李白在开封结识了他人生中的第四任妻子——宗氏。据传，李白醉酒之后诗兴大发，挥笔在梁园墙上题写了那首有名的《梁园吟》，梁园仆人意欲擦掉，却被宗氏阻拦，花千金购得此墙，只因沉醉于李白的诗情，"千金买壁"的佳话自此传开。细细琢磨，还是酒的功劳啊。

"人生得意须尽欢"，看似要及时行乐，实则饱含李白壮志难酬、报国无门之悲愤。"与尔同销万古愁"才是此时李白饮酒的真正原因，他是为了消愁。宿醉之时，可暂忘忧愁，然酒醒之后呢？岂不是"抽刀断水水更流，举杯销愁愁更愁"了？理想无法实现，人生惨淡收场，李白又能做些什么呢？还好，李白仍保留着"天生我材必有用，千金散尽还复来"的高度自信与旷达胸襟。

公元755年，"安史之乱"爆发。李白与妻子宗氏南下避难，居安徽当涂，其间又应邀入幕，试图东山再起，可惜永王李璘兵败，李白入狱。宗氏多次施救未果，两人再无相见。获赦后的李白已岁在暮年，余生唯酒做伴，寄情山水。公元762年，李白于病榻上完成《临终歌》，带着对人生的无限眷恋和未能才尽其用的惋惜走完了最后一站。"仲尼亡兮谁为出涕？"仲尼已亡，还有谁能为我之死伤心哭泣？

李白的酒，穿越千年，历久弥香。我愿与你"一杯一杯复一杯"。

2020年8月8日

仁者杜甫

"诗圣"杜甫出生于公元712年,小李白十一岁,两人皆嗜酒如命,咸有"致君尧舜上"的远大理想。相对于李白的大起大落,杜甫的一生可谓"身世浮沉雨打萍"。

当然,童年的杜甫过得还算自在,和今天的许多小孩一样,贪玩,不受约束。"庭前八月梨枣熟,一日上树能千回。"瞧瞧,多让家长不省心呀!杜甫不仅树爬得欢,还会写诗呢,像唐初的骆宾王、北宋的黄庭坚一样,杜甫也是七岁成诗。渐渐长大后,杜甫更是策马郇瑕,漫游吴越,好不悠闲快活。"会当凌绝顶,一览众山小"所表现的雄姿和气魄,千古传诵,催人奋进。

在长安求官的十余年里,杜甫渐趋成熟。为求得官位,杜甫磨破了脚,说破了嘴,跑断了腿,花光了钱,依旧报国无门。

直至公元755年,"安史之乱"爆发前夕,时年四十三岁的杜甫才被朝廷授予河西尉一职,这大概是唐代品级最低的一个官职。杜甫并未立即上任这个从九品。后来朝廷又任命他为京兆府兵曹参军,这次是个八品官,比之前稍大了点。为了让暂居奉先(今陕西蒲城)的妻儿免受饥饿之苦，先将就着干吧！是年，杜甫自京城赴奉先探望家眷，途中闻得一村子锣鼓喧天，热闹异常，一向关心民生疾苦的杜甫决定上前一看究竟，原来是一大户人家给儿子操办婚宴。杜甫正欲离开，忽听得人群中有一老妪在低声哭泣，盘问了半天，方知是一要饭老人。老妪被那办喜事的主家叫人狠打了一顿，要不是众人阻拦，估计老妪这会儿也快断气了，原因是老妪不长眼，冲了他家的喜气。听罢，杜甫连连叹息，忙将驴背上驮的干粮解下来赠予老人，并安慰她不要过度伤心。别忘了，这些干粮原本是要带回家的。后来，杜甫将此事写进诗文，"朱门酒肉臭，路有冻死骨"便是其中两句。怀着一颗仁爱之心，为老百姓发声，成了杜甫后来创作的主旋律。

同年十二月，"安史之乱"全面爆发，为了躲避战争，关中一带的百姓四处避贼逃难，流离失所。刚上任不久的杜甫拖家带口北向逃亡，首站来到鄜州（今陕西富县）。途中的狼狈艰险，几人能知？为了有口吃的，难免"逢人多厚颜"，窘迫异常。大人倒能忍受，只是苦了他的几个孩子，"痴女饥咬我"，孩子已经饿得开始咬人了，杜甫还得用手捂住孩子的嘴，不能让她发出声来，若被虎狼听见，就更惨了。可此时的杜甫仍想着追寻皇帝，参加平叛，为国效力。安顿好家人后，他于次年八月只身出发，经石门，越万花山，抵达延安，不料于安塞被叛军房擒，押回长安。九个月后，杜甫趁机逃脱，抄小路奔赴凤翔，被唐肃宗任命为左拾遗。可惜好景不长，杜甫因替宰相房琯求情，遭贬。时运不济，壮志难酬，杜甫决定回鄜州羌村省亲。杜甫此时的创作已向现实迈出了坚实的一步，大大区别于同时期的其他诗人，或者说，杜甫的创作朝"史诗"更接近了一些。杜甫回到家里，"妻孥怪我在"，妻子和儿女竟不敢相信杜甫还活着！他们愣了好久，之后喜极而泣。《羌村三首》通过寥寥数语，将动荡中的百姓生存状态描写得活灵活现。经年没回家，"妻子衣百结"，小儿子因长期营养不良,"脸色白胜雪",面对这一切,杜甫"翻思在贼愁",短短一句,便把家庭的不幸和国家命运紧密地联系在了一起,蕴含着浓郁的家国情怀。心系苍生,胸怀国事,杜甫的仁爱之心在不断升级。

"国破山河在,城春草木深。"杜甫见证了长安城由盛而衰的历史过程。

公元758年,杜甫回河南老家探亲后返回华州(陕西华县一带)的路上,目睹了战乱给百姓带来的灾难以及老百姓忍辱负重参军参战的情景,感慨万千,创作了不朽的史诗:"三吏"和"三别"。这两组诗标志着杜甫的创作又进入了一个全新的时期,鲜活真切的词句,让我们仿佛回到了那个动荡不安的年代。

如果把杜甫的人生划分为两个阶段,那他的前半生便是裘马轻狂,后半生则是为民请命。

杜甫对眼前的生活越来越悲观失望。据《新唐书》记载,公元759年,关中大旱,杜甫弃官而去,开启了新一轮的漂泊。杜甫先是带着全家人西去秦州(今甘肃天水一带),后因仕途无望,生活上穷困潦倒,不得不继续南下,几经辗转,来到成都。公元760年,在好友严武等人的资助下,在浣花溪畔建了一所草堂,全家得以寄居,杜甫也谋得一官半职。公元761年,大风破屋,大雨如注,草堂遭破坏严重,忧国忧民的杜甫联想到和自己一样的穷苦人民,彻夜未眠,感慨良多,写下了脍炙人口的《茅屋为秋风所破歌》。"自经丧乱少睡眠"一句,更是直接地写出了诗人度日如年的境况。"安得广厦千万间,大庇天下寒士俱欢颜"则是推己及人,将诗人的博大胸襟和崇高理想表现得淋漓尽致。孟子言:老吾老,以及人之老。在赡养好自己长辈的同时,别忘了那些和我们没有血缘关系的老人,前提是要照顾好自己的长辈,而杜甫的愿望是让天底下所有贫寒的读书人都能住进宽敞明亮的房子,如果真能那样,"吾庐独破受冻死亦足"！他一个人被冻死，也值了！可见，杜甫是不计个人得失的，其仁者情怀确实可敬！

纵观杜甫一生，在成都草堂的几年时光，是他漂泊生涯中相对平稳的一段日子，杜甫在这里创作了两百余首诗歌。杜甫与当地的老百姓打成一片，忧百姓之所忧，乐百姓之所乐。正当庄稼需要一场及时雨的时候，雨就来了："好雨知时节，当春乃发生。"这场雨，对于杜甫而言，也许无足轻重，但对于农民来说，可能生命攸关。在蜀中的这些日子，杜甫也真真切切地感受到了生活之美、自然之美："黄四娘家花满蹊，千朵万朵压枝低。"花儿的活泼自在，也让我们感受到了杜甫此时的轻松愉悦。

公元765年，杜甫失去了在成都唯一的靠山——好友严武，只得携家带口另谋生计。此后四五年间，他们经三峡流落荆、湘等地。年老体弱、疾病缠身的杜甫多想再回一次家，终不能实现。公元770年，杜甫丢下妻儿，于舟中长逝，享年五十九岁。

2020年9月9日

冬游九娘峪

九娘峪，盖因九天圣母得名。此地人传曰：大圣闹天，倾太上老君炼丹之炉，一珠遗落于此，诱二龙争焉。天地旋转，生灵涂炭。玉帝震怒，命九天玄女降二龙，化其为山。遗珠位中，二龙戚然相对，遂有"二龙戏珠"之大观。后，九天玄女以剑削台，立其上告民曰：可世代久居。众人因建"九天圣母行宫"，以求降福于民。所削之台，今人曰"现身崖"，此处堪比华岳之险。

庚子初冬，吾与友杨氏、白氏及仵氏同游。奉先西北多沟壑，城三十余里处，道似游龙，蒹葭苍苍，枯草茫茫，柏木葱茏，始见九娘峪。峪口见二石，形似龟状，上小下大，若雌雄依偎，又如长者负幼。杨氏欣然曰："乃迎客龟！"复行数十步，蜿蜒蛇行，颇多趣味。道旁多刺玫、丁香、连翘等，更有无数异卉，蒙络摇缀，层次井然。苍松翠柏，沿径而上，莽莽苍苍。人行其间，仿佛置身南国。山势回环，几欲天边。南望来路，皆入眼底。忽有山头一木，引人注视良久。漫山皆草，唯中央一木，诚乃吸天地之精气而生。此木非松柏，然亦有松柏之"本性"！虽一木，实令吾等佩服之至。杨氏曰："一枝独秀！"众皆欢。山皆美石，各具情态。一方立石犹自天而坠，酷似"拜将台"；峭壁下凸石如鹰头，形神俱备；途中一石坦荡如砥，可供休憩。

曲径通幽处。少顷，九天圣母宫忽现。其宫坐北面南，三面环山，南向豁然，躺松卧柏，气象非凡。下层设观音堂，上层主圣母殿，另有玉皇殿、财神殿、送子娘娘殿。圣母殿侧有九龙神泉，此泉历经千载，仍取之不尽用之不竭，冬温夏凉，清澈甘甜，可愈诸疾。此地祥云缭绕，霞光冲天，果神仙佳境，然众神之灵验妙不可言。殿前一柏树，堪称一奇，传言为圣母手植。此树几经生灭，死而又生。更有奇者，柏枝中竟生桑木。守殿人王氏曰："此树已有三千余载，其之奇远不止此。"王氏善谈，每有信者来此，必劝其多善行，可保诸事太平。问及疫事，王氏怅然曰："天灾实乃人祸，众之罪也！众皆费粟，天欲伐众，此乃万事万物发展之规律，敬畏自然，汝等不可不知！"行至此，闻王氏寥寥数语，吾等感慨万千。一一拜过众神，继而缓步慢上。

未达山尖，已而日暮。攀条折软枣食之，略涩。见山牛数头，有白、红两色，悠闲自得，不惧游人。茫茫大山，不知牧者何处，定无拘无束，待暮而归。路险而幽，吾等不得不悻悻而归。水已尽，下至圣母殿处，幸得王氏遗九龙神泉，适四瓶。然皆未饮，欲与家人用之。因疾行，汗湿浸衣，仍觉不虚此行。同游者皆曰："他日，当重游。"忽而山鸟相鸣，宛转悠扬，因记得欧阳公"游人去而禽鸟乐也"。

奉先之人游此地者鲜矣，故吾得之不敢专也，以文记之。

庚子年九月二十六日。

2020年11月11日

陈炉游记

丁酉十月，清风习习，柿红菊香。驱车蛇行至铜川东南四十里处，千年古镇陈炉始见。

陈炉者，陶炉陈列得名耳。陈炉乃宋元后古耀州窑唯续之窑场，陈炉瓷业兴盛，炉火杂陈，彻夜明朗，或曰"郁郁千家烟火迷"，其势恢宏，千秋不绝。

陈炉山川秀美，冬夏常蔚然。层峦如墨，渐次一空。久之，余等心旷神怡。其树多槐、柳，又有异木，皆葱茏葳蕤，参差披拂，似于画中游。至一亭，高柳夹堤，水晶晶然哗哗作响，碎瓷嵌于曲径、短壁，陶器适缀其上，颇多趣味。陈炉处坡地，市狭耳，然游者往来不绝。盆、碗、杯、壶等陶艺俨然前陈，各具情态。

下行数百米，则可见炉窑数座，始知为陶器之所出。其状若两级矮塔，呈圆形，一级有火口六处，洞形，顶部似煤工帽。全窑以砖砌，纹理可见，又以铁带绕缠，以固之。上有杂卉数株，方可青中见绿。其地主马氏曰：始于土，成于火，瓷比玉。余心撼之，人可比陈炉之瓷？灼烈火而不易其形，受浸染而不易其色！又曰：若陶烂，非言"烂"，不吉也，谓之"挣"（zèng），意为赚矣。

此地古有窑神庙，已毁，今人重建之。陈炉人世代赖陶为生，崇敬窑神，以求陶业兴旺，人康物足。拾级而上，有合阳人雷珍民书"窑神庙"三字，笔走龙蛇，金光耀目。大殿设像三尊：大舜、老子、雷公；拜殿设四圣祠，即山君、土主、牛马二王。有戏楼与窑神庙隔路相望。闻之，此处已为民间信仰活动之地，择年中良日举，来者比肩接踵，热闹异常。

未料，母与其数年未见舅母于陈炉遇，喜极。便邀至其家，茶果待之。去赠陶质茶壶一把。余观之，甚妙！同游者，如祖父、五祖父、父亲、母亲及邻人任氏之妻。

2019年10月26日

林皋湖漫游记

下邽北百余里,有河曰白水,水中一湖,名曰林皋。林皋胜景,渭北一绝。

余闻之久也。一日,率妻子欣然驱往。将至,则道旁绿树成荫,上有鸟雀欢唱相间,弄曲成调。闻之,出尘了凡之感油然生也。缘路行数里,忽见一蜗牛。复前行,则蜗牛皆可见,始悟为"慢",盖此林皋"慢城"得名耳。或曰,俯观林皋,宛如一前行蜗牛。林皋湖依山绵延数十里,夹岸绿树掩映,重峦叠嶂,如诗似画。

步至湖畔,清风徐来,甚为惬意。往来游者不绝于道,伛偻垂髫,自得其乐。临近水岸,遇一好钓老者,神情悠然。所使吊钩如黄金铸月,然得鱼未几。问之,老者笑曰:于生活者,莫于慢也。余思之良久,若有所悟。

少顷,小女欢呼喜极。余顺势远眺,遂见金滩白帆、小桥长廊,秋千荡漾,童稚戏水,恰似江南风物,男女皆穷欢愉之极。

泛舟湖上,亦另有所获。俄而夕阳下沉,湖面粼粼金光,湖水蒸腾缭绕,胜似仙境。游舟湖中,任意东西,湖水激桨,哗哗作响。余尝独游于西湖，亦领略苏仙"淡妆浓抹总相宜"之美，诚斋"接天莲叶无穷碧"之壮观，竟不及今日之林皋！何也？林皋之美，"慢"也，是为一；同行者为妻子，心境自不同矣，为二；舟行至湖中，则不辨舟行景行，或曰人景合一，其三也。余幸甚至哉！歌曰：今日林皋行，怡然天空明。顿生迟归意，真谛慢其中。

世人皆知白水之"四圣"、苹果之盛名，然不知林皋湖之慢之美也。

2018年8月6日

《了凡四训》新说

袁幼孤,母劝弃学,欲从医。一日,袁路遇高人孔氏,言其必能于官,且明年中,勿医。

母闻之,甚喜。令儿具试。越明年,果中,皆如孔氏所言。袁复拜孔氏,孔氏又言,日后取何官,禄几何等,然命中无子,天命大归。

后,袁俱依孔氏所言行,果毫厘不差。终无欲无求,云游四野。一日,游至栖霞,见一禅师山中坐。袁亦坐之,竟三日。见此定力,禅师甚奇之,问何所修。

袁曰,尝有孔氏言,吾生已矣,故吾无所念!禅师闻之曰,尚以为高,实乃凡夫。袁不以然,请禅师赐何谓高人。禅师言,凡人,所念所想不可出往常之所域,为数缚,即可测也;而极善极恶之人,固无定矣。人言尔二十载,分毫未有,岂不俗乎?

袁问之,命可变否?禅师道,六祖言:一切福田,不离方寸。命可变矣。是日起为善事三千,复观尔命。

袁自此更名"了凡",遂就三千事于十载。日渐远,孔氏所言渐悖矣。其仕与禄皆高于孔氏所言,且得子,天命之年无碍。后遂善事万数,只一年。

年近古稀,袁以自历作训,名曰《了凡四训》。

2018年6月6日

第五辑 文字里的芬芳

人生在世，不过一场"暂坐"

贾老师的小说《暂坐》未面世之前，关于小说的后记已处处可见。小说二十一万字，贾老师整整写了两年，修改了四遍，其中的艰难可见一斑。仅看后记，便被吸引，究竟是一家什么样的茶庄？怎样的一群谜一样的女子？贾老师又是如何把她们的故事讲述给读者的……

终于，网上有了《暂坐》的预售信息，我当即拍下，等待了十余日，也就是《暂坐》面世的第二天，我便拿到了贾老师的新作。

《暂坐》描述了一场梦，做梦者何人？圣彼得堡女子伊娃。既然是梦，便可任意东西。

宋代繁荣起来的茶楼，如今遍布城市的角角落落，屡见不鲜。去喝茶的人形形色色，又各怀心思。有人单纯是为了喝茶议事而去，有人是为了去认识更多的社会名流，有人目的更明确，仅仅是为了和美女茶艺师聊几句轻松的话题，还有人是为了躲避现实。千万别小觑了这"小天地，大作为"的地方！西京城里也有一家茶庄，它不留客饮茶，只卖茶叶，名曰暂坐。暂坐茶庄由一个名唤海若的单身女子经营，她管理有方，深谙人事，心地善良又精于商道，处变不惊又提心吊胆，唯一让她无计可施的是她国外留学的儿子。来往茶庄的人大多是海若的闺密，她们情同姐妹，如影随形，又各自忙着自己的事业；她们经济独立，又因各种各样的因素一直单着、苦闷着、彷徨着。社会是一张网，她们分布在不同的点，又相互牵连，这张网，又是她们自己辛辛苦苦结成的。海若给她的闺密每人赠了一块玉，因此，她们被羿光老师称为"西京十块玉"。然而，并不是每块玉都能象征财富与权力、美好与平安。众姐妹中，有被港台老板骗色而最终放弃复仇的辛起；有为了真爱甘愿当小三并生下孩子，后来身患绝症茕茕死去的夏自花；有放款出去，朋友作保最后连本都收不回的应丽后；有疾恶如仇、颇具男儿本色的司一楠；有因为看见一个修鞋匠长得像已故父亲而留在城里买下街区房子的陆以可，有甘愿收留夏自花遗孤度过余生的徐栖；有一直被大家提及但从未露面后遭横祸的冯迎，有好马不吃回头草的希立水；有追求时尚偶尔略带自私的严念初，有被贷款利息压得难以轻松的向其语。小说以生病住院到离世的夏自花为线索，讲述了十多名女性她们之间的关系、和他人的关系以及和社会的勾连。除此之外，贾老师还塑造了一大批与众姐妹命运息息相关的人物形象，如可以当作一座城市名片的羿光老师、用生命护店的年轻后生高文来、圆滑世故的范伯生、担保贷款又无力偿还的王院长、讨债时使强用狠的章怀等，这些人物亦栩栩如生，久久徘徊于人的脑海里不能离去。

小说共三十五节，每节篇幅相当，均采用了"主人公+地点"的标题形式，一目了然。但每节之间并非完全独立，而是相互交叉，故分节并未影响到情节的连贯性，这种形式阅读起来轻松了许多。内容上也在不断呼应，易于理解。首节与末节分别写了梦生梦灭，首节写俄罗斯女子伊娃梦中为了散心又一次回到她的第二故乡——西京城，以一个"洋妞"的视角审视中国元素。末节写伊娃在梦中带着无限惆怅离开，令人唏嘘！

贾老师在后记里说："写过那么多的小说，总要一部和一部不同。"

第五辑　文字里的芬芳

的确，《暂坐》是贾老师在文学高地上的又一次大胆创进。《暂坐》不同于贾老师以往的任何一部小说，选材也罢，讲述故事的方式也罢，刻画的人群也罢，贯穿宇宙时空也罢，都令人眼前一亮。读罢大作，我有以下几点感悟。

第一，人物对话简洁明了。小说中，人物对话是那样的不掖不藏，那样的明白晓畅。不要铺垫，不做渲染，人物便开口说话了。A说：×××。B说：×××。A又说：×××。B不再说话。读过小说的人，对于上面的对话场景是多么熟悉！完全不讲求技巧，索性直来直去。正如贾老师自己说："平铺直叙地写下来，确实是有些笨了，没有那样刻意变异和荒诞，没有那样华丽的装饰和渲染，可能会有人翻读上几页便背过身去，但我偏要这样叙述的。"是啊，大道至简！事物繁华到一定程度，必然走向拙朴。

第二，禅意文化处处显露。众所周知，贾老师是喜欢佛的，他的书房里供奉着佛的各种化身，石的、木的、陶瓷的，年幼的、中年的、觉悟后的。"凡所有相，皆是虚妄。若见诸相非相，即见如来。"事实上，佛不是一般人能见到的，可贾老师常常坦言，是佛启发着他的写作。可见，佛是住进了贾老师的心里的，贾老师的心里是有着佛的。贾老师信奉佛，关于佛，他是有较深研究的，这一点在《暂坐》里隔三岔五地体现着。暂坐茶庄二楼上，靠北一长案上趺坐着一尊汉白玉石佛像，当然，这与海若是居士也有极大关系。应丽后也是遇事跑到茶庄去拜佛。第四节里："你见到王季，告诉他别生气，谁骂他那是替他消业的。"第六节里，羿光老师说："咱们汉族人习惯称为活佛，其实标准应称之为转世尊者，也就是智者。"第二十五节里写道："海若告诉陆以可，做完了这一切，她能真切地感受到茶庄的楼上楼下诸神充满，都在给她加持，给她能量。"佛、菩萨以不可思议之力，保护众生，称为神变加持。诸如此类，不胜枚举。读

177

小说《暂坐》，亦是一场修行。

第三，散文化的语言中诗意与哲理并存。我一边认真阅读，一边用笔勾画出自认为充满诗意与哲理的句子。在此与大家分享几句：（1）任何言语一旦嘈杂了，便失去了节奏，成为一种烦嚣。（2）任何人有了手机，手机就是上帝，是神，被控制着也甘愿被控制着。（3）爱情确实是一种病，咋的啦？可谁有药呢，找对象就是找有药的人嘛。（4）把实用的变成无用的过程就是艺术。（5）喝一样的茶了，那只是一种人，而我们是每个自己。（6）说了一个谎了，得用几个谎来圆场啊。（7）你看奔驰、宝马车，谁在车上再装饰了，只有三四万的车才喷图案呀，写调侃话呀。（8）每个房子都有死角，每个人都有隐秘处。（9）商人说利润好，官员说权力好，狗也说骨头好。（10）世上凡是太好的东西都是不用的。（11）穷困使人贪婪和残忍。（12）现在是天变得雾霾越来越重，人也变坏了……这些幽默而又含蓄的语言，叫人深思。

第四，"雾霾"是小说创作的大背景。不知从何时起，雾霾与古城西安变得密不可分了。进入秋冬季，再也难以见到几个响晴的天。于是，没日没夜地限行、培育绿植、净化空气，政府一直在努力。有人曾调侃，外地人来西安旅游，临走时别忘了称两斤雾霾装在塑料袋里带回去，那可是西安的原汁原味。如何治理大气污染，甚至是全人类面临和需要解决的问题之一。《暂坐》里几乎每一节都谈到了雾霾，不得不引起读者的重视。第一节里，伊娃渐入梦境，梦里的西京城仍是她记忆中的样子："好像已经初春，雾霾却还是笼罩了整个城市。"最后一节，伊娃梦醒之际："那个傍晚，空气越发恶劣，雾霾弥漫在四周。"伊娃在西京城留学五年，也许这五年当中，笼罩在西京城上空的雾霾给她留下了较深刻的印象。当然，小说重在表现每个人精神上的雾霾，人生的雾霾。第三十三节写道："雾霾这么严重啊，而污染精神的是仇恨、偏执、贪婪、嫉妒，以及对权

第五辑 文字里的芬芳

力、财富、地位、声名的获取与追求。"雾霾不可怕,可怕的是人的精神被腐蚀。

第五,平淡生活成就文学巨作。《暂坐》里没有宏大的情节,没有轰轰烈烈的事件,没有可歌可泣的英雄人物。围绕暂坐茶庄铺设开来的十几位女子,她们或婚姻不幸,或生意受阻,或迷茫,或堕落,但她们都在极力寻找自己在社会中的位置。她们渴望独立,向往自由,她们一方面受过爱情的伤,另一方面又在期待遇到真爱,她们不断希望,不断失望,但脚步从未停止过。每一个努力生活的人都是英雄。《暂坐》写生活,撷取琐碎的生活片段来描写,于生活中见真谛。

第六,浸透着浓郁的传统文化。小说通过对西京城人物风情的刻画,除了能让读者感受到地方特色以外,更多的是对中华传统文化传承至今的无限感慨。如海若读书摘下来的暂坐茶庄员工守则:(1)饮食节制;(2)言语审慎;(3)行事有章;(4)坚毅果敢;(5)尚俭助人;(6)惜时勤奋;(7)真诚可信;(8)正直不阿;(9)中庸适度;(10)居处整洁;(11)内心宁静;(12)节欲养身;(13)谦逊待人。此十三条,可谓"黄金法则",无不彰显着中华传统文化的大智大慧。若能落实其中一条,人生必将受益。

所有的喜怒哀乐、荣辱起伏皆在伊娃的梦境中,梦如人生啊!活佛终究没等来。暂坐茶庄爆炸了,伊娃的梦醒了,生活又该去往哪里?梦生梦灭,一念之间,如伊娃来西京城的一次暂坐。我们来到世上,何尝不是一次暂坐?贾老师在答贾平凹研究专家、著名评论家韩鲁华问时说道:"说到作品的名字,其实是有含义的。人一生其实很短暂,忽一下几十年就过去了,人就是在这世上走一趟。从长远看。其实生命很短暂,人都是到这世上逗留那么一下,就像到茶馆里坐下喝了几杯茶,歇了那么一下,停了那么一会儿,就过去了。不管你是弄啥的,在这个世界上作用大小,是翻江倒海、叱咤风云,还是忙忙碌碌、平平庸庸,也都是在这个世界上停那么一下。当时看着不得了,可过上几百年、几千年,人们再提说起来,也就那么一会儿工夫,也就那么回事,要和茫茫宇宙比起来,那更是一瞬间的事。"

人生短暂,且来"暂坐"一坐。

2020年9月30日

古朴的散文

贾平凹老师的散文质朴生动、幽默且入情入理，实在令人折服。记得上高中时，只可零散地拜读到老师的一些作品。偶得一篇，便视若珍宝，反复咀嚼。痴情于贾老师的散文，竟爱不释手。

一晃，我已年近不惑。

前些年，又特意从网上购得一本《贾平凹散文精选》，又一番咬文嚼字，体悟已大不似从前，几多感慨，几多明朗。这如同人们对待一首歌曲的态度，不同的年龄段能够品出不同的滋味。亦如《老生》后记中所写："看山是山看水是水，看山不是山看水不是水，看山还是山看水还是水，年龄会告诉这其中的道路，经历会告诉这其中的道理，年龄和经历是生命的包浆啊。"我想，只有经得住岁月沉淀，耐得住潮流洗礼的文字，才是真文字，才是经典，经典方可流传。贾老师的散文大部分是他二十世纪八九十年代完成的，文字多呈现空灵静虚之美。近年来，贾老师的散文写作少之又少，愈显珍贵。

贾老师的散文具有明显的时代感和前瞻性。他曾说："作为一个作家，做时代的记录者是我的使命。"然而，贾老师把握时代脉搏又是那样的精准，那样的一分为二。《商州初录》里这样写："今日世界，人们想尽一切办法以人的需要来进行电气化、自动化、机械化，但这种人工的发展，往往使人又失去了单纯、清净。"不难看出，这种站位是极高的，格局又何其宏大。我以为，贾老师自始至终在营造一种"拙朴"的环境。在商洛棣花镇，那是一种天然的"拙朴"，无须雕琢，就已"拙"在了骨子里头；在喧嚣的都市，他依然在用心营造那个"拙朴"之地；在文章里，这种"拙朴"更是体现得鲜明；就连贾老师出入公众场合的穿着，也无不体现着"拙朴"的风格；再看相貌，他在《自传》中坦言："贾平凹，三字其形，其音，其义，不规不则不伦不类，名如人，人如名；丑恶可见也。""丑恶"一词当然用之过激，贾老师的长相确实与"拙朴"有几分渊源。贾老师一方面在极力迎合这个日新月异的时代，另一方面心灵深处又在本能地"溯源"，也许这正是他灵性创作的奥秘所在。继续读《静虚村记》里的一段话："如今，找热闹的地方容易，寻清净的地方难；找繁华的地方容易，寻拙朴的地方难，尤其在大城市的附近，就更其为难的了。"我相信，今天久居繁华城市的人读了这段话，一定是有所思所悟的，而这是贾老师三十八年前的文字了。

贾老师的散文，只要读个开头，便已深陷其中。他总能巧妙地带领读者渐入佳境。或说，读贾老师的散文，会让人不由得产生一种沉浸式的体验，这种体验从头到脚，由外而内，妙不可言。事实上，贾老师的散文就是在和读者对话，文字与心灵的对话，作家与世界的对话。不仅我有这种感觉，很多读者亦如是说。贾老师的散文坦诚、随和、接地气，不遮掩，不避讳，谈古论今，明心见性。他说过："不要为了迎合谁去写作，写作是发自内心的，是写给自己的，自己满意了就好。"是啊，对于一个作家来说，保持一颗本真心是多么重要呀！任何表达方式，何种叙述技巧也敌不过一个"真"字。贾老师说："作家必须以最大真诚面对这个社会。"

第五辑 文字里的芬芳

可见,写作也需不忘初心,不贪图名利,去伪存真,保持一颗本真心,与时代共鸣,才能写出真正的文学作品来。读贾老师的散文,还有一种非读书的感觉,仿佛他就坐在你一旁,正在静静地点燃一支烟,吞云吐雾之后,毫无保留地诉说着他的过去、现在和将来。这种文字的亲和力,瞬间拉近了与读者的距离。

贾老师散文里的禅意美,很多读者、学者都有谈到,这是一种独特的美感,是一种静谧的禅意。有思想、有深度、有灵魂的文字会带给读者更多启迪。我们甚至可以在贾老师的散文里了解天地宇宙,感知生老病死、人生无常,穿梭古今中外,进而顿悟人生,找回那个迷失已久的自己。而这些,不正是佛的意旨吗?贾老师是秉承着佛的意愿来写作的,这一点毫无疑问。他在《说房子》一文中写道:"有一个字,囚,是人被四周围住了。房子是囚人的,人寻房子,自己把自己囚起来,这有点投案自首。"现实中,多少人为了买房在各自的岗位苦苦挣扎,多少人为了还不完的房贷还在挤最后一点牙膏。等房款还清了,终于能松口气了,黄土也埋了多半截。房子最终是谁的?或许,它一向都是国家的。这如同贾老师在《记五块藏石》中所说:"人与石头确实是有缘分的……今日我有缘得了,不知几时缘尽,又归落谁手?"人住进房子,岂不是房子收藏了人?我们在收藏的同时也在被收藏!有一日,人殁了,房子还会照样收藏别的人。真正的开悟者是不会在意身处何处、吃什么或喝什么的,他们的灵魂不受约束,即使身在房子里,也不会被囚禁。"禅"的本意就是要排除杂念,静坐。作家是孤独的,也必须学会享受孤独,神圣才是真正的孤独。但贾老师说:"我不孤独,静定乃能思游。"也是,一个人彻底静定下来的时候,他的思维往往是最活跃的,某些灵感也会在一刹那闪现。贾老师得到某诗人送来的三目石,不禁思索:"人肯定不再衍化独目,意识却可能被认为无数目如千眼佛,但或千眼顿开,但或一目了然,既是眼,请看眼为圆圈中有精点,圈中一点,形上也形下,看山是山,看水是水,又看山不是山,又看水不是水,再看山还是山,再看水还是水。你看嘛。"这些充满禅宗韵味的意境无不体现着他的创作心境,以及他对生命的认知。

贾老师与石头有着特殊的缘分,他满屋的神佛兽石足以证明这一点。贾老师屋子里有个狮子军,大大小小一千多个石狮,最大的一只是狮军的大将军。《我有了个狮子军》中有这样一段精彩的描写:"这些狮子在我家里,它们是不安分的,我能想象我不在家的时候,它们打斗嬉闹,会把墙上的那块钟撞掉,嫌钟在算计我。我要回来了,在门外咳嗽一下,屋里就全然安静了,我一进去,它们各就各位低眉垂手,阳台上有了窃窃私语,我说:'谁在喧哗?'顿时寂然。我说:'嗨!'四下立即应声如雷。"诚然,一个没有想象力、对生活没有新鲜感的人是很难当上作家的。这个狮子军也确实给贾老师壮了不少的胆,此后的贾老师不再吟诵忧伤的诗歌,也不再生病了拿自己的泪水喝药。他说:"我成了强人,我有了威风,我是秦始皇。"当然,不是每块石头都那么走运。贾老师小的时候,家门口曾有过一块不被人看好的丑石,垒墙不用,压铺台阶不用,不能去雕刻、捶布。这样一块毫不起眼的丑石,直到有一天有人认出是陨石,被小心翼翼地运走后,他才感到了作为人的可耻与丑石的伟大。贾老师有关石头的散文颇多,他笔下的石头皆充满灵性,或者说是这些充满灵性的奇石给贾老师的创作带来了诸多灵感。总之,他们相辅相成、相得益彰。

贾老师的散文拙朴清新,意境深邃,大多闪烁着哲理的火花,读文如见人。从今天起,让我像贾老师一样:"书是我的古先生,花是我的女侍者。"

2020年10月10日

吼一声"阿宫",浑身舒坦

党益民老师是著名的军旅作家,中国作家协会会员,作品曾获北京文学奖、柳青文学奖、第四届鲁迅文学奖以及中宣部"五个一工程"奖等奖项。《阿宫》是党老师难舍的故土情怀,是他对家乡频阳那些人、那些事的一往情深。陕西文谭网用十七天的时间连载了党老师的长篇小说《阿宫》及其评论,这场有关文学的盛宴引起了广大文友的持续关注。首篇《宫女》一经推出,平台关注人数急剧增加。安徽一文友发来消息:我虽与党益民老师未曾谋面,但久仰大名,今日拜读《宫女》一文,内心受到极大震撼,其文笔老辣,情节曲折,功夫不一般呀!合阳一文友发来消息:早就听说过党老师的《阿宫》,但一直没有机会拜读,今日看《宫女》一文,算是领教了,党老师的作品真可以算得上学习小说写作的范文。就连一向很少主动给我打电话的父亲,也激动地在电话里说:"像《宫女》这样的小说明天还有吗?"我忍俊不禁,告诉父亲后续更精彩!在此,对党益民老师授权陕西文谭网连载一事表示衷心的谢意!因能连载党老师的作品,陕西文谭网的品位档次又一次得到了极大的提升。

人与人之间在某些时候确实要讲缘分,顺带地,人与文字也就有了缘。一个人一生中读书与否，读什么样的书，细一琢磨，或许早有安排。经李印功老师引荐，我有幸于2019年春节前拜访了我心目中仰慕已久的文坛名家党益民老师，于是，与党老师以及党老师文字的缘也便延伸开来。

《阿宫》由十四个独立的篇章组成，它们之间既相互联系，又各自成文。这十四篇里，任意选出一篇，都堪称佳作典范。这让我想起了读《红楼梦》，试将其中的某些情节单独提取出来，无不都是一篇精彩的小说。打个比方，《阿宫》里每一个独立的篇章都是一颗耀眼的珍珠，而把这些珍珠串联起来的，就是"阿宫"这条主线。阿宫腔是关中秦声戏剧发展中自我音乐色彩突出而逐渐形成的一个小剧种。它流行在关中平原，近百年来，仅有富平一地遗存。"阿宫"的发音有些特殊，如果你是一个土生土长的富平人，你就会读"阿（wo）宫"，对了，这才算地道。党老师选择了"阿宫"这条具有标志性的线索，将渭北一带的风土人情、历史变迁、爱恨情仇表现得淋漓尽致，令人拍手叫绝。

作为一个初学者，要说评论，自不敢当，我只能用一些浅薄的语言来谈谈我的读后感。

"作家需是杂家"，党老师曾对我说过这句话。《阿宫》里，党老师除了对制作皮影的选材技巧上有细致的描写外，对琼锅糖的熬制过程等描写都是有过之而无不及。关于琼锅糖，我们摘取《银簪子》一章中一个片段来看："做糖是个体力活，也很麻烦。要起五更睡半夜，装缸，出缸，还要随时注意火的大小、糖的稀稠。琼锅糖工序很多：先将小米淘洗干净，上笼用旺火蒸，然后出锅，放进大缸里，加上发好的大麦芽和开水，再用炒板搅匀；等它发酵冒泡后，再将缸角木塞拔掉，让糖水自然流入盆中，再迅速倒进大铁锅，用旺火熬；熬至发黏，变成糊状，再用抹了油的木勺舀到石板上，反复拧条拉扯，使糖色由黄变白，然后与炒熟的黑芝麻和其他辅料分层放在瓷缸内热焖；最后压成饼，切成条或者片，就成

第五辑　文字里的芬芳

了香味醇郁的'琼锅糖'了。"没有考究，何来此详细工序？不得不说，党老师对生活的深入观察、独特体悟令人佩服！路遥先生为了写孙少平在煤矿上的生活，亲自去铜川鸭口煤矿和矿工一起下井，同吃同住，饱尝艰辛。再比如，党老师写到"朱老三""洪升走镖"时，用到"梁子""绺子""破盘""亮青子"等词语，将土匪的形象塑造得栩栩如生。还有，党老师丰富的地理知识、历史典故等都是我今后要努力学习的。要当一个"杂家"不易，都是用苦换来的。所以，要创作，首先得做好吃苦的准备。

一等小说写人。读完《阿宫》，挥之不去的是里面那些有血有肉、有情有爱的鲜活的生命，他们仿佛真的就站立在了读者面前。不知为什么，读《阿宫》后，我总能联想到《水浒传》里替天行道的英雄好汉，不论男女老少，他们义薄云天，不藏不掖，率真坦诚，个个都有真性情，甚至能叫读者与主人公"同呼吸、共命运"，真是看得过瘾！看得人热血沸腾！党老师将人物刻画得立体、饱满，跃然纸上。为爱被砍下一只胳膊的"朱鹳"，用刀抹了养女"柳叶"后自杀的"严奎"，为女报仇一刀砍死"憨子"的"邵镢头"，舍生取义的"老胡"和"顺子"，堕于情毁于色、最后要求与爱人死在一起的"莲子"，被逼为"匪"的香草，手持银簪为爱走千里结果被冤死的"来旺"，"硬得能当棍使"被国民党打断一条腿的"牛娃子"，心爱的女人"娟子"死后心灰意冷、当了和尚的"小生张青"，等等，哪个人物不值得读者反复咀嚼？他们颇具传奇色彩的人生经历，无不让人沉醉其中，又爱又恨，不能自拔。写阿宫艺人实则是写人性、写历史，这种"人与戏"的完美交融，是该小说写作上的一大特色。

没有想象力的文章显然不是好文章。我最近一直在思考这个问题，我平日谝闲传的想象力为什么在写作中得不到体现？是练笔太少，还是另有他因？无从知道。《阿宫》这部长篇小说的奇特想象和艺术感染力是有目共睹的，真真正正做到了不落窠臼，不按套路出牌。这也许是党老师的高明之处吧！每一章的故事情节都能做到跌宕起伏、出人意料，更是难能可贵，我真不敢想象党老师在背后下了多少功夫。无疑，党老师对生活的升华是有技巧的，绝不是照搬，一件平常的小事也能在党老师的妙笔下生花，这可能就是文字的表现力问题，也是我需要学习的。

《阿宫》这部小说无论是选材还是叙述方式，都令人眼前一亮、耳目一新，可谓"一曲阿宫话百态"。我想，这一切都应归功于党老师本人深厚的历史文化积淀、强烈的家国情怀和极具感染力的艺术创造力。正如著名评论家何西来老师所说："《阿宫》再一次证明了党益民是一位优秀的实力派作家！"我要学习的远不止以上所云，接下来我会继续拜读党老师更多的作品，从中汲取营养，让自己快速成长起来。最后，祝愿党老师在相隔千里之遥的西藏保重身体，再出佳作。期待！

2019年7月12日

文学的暖流

　　种种原因，读了杨海信老师的散文集《暖流》后的一些感悟，迟迟未能付诸笔端。听闻杨老师欲组织当地数文友就该书内容一叙，颇感欣慰。在这个躁动的时代，其于文字之痴心、于精神品质之追求难能可贵。我是得下决心写了。

　　上次赠书时，杨老师说这是他仅剩的一本了，足见该书的魅力之大。翻至首页，工整书曰：请李培战友雅正。其谦虚与友好，尽显笔端。

　　在白军杰老师的引荐下，我有幸与杨老师结识。犹记得首次谋面，于城南一广场，时间是某日黄昏。杨老师五十岁出头，身材算不上魁梧，却显得精神抖擞，健谈，爱笑，用"平易近人"形容，亦十分恰当。杨老师为某高中的教书先生，又负责校报刊印的具体事宜，正应了那句"能者多劳"。杨老师总能积极投身工作，乐在其中。他用微笑面对世界。再后来，与杨老师见面的机会愈多，愈是被他的"笑"感染到了。

　　读罢《暖流》，脑子里不禁闪出"路"这个字眼来。杨老师写在书前的话，题目也叫作"一路走来"，由此看来，这本书确实是写"路"的。历来，名家写"路"的经典句段甚多，亦很精彩，然杨老师笔下之

"路",别是一般滋味在心头。这本书里有杨老师的成长之路、求学之路、创作之路、情感之路、旅行之路、教学之路等,这些路,构成了杨老师的"奋斗之路",虽崎岖艰辛,但也收获了鲜花与掌声;虽不堪回首,但也是岁月馈赠给杨老师的珍贵财富。阅读这每条路,每篇文,都将如杨老师所言:让大家"开卷有益"。

路遥先生曾写过这样一句话:真情实感是文章的第一要素。杨老师的《暖流》在突出真情这一方面,无疑是最棒的了。情真,文字便有了温度,也容易走进读者心里,产生共鸣。杨老师写家乡,写祖父祖母,写父亲母亲,写大舅父,写三爷,写路人,写一块旧手表……字里行间,无不流露出浓浓的爱与乡愁。或许对于每个作家来说,最应感谢的,便是故乡提供给他的第一手素材了。杨老师是生活的有心人,他能将过去的种种以细腻、真实的文字再现,令人叹服。读至《含泪的十元钱》时,我竟潸然泪下。现摘取原文片段,做交流使用。

十点多钟,我俩好不容易挤上公交车,赶到汽车站,准备买票时,哥哥突然红着脸喘着气对我说:"我的二十块钱被贼娃子偷了……你看,口袋都被撕烂了,别针也不见了。"

我不知所措地看着哥哥,一个劲地问:"那咋办呀?咱俩怎么回去呀?"

哥哥叹了一口气说:"也不用怕,我还留着一手。走,咱俩去厕所。"

到了厕所,哥哥走到最里面的墙角,让我挡在他面前。只见他脱下厚重的棉裤,小心翼翼地从裤头前面的一个用别针别着的小小的口袋里取出三十元钱,说:"走,买票去。这次再不敢丢了!"

哥哥买了两张车票,还剩下十元钱。哥哥说:"咱俩多走一段路,省下这十块钱吃饭。"

我说:"这十块钱你拿好!"

第五辑 文字里的芬芳

哥哥点着头说："这大城市还真不是咱乡下人来的地方。"

我说："那些贼娃子真不是东西！"

哥哥的右手紧紧攥着那一张皱巴巴的十元钱，苦笑着说："好好学，等你考上了大学，我还来。"

车站门口的小吃很多，油条啊麻花啊面包啊吸引着我的眼球，让我不住地吞咽着口水。哥哥看着我的神情，说："等下了车快到家了，咱俩好好地吃一顿扯面。那油辣子往碗里一泼，冒出一股香气，就是美！这十块钱保管够。"

坐上了回家的车，哥哥一边叹气一边咕哝着："只怪我太粗心了，没想到会碰上贼娃子！那二十块钱够咱家一个月的花费。回家后你不要给妈说，她会哭的。"

我说："咱以后再不来了，看那些贼娃子还能偷什么？"

哥哥忽然哽咽着说："我本来还想给爷爷买一个面包，听说很好吃。"我走到那油黄、酥软、香甜的被人家称为"面包"的美食前，吞咽着唾沫。哥哥叹了一口气，拉着我离开。

我忍着泪水说："爷爷已经病了几个月，一天只吃半个馒头。"

没有扣人心弦的情节，没有刻意的渲染，原汁原味地去描写生活细节，情自然就来了。我将这篇文章放在"今日头条"上，短短半天，阅读量上万，网友留言上百条。好的文章，无须自诩，相信读者的眼睛是雪亮的。

该书做到情真的同时，质朴有力的叙述语言同样耐人寻味。浑厚自然，又有情景合一的创作手法，这是乡土文学该有的风格。不矫揉造作，不忸怩作态。杨老师这种行云流水的创作方式，读来备感亲切，容易使人产生一口气读完的冲动。《背影》一文里，杨老师是这样描述炎炎夏目的：

天气真热，毒辣辣的太阳悬在头顶十分刺眼。一丝风也不见吹来。我只觉得压抑、烦躁、苦闷，一步路也不想多走。街边的小摊贩有气无力地看着每一个行人，路旁的树木花草一副垂头丧气的样子。

这段描写极为精彩，即使在数九寒天来读这段文字，也能让人顿感燥热。这便是语言的感染力。

再比如《看雪》里的一段：

天上阴沉沉的，空中雾蒙蒙的，地上白茫茫的。这是入冬二十多天来的第一场雪，星星点点，密密斜斜，飘飘洒洒，像泪，像丝，像絮。融入雪的世界，十分惬意。

该段语言干净，句式骈散并用，读罢余味悠长。这本书里，几乎在每一篇里都能找出像上面那样精彩的段落。

此外，杨老师小说化的散文创作方式，很值得学习。这种打破常规叙述方式的运用，使得文章更具吸引力。如《长长的母爱》一篇，文章采用第三人称，以小说的方式讲述着关于"他"和"他的母亲"的一切。文章结尾仅四个字：他，就是我。这种近乎小说的写法，令人眼前一亮，同时，读到结尾时，文章里的情节再一次在脑海中浮现，震撼着读者的心。

杨老师饱读诗书，贯通古今，综合实力很强。这一点不仅体现在他平时与人的交谈中，文章里也可感知一二。书中的第四部分——"山河揽胜"，篇篇文章充满了诗情画意。杨老师一边吟诵"窈窕淑女，君子好逑"，一边走向令人心旷神怡的处女泉；一边感叹着"夕阳无限好，只是近黄昏",一边迈出了藏传佛教皇家寺院——雍和宫;脑子里一边浮现着"前途似海,来日方长"的语句,一边漫步海边,感受海风;一边吟诵着"一代天骄,成吉思汗,只识弯弓射大雕",一边瞻仰着成吉思汗陵园,等等,等等。再回过头来看整本书,往事如歌、亲情长久、故土深沉这几个部分则引用诗词较少,不难发现,杨老师的引经据典总能恰到好处,其文字功力可见一斑。

《暖流》这本书里,还设了"教学有得""家教点滴"两个板块,均是杨老师从教几十年来的宝贵经验积累,无论于教师、家长,还是学生,都是不可多得的知识财富。这些文章启人心智,实用性极强,值得反复阅读,乃本书一大亮点。

生活中,我和杨老师既是文友,又是朋友,他更是我的老大哥。我们因文相识,感谢文学,让我们的生活变得多姿多彩。在《暖流》这本书里,我读到了一个身材魁梧的杨老师,读到了他的不易、坚持及成功的喜悦,让我又一次深刻体会了奋斗的意义。文学,如同一股暖流,浸润着每一个怀揣梦想的人的心灵。

2021年3月10日

厚土情深

人到了一定年龄，记忆便汪汪如水，作家则能用文字巧妙地将它记录下来。杨贤博老师的两篇散文大多是记忆的再现。

《麦子熟了》一文，作者用一种独特的叙述方式讲述着姐弟情深。前半部分先写"父亲与母亲"农忙时节的辛苦劳作，铺设出一种场景，营造出"足蒸暑土气，背灼炎天光"的氛围，让读者置身其中。后文直接点出"父亲与母亲"是"我"看到的姐夫和姐的身影，他们为了光景过得更好，日复一日地在田间地头挥洒汗水。劳动人民最光荣，但也是最恓惶的。昔日"姐夫和姐"劳作的身影成了作者心中挥之不去的记忆。紧接着，作者着重描写了小时候去姐家无意间倒掉一盆洗脸水，结果被姐姐训话的尴尬事。此处细节描写似乎与文章主题联系不够密切。文章语言朴实，字字含情，无不流露出对姐姐、姐夫的感激之情，读来甚是感人。另外，我发现这篇文章中出现了两次"无奈"：一次是面对种麦时农民的无奈，另一次是面对自然挑衅时农民的无奈。可能读者本来是很敬佩文中的劳动者的，可看到劳动者是出于无奈、不得不劳作时，这种敬佩之心估计要减去几分。当然，仅为个人理解。

第五辑　文字里的芬芳

　　第二篇散文《时光黑龙口》，作者用了四个小标题，分别从"老秦岭""赵家湾""老街""时光与变迁"四个方面带领读者走进黑龙口，了解黑龙口，感受黑龙口。作者之所以选择黑龙口，我想，他是对脚下这片厚土地爱得深沉。此文篇幅较长，作者是下了一番功夫的。黑龙口的地理位置、过去和现在，以及人物风情等，作者都做了详尽描述，一个立体的、全方位的黑龙口展现在了读者面前。但一篇文章里，如果史料性文字过多，势必会影响到作品的文学性。相比较，我更喜欢最后一篇《时光与变迁》，它鲜活、接地气，有了更多的关于人和人情的描写。比如街上遇到表姐，一声招呼，一幕幕往事涌上心头，很能感染人。再比如这一段描写："追求美好，是人生永恒的主题！之所以农村留不住人，人越来越少，是因为大山太大，既遮掩了视线也制约了胸怀。封闭时间太久的窗户需要打开，让视野更宽广，心胸更加博大！"这段叙述，除了给人一种美的享受，更能让读者受到启发。

　　听了杨贤博老师后面的肺腑之言，感觉他在文学这条路上也付出了很多努力，他的很多文章都值得我去学习。最后，希望杨老师在文学这条路上越走越远！

·

2020年6月8日

小说不仅仅是讲故事

2020年3月18日晚,"渭南小说界"庚子鼠年作品点评活动首期(总第九十六期)如火如荼地开展。本次活动点评了两篇小说:一篇是著名作家池莉的《热也好冷也好活着就好》,另一篇是本土作者张娟老师的《家训》。受主持人李文君老师及张娟老师邀请,我有幸参与了本次点评活动,并聆听了各位老师的精彩发言,收获颇丰。

我先谈谈读了池莉老师的小说《热也好冷也好活着就好》后的一点感受。有人说,文学就是人学;也有人说,作者写来写去其实是写自己。池莉老师是武汉人,她的作品大多和武汉的本土特色有关,她所处的地方风俗、人文文化、本土特色等影响了她的创作。小说《热也好冷也好活着就好》是地域特点很强的一篇小说。如果说一部小说最先吸引读者的地方是情节,那池莉老师的这篇小说可能会让我们收获另一种理解,此篇中描写的正是一群平凡人平淡无奇的一天。池莉老师通过不落窠臼的写作方式告诉读者,小说不仅仅是讲故事。置身"火炉"的市井小民拉家常、看新闻、打麻将、择菜洗碗、搬竹床,正是这些琐屑的生活画面构成了这篇小说。作品中的猫子(郑志恒)善良本分,在枯燥乏味的生活中无所事事,将"体温表爆了"这件很不起眼的小事到处宣讲,到头来,别人说他进的货质量有问题,猫子反驳"全是一等品"。一个嫂子约猫子打麻将,可猫子根本不玩麻将,反被嫂子说"十一亿人民八亿赌,还有两亿在跳舞,剩下的都是二百五",不玩麻将,怎么就成了"二百五"?不得不说,池莉老师让我们从这些极其平凡的小人物身上窥见了时代的弊病。再看看猫子的女友——燕华,一个普普通通的公共汽车司机,早班晚班轮流倒。她心里有猫子,却表现得轻描淡写,不屑一顾。这让猫子很伤心,反倒觉得女友不是真的喜欢自己。池莉老师在作品中塑造过很多女性形象,她们大多张扬,具有很强的自我意识,燕华也不例外。燕华的父亲许师傅,倒是很疼爱自己未来的女婿,处处袒护。听到街坊邻居谈论"伊拉克吞并了科威特,又想搞沙特阿拉伯"时,他镇定地说了一句:"毛主席说过,侵略者绝无好下场。"除此之外,小说里还塑造了大量的市井人物形象,如作家——四、汉珍、王厨师、王老太等,他们出现频率并不高,头顶没有耀眼的光环,身上也不牵扯轰轰烈烈的大事件,但这些形象深入人心,不能不惊叹于池莉老师深厚的描写功力了。故言,小说不仅仅是讲故事,更是刻画人、塑造人。这篇小说,无疑是最好的例证。

还要谈谈池莉老师作品中的方言运用,如"么事呀""么样""伢"以及人们的口头禅"个巴妈""个婊子养的"等,都大大增强了小说的地方特色,很多读者称池莉老师的小说是"汉味小说",看来不假。但我也发现,她的方言大多属于"大方言",也就是说,读者能够理解,不会出现读不通甚至弃读的现象。一篇小说里,方言运用得恰到好处,既是作者功力的体现,也能给作品增色不少。通过阅读池莉老师的作品,我能强烈地感受到,池莉老师有深深的平民情怀,她的作品大多描写底层人的生存状态,厚实,接地气,耐读。

接下来谈谈我读张娟老师《家训》后的一点感悟。这篇小说给我的第一感觉是主题鲜明，构思精巧。小说开头描写《莲花图》上的题诗"源洁则流清，行端则影直"似乎已暗示了作品的主要内容和主旨，可谓画龙点睛之笔，后面的情节也就顺理成章地铺开了。故事发生在同宗同源的张氏两兄弟身上，他们遵循着祖先留下的同一家训，却走出了截然不同的异样人生。家训是对子孙立身处世、持家治业的教诲，也是家庭的重要组成部分，它对个人的修养、原则都有着重要的约束作用。当然，也是中国传统文化的重要构成部分。小说里，张养学前半生飞黄腾达，在官场混得如鱼得水，后来却被"立案调查"，究其原因，终没有按照祖先留下的家训行事，他被现实利益所诱惑，最终走上犯罪道路。祖先留下的家训说得很明确，仅有两条：一是为人务必干一行、爱一行、会一行；二是平生做事务必让自己睡得香。试想，如果张养学切实领会了这当中的第二条，也不至于落得如此下场。可现实是，理易知，行太难。另外，《家训》这篇小说的语言也极具地方特色，俗语的掺杂，更使得小说的乡土气息浓郁，读来备感亲切。这篇小说语言的凝练程度，也值得我学习。我仔细推敲过文中的一些词句，有些句子已经锤炼到了增一字多余、取一字不通的炉火纯青的地步。例如"饭毕，父子闲话"，减一字，则不能达意。可见，张娟老师在作品沉淀方面和炼字上，是有一番功夫的。这篇小说是"廉政征文"的一篇参赛作品，据说还拿了奖。我想，除了上面所罗列的优点之外，一定还有这篇小说所传递出的满满的正能量。小说选材得当，主题紧贴时代，极具教化意义，这应是该篇小说灵魂之所在。在多元化的时代，我们更需要信仰的力量。要实现中华民族伟大复兴的中国梦，不仅要丰富我们的物质财富，更要丰富我们的精神财富。一个家庭要有家训，一个民族要有信仰，只有这样，国家才会有力量。我想，这正是张娟老师想通过她的作品传达给读者的深层意思。仅从这点出发，似乎又得出了同前面一样的结论：小说不仅仅是讲故事。

2020年3月20日

第六辑

与文学名家「面对面」

第六辑 与文学名家"面对面"

李培战聆听著名作家贾平凹谈文学创作

遇见贾平凹老师

拜访著名作家贾平凹老师,是我渴望已久的事。

2020年春夏交接班之际,一场庆祝交接班成功的雨——把春夏气息糅合在一起的雨,给万物带来勃勃生机的雨——飘然而至。雨霁日丽,风清气爽,见贾平凹老师的机会来了。

我曾无数次设想过见到贾老师时的情景,主要是既憧憬又有些紧张。来到贾平凹老师的住处,当我准备再按门铃时,门已缓缓打开。"来了!进来吧!"没错!光听声,就知道是贾老师,这极富磁性的音色我曾隔着屏幕听过无数次。犹记得,贾老师做客央视《朗读者》节目,主持人董卿让他和观众打招呼,贾老师说:"大家好!我只能用陕西话在这儿讲话,因为普通话是普通人说的。"台下掌声、笑声一片。贾老师面带笑容,满脸慈祥。"来了!进来吧!"一句亲切的招呼,消弭了我和偶像之间的距离,我的紧张局促感不翼而飞。前脚刚跨进门,我便连忙伸出双手,紧紧握住了贾老师的手。

走进贾老师的会客厅,一阵淡淡的檀香扑鼻而来。凡目及之处,皆盆罐书佛、陶器、石刻、木雕,或卧,或站,或做冥思状,各具神态,挨挨挤挤，又多而不乱。借用清代林嗣环《口技》中的句子，便是"凡所应有，无所不有"。置身其间，一种独有的幽静神秘感迅速将人包裹，你甚至会忘了自己置身于繁华都市的单元楼上，久违的宁静瞬间占据内心。在众多的神神佛佛面前，人不由得变得平和谦逊。也许正是在这清幽的环境中，贾老师才能找到内心最质朴、最原始的那个世界，才能和另一个自己对话，才得以"宁静致远"。屋子正对面墙上有一横匾，书曰：耸瞻震旦，落款：平凹书。什么意思呢？这大概不是成语吧？课本上怎没学过？万一贾老师等会儿问起来，岂不糗大了！用现有的知识凑合理解一下：耸是直立。瞻目部，即看。"震旦"一词之前接触过，是印度对中国的一种称呼；当然，"震旦"也被理解为太阳。哦！原来是"站着看太阳"。这样的话，贾老师为何不直接书"站着看太阳"呢？我的理解一定是片面的。幸亏在后面的交谈中，贾老师并未提及此事。我刚坐定，贾老师已捧着一壶烧开的茶水迎面走来。

"茶熬好了，来喝。"贾老师一边走一边说，"这可是1984年的普洱老陈茶。"

"1984年？"我略感吃惊的样子。

"怎么，你不信？"贾老师疑惑地瞅着我。

"没有，没有。我是1984年出生的。"心想这茶叶跟我"同岁"，是一种缘分啊！我急忙解释。

"哦，那还真巧！你是1984年生的，还没我大女子大呢，你还小！"贾老师说话随和大方，丝毫没有名人架子。

贾老师会客厅的物品，件件是宝贝，就连茶碗（是"碗"，不是"杯"），也极具古色古韵，内壁洁白如玉，碗身一周，蓝色花蔓环绕交叉点缀，淡雅如兰，甚是惹人喜爱，很容易让人联想，它来自哪个朝代，又是哪里出土的？贾老师竟亲自给我倒茶，我阻拦不住，真有些受宠若惊。贾老师自己用的浅绿瓷碗略大一些。他熬的普洱老陈茶入口绵润细腻，质感醇滑饱满，绝对正宗。抿一口，醉人心脾，我想，同人一起心醉的，还有这满屋的神佛陶罐。贾老师又递烟给我，我说我不抽烟。贾老师听后，起身走向后房，端来了一碟新鲜的樱桃。

"来，你不抽烟就吃樱桃，洗过了，还新鲜着呢！"贾老师说话的语气，宛如一位质朴的邻居老者。

这时，我鼓了鼓勇气，想说出就散文写作困惑了很久的话。因为我不仅喜欢贾老师的小说，更喜欢贾老师的散文。上高中那会儿，我读过贾老师诸多精品佳作，坦白说，我对贾老师的散文情有独钟。散文毕竟以写实为主，大多时候抒发的是作者个人的真情实感，状物也罢，记事也罢，论理也好，往往真实多于虚妄。在贾老师的散文里，我认识了一位一生在乡间教书、匆匆离开时年仅六十六岁的伟大父亲；认识了一位在儿子创作时不敢发出一丁点声响、又担心儿子身体吃不消的慈祥母亲；还神游了陕南一个民风淳朴、风景迷人、风水优等的棣花古镇；还看见了那个当年上山砍柴、下地干活的苦难少年……故，我总觉得，只有读贾老师的散文，才能与真实的贾老师更近一步，学写散文的热切劲头越来越足，但是写着写着，一个障碍横在了我的面前。

"贾老师，我想请教您，我在散文写作中遇到的问题。"

"哦，你说。"

"我写散文，写着写着就没啥可写了。老师们都说写自己熟知的人、事、物，可人的经历、认知毕竟是有限的，把熟悉的写完了，下来又该写什么？"

贾老师说："作家是写出来的。无论如何，得坚持写下去，不能停笔。你面临的问题，其实是很多人，尤其是写作时间不长的人都会遇到的一个问题。要解决你的问题，得弄明白两点：一是文章要和时代接轨，要和世界互连。就像你刚才说的,家里的猫呀狗呀,你写了一回,再写第二回意义就不大了。有的人把自己的父母翻来覆去写,也写不出个花样来。这样写出来的文章,将来出一本书,自己都会觉得狭隘、单薄、没格局,或者说千篇一律。要多阅读,多动脑子,完全可以就当下的一件事、一个现象写出自己的感悟,这就和周围的环境联系在了一起,也容易引起共鸣。作者视野开阔了,文章自然有了高度。"

贾老师抿了一口茶,稍作停顿,接着说:"第二是写法上要力求创新。不能一味地用传统写法去写,文章要有自己的个性,要让编辑、读者眼前一亮,原来文章还可以这么写!年轻人,还是要大胆尝试,要让人耳目一新。"

我由衷地说了句:"贾老师,谢谢您的指点!"

贾老师客气地回以一笑。

贾老师的一番话,使我茅塞顿开。"作家是写出来的。"这句话深深地刻在了我的脑子里。

我们继续喝茶、吃樱桃,当然,贾老师更多的时候在抽烟。贾老师说,他是从大山里走出来的,所有的一切,全凭一支笔,说着说着,他突发感慨:"唉!一晃就老了。时间真快!长时间不回棣花去,一回去就是某某又走了,某某又走了,我们村里,我这个岁数的都不在了。想起当年跟我一起搞创作的路遥、老陈(陈忠实)以及作协的那些老作家,不禁难过啊……"贾老师仍是不停地抽烟,神情凄然。

我正在回味贾老师的话,贾老师说:"对了,培战,有机会带你去棣花古镇逛一回,现在建设得不错呢!"贾老师转悲戚为喜悦。

"贾老师,一定!我也要请您吃我们那里最好的水盆(羊肉)!"我回应道。

"行,你一定能带我吃到你们那里最好的水盆,你熟嘛!"贾老师不失幽默。

  一个半小时转瞬即逝,不能耽误贾老师太久。我准备离开时,才想起一件重要的事——购书签名。贾老师嘿嘿一笑,说:"出版社才给我二十本,早都完了。我看自己的书,还得去书店买呢。下次你买来给你签。"我突然为自己的不懂规矩尴尬起来,脸微微有些发烧,心想,下回一定要在书店购好书再来找贾老师签名。

  让我感到欣慰的是,和贾老师的合影,定格了贾老师对一个青年文学爱好者的殷切希望!

  我依依不舍地走出贾老师的会客厅,走上电梯那一刻,电梯外的贾老师双手合十,微笑着说:"祝一切安好!"我刚要回礼,电梯门已合上,遗憾。

  贾老师曾说,电梯口就是他的村口,这样看来,贾老师算是送我到村口了!

  歌德曾说:"读一本好书,就是和一位品德高尚的人谈话。"而我要说:和一位品德高尚的人谈话,也是在读一本好书。

  拜访名人的目的究竟是什么?是沽名钓誉还是在名人的教诲下阔步前进、拿出优秀的作品来?我更加坚定了我拜访文学名人的初衷。我拜访过著名诗人曹谷溪老师,拜访过著名军旅作家党益民老师,拜访过著名文艺评论家仵埂老师,他们为我的文学创作指点迷津,使我受益匪浅。我在工作之余,刻苦读书,坚持练笔,有数十篇作品发表在杂志、报纸和网络平台。在搞好自己创作的同时,努力把公益性的文学平台"陕西文谭"微信公众号办得更好。我会不骄不躁,继续努力。我坚信,等我再次拜访贾老师时,贾老师会为我又一次取得的进步而感到高兴!

2020年5月18日

第六辑 与文学名家"面对面"

李培战与陕西省作家协会主席团顾问、著名诗人曹谷溪

三访曹谷溪之一

高原吐"山花",路遥正当年

　　陕北这块古老的黄土地,数千年来充满着浓厚而又独特的文化色彩,象征着中华民族精神的黄河、长城、轩辕皇帝陵相聚于此。这里钟灵毓秀,曾走出过无数英雄儿女,曹谷溪老师便是其中一员。

　　电话里约定后,以文学的名义,我终于和仰慕已久的曹谷溪老师得以相见。

　　那是2018年年底,一个平平常常的日子,陕北的天已出奇的冷,延河仅存的一掬水也无法征服这天寒地冻,河水结成了白亮如玉的冰带,驻足眺望,犹如一条银色的丝带在河道里前行。

　　"米脂的婆姨绥德的汉,清涧的石板瓦窑堡的炭",这段民谣在陕北可谓家喻户晓、耳熟能详,曹谷溪老师就出生在清涧县郭家嘴村,想必老师也曾睡过那冰凉光滑的青石板,也曾吃过把青石板当案板做出来的饭。

　　推开门,衣着朴素的曹谷溪老师迎面走来,他精神矍铄,手里攥着没有校对完的稿件,他的亲切随和完全超乎我的想象。

第六辑　与文学名家"面对面"

曹谷溪老师招呼我坐下，一幕幕往事在与老师的交谈中娓娓道来。老师自言少年时代便热爱美术，并自学雕塑。后来服从分配，来到延川中学就读，还为学校图书馆建造了高尔基雕塑，此时的他年仅十八岁。老师心中的文学萌芽从此也破土而出，为了读到更多的中外名著，他在延川中学建校期间（夏季）是不回家的，去工地上做提泥的脏累活路，每天能挣到五毛钱，这在当时已经不少了。进入冬季，天气寒冷，工程停歇，他就去学校图书馆整理图书，在没有暖气火炉的艰苦环境里，他要坚持到腊月二十几才回家。初高中期间，老师已博览群书，这为他以后的创作打下了坚实基础。

1962年，曹谷溪老师中学毕业了。由于家庭贫困，他放弃参加高考，去延川县贺家湾公社当了一名炊事员。有人戏称曹老是"延川县文化水平最高、烹饪技术最低的炊事员"。他一边抡勺把子，一边还要握笔杆子，对文学的热爱可见一斑。1965年，曹谷溪老师非常荣幸地出席了"全国青年业余文学创作积极分子代表大会"，受到国家领导人的亲切接见，此时的他已是名声大振。

曹谷溪老师结交了比自己小八岁、时任延川县革委会副主任的路遥，之前他们只是互知其名，并无往来。曹谷溪老师与路遥的人生轨迹是何其相似，同出生在清涧，成长在延川，落脚在延安，都眷恋陕北这片黄土地，都把一生献给了文学。正处于人生低谷期的路遥，突然接到恋人的来信，此信宣布他的初恋失败了。信里一句原话是："癞蛤蟆还想吃天鹅肉。"这样的语言谁能承受得了？这件事情对路遥打击甚大，曹谷溪老师生平第一次看到路遥失声痛哭。回到农村后的路遥，一身白衣服，腰里系一条麻绳，问他给谁戴孝，他说给自己……可见，路遥当时几近崩溃。曹谷溪老师当时开导路遥说："一个男人不可能不受伤。受伤之后不是哭泣，而是要躲在一个没人注意的地方用你的舌头舔干伤口上的血迹，然后到人面前去，依然是一条汉子！"曹老师的话对路遥有所触动，毕竟曹谷溪老师长路遥八岁。其实，曹谷溪老师深深知道，外表强大的路遥，其心灵的深处是很自卑的。

曹谷溪老师建议我多读读路遥的作品，如《早晨从中午开始》《人生》《平凡的世界》等，那里面有路遥的影子，有他对美好生活的憧憬，有他对爱情的向往。

我不止一次读到过，著名作家路遥也在文中记叙了他与曹谷溪老师交往的传奇故事，比如：

我和谷溪初期相识在文化革命这幕戏剧的尾声部分。而在这幕戏剧中我们扮演的角色原来是两个相互敌视的"营垒"，漫长而无谓的斗争，耗尽了所有人的热情，带来的是精神上死一般的寂寥。文化革命作为没有胜利者的战争结束了，但可悲的是，失败者之间的对立情绪仍然十分强烈，意外的是，我和谷溪却在这个时候成了朋友。把我们联系起来的是文学（这个久违了的字眼）……共同的爱好使我们抛弃了派别的偏见，一起热心地投入到一个清风习习的新天地里，忘却了那场多年做不完的噩梦。

（《路遥文集》第二卷469页）

不久，经曹谷溪老师倡议，在白军民、路遥、陶正等老师的全力配合下，延川县终于有了第一本属于自己的诗集——《延安山花》，谁都没有想到，这本薄薄的诗集在国内外发行二十八万八千册。

曹谷溪老师说："习总书记当年所在的梁家河离延川县城约有二十五公里山路，交通极为不便，只能靠步行。习总书记来县城开会或办事，晚了回不了梁家河，他就会找路遥长谈，他们同住一个窑洞，后来成了很要好的朋友。"老师还自豪地说，他写的长篇通讯《取火记》，介绍了创办

第六辑 与文学名家"面对面"

沼气的现实背景、艰难挑战以及"逢山开路、遇水搭桥"的推进过程,介绍了这一能源革命为当时的梁家河大队、文安驿公社、延川县乃至陕西省带来的深远影响。

曹谷溪老师年近八旬,生活如此充实,甚至是忙碌,除了要打理好"谷溪书馆",还要面对众多的来访。老师说他最近头脑发昏,吃着药。年龄大了,精力也有限,一般不接受采访了。名利那些事情,现在对他来说,什么也不是。但有一点,文学创作上若有人需要他的帮助,只要身子骨还能行,他就会竭尽全力,而且是无偿的。

路遥在文学创作方面的成就有目共睹,曹谷溪老师结合路遥的文学创作道路给初学写作的人提了几点建议。他说:"毫不避讳地说,路遥一开始的创作水平,还是很低的,但他悟性很高,一点即通,我们之间毫无沟通障碍。路遥最早的诗作还只是一些打油诗、顺口溜。路遥的成长,至少可以见证一点,没有谁是天生的作家。现在回想起来,我对路遥最大的帮助是推荐他阅读了大量的中外名著,那时我们家的书汗牛充栋,我常常借给他读。我本身也是个业余作者,尽可能地把我的经验传给路遥,让他踩在我的肩膀上,这样能少走许多弯路,可以走得更高、更远。唉,现在路遥是走远了,远得拉不上一句话了(曹谷溪老师神情凄然)。不过,路遥不负众望,他是黄土高原的儿子,是陕北人的骄傲。至于要向路遥学习的地方,很多。我先拉拉大家不要学的地方,通宵搞创作不要学,吞云吐雾不可取,毕竟生活得有规律(曹谷溪老师笑了笑)。大家得学习路遥对待文学的态度,心要虔诚,不为名利所趋,是发自内心地真诚地向往文学。二来要能吃苦耐劳,文学创作是一件很复杂、很繁重的事情,说到底是一个人的事情,得做好吃苦的准备。三要阅读大量的名家经典作品,中国的看一些,国外的也看一下,取长补短,方为己所用,多写练笔,找比你强的人反复修改。最后,还要学好传统文化,那里面有大格局、大智慧。学习传统文化知识，能提升个人修养，扩大格局，格局大了文章就做大了。"

老师说，一部好的文学作品，一定要有人性美丑的描写，要在一定的历史环境下展开，必须有时代的担当，还要写出大格局，否则，就是一张张废纸，这些是最基本的。好的作品会超越生命与时空，会代代相传，经久不衰。

难以想象，即将跨入耄耋之年的曹谷溪老师对诗歌、文学、生活的执着与热情丝毫不减当年，这一切都令我感动，催我奋进。

听老师的助手讲，已经七十八岁的曹谷溪老师依然为陕西文化的发展、文学的传播做着自己的努力。他平时会通过生动有趣的讲座，激励青少年们学习榜样，让大家从家乡的历史风情中体味文化风韵，在学习生活中树立正确的价值观，让年轻人们珍惜年华，努力上进，了解知识与读书的重要性。

曹谷溪，一位在文学领域德高望重的老前辈，著名作家路遥的引路人。作家晓雷在《男儿有泪》这篇作品里，详细记叙了曹谷溪老师与路遥的往事，这部作品是我目前读到的描写曹谷溪老师与路遥交往的最好的文章，每到动情处，泪湿沾我衣。文章里的曹谷溪老师重交情，讲义气，与路遥作最后告别的场景，以及耗时三载，费尽周折，最终将路遥骨灰安葬于延安文汇山上，完成挚友路遥生前遗愿的举动，着实令我感动，令我钦佩。在此，祝福曹谷溪先生海屋添筹，新春吉祥！

2018年11月19日

三访曹谷溪之二

人逢喜事精神爽，曹老回信情深长

己亥年正月十四日，元宵佳节头一天，陕北的天空中飘着零星的雪花，但地面已无雪的踪影，时令到了春天。微风拂面，寒气渐消，带给人更多的是春的气息。

见到曹谷溪老师时，他刚用完餐。招呼我落座后，他问起了"文学内刊"一事，我一脸茫然。他很快将一条名为《文学内刊，写作者温暖的起航之地》文章的链接发送至我微信。打开看时，我不禁为之一振：

1972年，作家曹谷溪在陕西延川印出第一份小报《山花》的时候，一定没有想到，这朵小花有如此坚韧的生命力，至今仍盛开在黄土地上，成为当地文化和文学的重要象征。四十年来，她不仅推出了一批本土作家，而且形成了文学精神的传承。（来源：中国作家网微信公众号）

这可是中国作家网平台，中国作家的主阵地。万万没想到，时隔多年，作家曹谷溪在陕西延川印出的第一份小报——《山花》，会再度走进全国文学工作者的视线。"四十年来，她不仅推出了一批本土作家，而且形成了文学精神的传承。"真是可喜可贺！2018年12月23日在北京召开的文学内刊座谈会，给予了文学内刊充分的肯定，也无疑让曹谷溪老师喜出望外。我细读全文后得知，这次座谈会史无前例，而《山花》放在首位提出，令人欢喜。

我本要给曹谷溪老师惊喜的，不料他却先带给我一个喜讯。春节前，陕西省十余名文学青年读了我拜访曹谷溪老师的文章后，对曹老有了更多的了解和认识，敬佩之情油然而生，文学火苗已被点燃。于是，一封元宵佳节前写给曹谷溪老师的联名信应运而生了。这是我带给曹谷溪老师的第一份惊喜。

原文如下：

陕西省十余名文学青年给曹谷溪老师的一封信

尊敬的曹谷溪老师：

您好！

在元宵佳节来临之际，我们来自省内的十余名文学青年联名给您写了这封信，送上我们对您最美好的祝福。

我们在"陕西文谭"平台上拜读了数篇李培战老师拜访您，以及您自己的文章，颇为震撼，又心生敬佩。陕北这块土地贫瘠干旱，苦难与信天游一样悠长，您却在这里萌芽并破土而出，您对黄土地的赤诚与眷恋让晚辈们肃然起敬。您年轻时在延川县同几位文学青年创办的《山花》文艺报，至今仍绽放在我们的心里；一句"工农兵定弦我唱歌"道出了您终生奉行的家国情怀；您与路遥的传奇故事一度成为文坛上的一段佳话，让我们心生敬畏，同时又被您的大气豁达深深吸引。我们拜读了您的《人逢喜事忆当年》，深知您度过了一个最愉快的2019年春节，您的挚友路遥被中央评为"改革先锋，鼓舞亿万农村青年投身改革开放的优秀作家"。也许您不知道，我们无数文学青年无不为之欢呼雀跃。路遥是中国文坛的一个坐标人物，"像牛一样劳动，像土地一样奉献"已成为我们的人生格言。

谷溪老师，几十年来，您笔耕不辍，创作颇丰。无论是您的诗歌成就，还是您个人的德行节操，都是我们学习的楷模。已年近八旬的您，仍在坚持外出讲学传经、参会以及参加诸多公益活动，您的大爱已融入了我们每个人的内心深处。我们无法用寥寥数语表达对您老的无限钦佩与祝愿。最后，请我们和您忠实的粉丝们，衷心地祝福您海屋添筹，吉祥安康！元宵佳节快乐！

此致

敬礼！

联名人：（陕西省十余名文学青年）

徐 静	梁 炜	李新峰	党 瑶	景文瑞
康颖第	张 娟	卜文哲	周小良	王小东
刘凯军	杨 刚	樊美康	惠源祥	雷林英
邢根民	郝 菲	李培战	（排名不分先后）	

2019年2月18日

年近八旬的曹谷溪老师竟一口气读了三遍，读罢热泪盈眶，激动不已。他用手指触摸着红色的信纸，嘴里感叹，这是他在2019年的又一喜事！我向曹谷溪老师——介绍了每个署名文学青年的基本创作情况，曹老听后连连说："好、好！"

曹谷溪老师说："你们这些年轻后生太有心了，让我感动，我得给你们回复一下。"

说着便缓缓起身寻找信纸和印章。我担心老师身体吃不消，本想阻拦，但一颗对文学炽热的心，一份关心文学青年的朴素情怀是我能阻挡得住的吗？这是曹谷溪老师带给我的又一个惊喜吗？是的。他拿来纸笔印章，一丝不苟地开始起草回信了。修改四五次后，让我拿去二楼打印。待我细看曹老手稿时，不由得心里一怔，老师的修改符号极其规范，而且能用不同颜色的笔标出，他对待文字的严谨值得我终生学习。敬畏文字，我能否一直坚持做到？

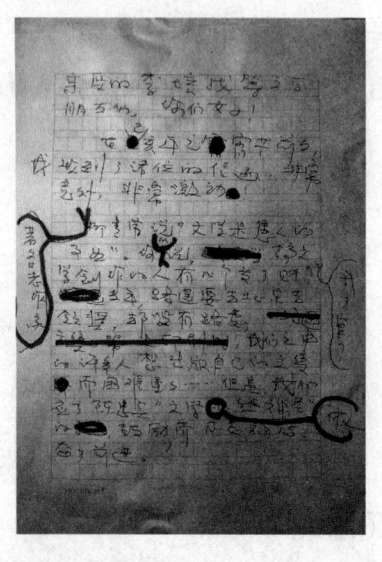

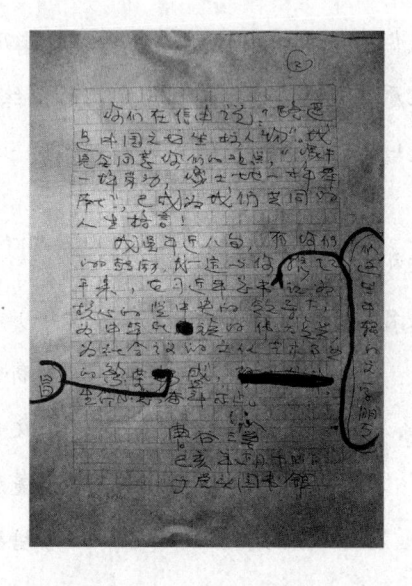

回信原文：

亲爱的李培战等文学朋友们：

你们好！

在己亥年元宵节前夕，我收到了诸位的信函，非常意外，非常激动！

著名老作家柳青曾说"文学是愚人的事业"。你们说，搞文学创作的人有几个发了财、升了官？当年路遥要去北京领奖，都没有路费；我们之中的许多人想出版自己的文集而困难重重……但是,我们应了陈忠实"文学依然神圣"的鼓励而不忘初心,奋力前进。

你们在信中说"路遥是中国文坛坐标人物",我完全同意你们的观点,"像牛一样劳动,像土地一样奉献"已成为我们共同的人生格言!

我虽年近八旬,有你们的鼓励,我一定与你们这些年轻的文学朋友携起手来,在以习近平总书记为核心的党中央的领导下,为中华民族的伟大复兴,为社会主义的文化、艺术事业的繁荣昌盛,生命不息,奋斗不止。

曹谷溪
己亥年正月十四日
于虎头园书馆

我被曹谷溪老师的认真专注感动了。老师的手稿,看着让人心疼。老师说,自打去年入冬以来,感觉身体每况愈下。他说这些话时,我的眼眶泛起热热的、湿湿的东西。"这是自然法则,谁也逃不了。"他说。

不可回避,也不能回避,曹谷溪老师又一次谈到了他的挚友路遥。他说,现在的年轻作者,首先应具备路遥的吃苦精神。这让我想到董卿在颁奖晚会上的一句话:"没有在深夜痛哭过的人,不足以谈人生。"老师继续说,"像牛一样劳动,像土地一样奉献"是路遥的人生格言,也是路遥精神最简洁的概括。路遥的这种精神,不论是在过去、现在还是未来,都会激励人们奋进,激励人们为人类的文明和进步而奉献!路遥经受过生活的磨难,给后世留下了巨大的精神财富。路遥的生命虽是短暂的,但他的精神是永存的。最近,路遥的小说《人生》和《平凡的世界》改编成话剧上演,受到热捧,"路遥热"又势不可当地向我们扑面而来。曹谷溪老师说,社会越发展、越文明,路遥的作品以及他的人生价值越会显得弥足珍贵。当下的文学青年，应多关注这个瞬息万变的时代，用真情书写一代人甚至几代人的命运。

时间如白驹过隙。不能占用老师太长时间，正当我起身准备离开时，曹谷溪老师站起来伸出了右手，我连忙伸手紧握住老师的手。他说："李培战，祝你成功！"我几乎哽咽着说："我只想祝老师福寿延年。"

告别老师后，我的眼泪又来了。他那带有浓厚鼻音的陕北话久久回荡在我的耳畔，鼓舞我不断前进。循着他的话音，我仿佛又看到了那沟壑纵横的黄土高原，仿佛又一次听到了那男女老少都爱唱的信天游。啊！曹谷溪老师，您是山谷中一汪清溪，生生不息地弹奏着动人的曲调！

2019年3月15日

三访曹谷溪之三

谷溪书馆忆往昔，路遥精神放光芒

2019年春节刚过，我就参观了著名诗人曹谷溪创办的谷溪书馆。

谷溪书馆位于延安市虎头园小区一层。还没等走近，由著名诗人贺敬之题写的"谷溪书馆"四字匾额早已映入眼帘，悬挂于红墙之上的竖式牌匾，黑底黄字，醒目传神。书馆门口一侧立有两根石柱，顶端刻有雌雄狮子各一，因为几经风雨侵蚀，它们看上去颇有年份，但雄风依旧，炯炯有神的眼睛射出犀利而威严的光芒，仿佛在向每一位来访者诉说此地的庄严肃穆。面门而立，左侧有两张极具古韵的石凳，简约大方，我想，这大约是供来访者休息的吧。

"培战，进来！"曹谷溪老师示意我赶紧进去。约定的时间还没到，他早已在书馆里等候。曹老说："书馆总算布置妥当了，你这个后生来得正巧，今天我带你好好看看。"他一口浓重的陕北方言让我备感亲切。

进入书馆大门，正对面是一张极具中国风的巨幅水墨画，淡雅美观。其上远山近水，帆船游鱼，苍柏荷花，倒影群鸟，皆意境辽阔、各有姿态,"谷溪书馆"字样点缀其间,与其背景相得益彰。久观之,仿佛置身其中,令人沉醉而不能自拔。

曹谷溪老师先是带我参观他旧年的一些照片,其中不乏名人大家,如周总理、史铁生、路遥等人,他都能一一详细讲解,往事也跟着他的思绪一幕幕呈现在眼前。介绍与周总理的合影时,曹谷溪老师深情地说:"那是1965年,我被选为青年文学创作积极分子,到北京参加全国代表大会,周恩来总理、朱德委员长等党和国家领导人在人民大会堂接见了全体代表。能和周总理合影,是我一生的荣幸。合影后我非常激动,动情地写了几句顺口溜:红军儿子延安娃,枪声里出生,红旗下长大。毛主席给我三件宝:大笔、枪杆、锄一把。扛锄我会种庄稼,挥笔满山开诗花。工农兵定弦我唱歌,工农兵爱啥我唱啥。从此'工农兵定弦我唱歌'成了我一生的艺术主张。"众多照片中,一个日本学者的名字突然吸引了我,他叫安本实,1988年,他读了路遥的《人生》后,被高加林的奋斗和纯情所打动,同时非常惊讶于路遥的创作才能。从此,安本实也加入了"路遥研究"的队伍。曹谷溪老师说,他曾在2012年去日本讲过一次课,就是照片上的安本实先生邀请的。

说到《山花》,曹谷溪老师更是欣喜不已。他带我进入一间较小的房间,房子里放置了两个玻璃橱柜,里面陈列着《山花》杂志,封面虽有残缺,颜色已泛黄,但保存还算完整,"山花"二字清晰可见。曹老伸手指着橱柜说:"这里有我的青春,有我奋斗过的痕迹。"山花,在陕北也叫"山丹丹花",是黄土高原上最常见的一种野花。1972年,一群因为热爱而不知惧怕的文学青年,在延川县黄河畔的山沟里,创办了一份油印的文学小报,他们把它叫作"山花"。这群文学青年,以曹谷溪老师为首。20世纪70年代,贾平凹、梅绍静等当代知名作家、诗人成名前在这里发表过作品。贾平凹曾称,他第一次看到朋友和谷在《山花》上发表了处女作，"还很是嫉妒了一阵子"。著名作家、陕西省文联原主席李若冰曾说："《山花》像一颗明亮的星，在延川的上空闪耀。"文艺评论家李星说："《山花》的出现，像一株鲜艳的火红山丹丹花，给中国文坛的天空平添了一丝亮色。"2018年12月29日，中国作家网平台重新定义了《山花》的历史意义。文章一开头写道："1972年，作家曹谷溪在陕西延川印出第一份小报《山花》的时候，一定没有想到，这朵小花有如此坚韧的生命力，至今仍盛开在黄土地上，成为当地文化和文学的重要象征。四十年来，她不仅推出了一批本土作家，而且形成了文学精神的传承。"每每读起这段文字，曹老总是热泪盈眶。

接着，曹谷溪老师又带我参观了他的书房，用"著作等身"来形容曹老的文学创作似乎程度有点轻了，几十年来，曹老的文学集子早已是他身高的几倍。我用手轻轻地抚摸着这些诗歌文集，敬佩之情油然而生。

曹老笑了笑，说："今天就到此吧！"我满怀感激地点了点头。

之后一日，在曹谷溪老师的精心安排下，我谒访了渴慕已久的延川县路遥故居。路遥，中国当代文学史上的丰碑。路遥故居，位于延川县郭家沟村，是路遥从童年到青年生活过的地方。来到这里才发现，比我想象中的还要小，石碾、碌碡、石板小路、普通的门房、青色砖瓦墙，这一切都是那么平常而又简单。周边全是山，光秃秃的，苍凉悲壮，还有几孔在陕北这块土地上随处可见的窑洞。我不禁陷入了沉思，我想，若是春暖花开的季节来访，定会增添无限趣味，那时花儿开了，散发出淡淡的清香，蜂围蝶阵，好不惬意！可我偏偏选择了这个冬春交替的时令。不过也罢，我深知，路遥生前是没有感受过"春天"的，正如他在长篇小说《平凡的世界》一开头写的那样：黄土高原严寒而漫长的冬天看来就要过去，但那真正温暖的春天还远远地没有到来。

立路遥雕像前，一种前所未有的敬重感将我团团围住，或许是文学的力量，抑或是路遥本人的气场，那深邃的眼神，好像诉说着曾经的故事。此刻，他伏案奋笔疾书的样子又一次浮现在我眼前，还有他那抽烟的姿势，以及他躺在病床上被疾病折磨的可怜相。我想，路遥并没有走远，他一直都在。我似乎感受到了他的气息，看！他的嘴唇好像动了，想对我说什么，终于没说，可我已经明了，眼泪也唰唰下来了。

路遥，七岁过继，在艰难困苦中读完初中，之后又当过农民，仕途失败继续上学，遭初恋抛弃，婚姻破裂，疾病缠身，英年早逝，所有的不幸都压在了他的身上。贫穷是路遥对生活的基本认知，可他并没有被压垮。是的，春天会迟到，但从不会缺席。

路遥用他毕生的心血完成了诸多令世人瞩目的文学经典作品。《人生》《平凡的世界》充分展示了他出众的文学才情和不屈的生活态度。路遥和他笔下的人物，都生活在一个平平常常的世界里，他们虽身处逆境，但奋斗不息。人生短暂，路遥总是马不停蹄地往前赶日子、赶作品，结果像夸父一样，道渴而死，又是为了什么？终于，在他的作品里，我找到了答案：像牛一样劳动，像土地一样奉献。路遥是这么写的，也是这么做的，"此中有真意"啊！

路遥说："其实我们每个人的生活都是一个世界，即使最平凡的人也要为他生活的那个世界而奋斗。"路遥做到了，他影响了一代又一代人。

今天，我们谈到路遥，或许他已经成了一种精神符号。人们纪念路遥，就应该继续走进他的作品，发扬路遥精神，积极投身时代并且向奋斗致敬。

三访曹谷溪老师，将成为我文学生涯中的珍贵记忆。曹谷溪老师和著名作家路遥创造的文学精神，将成为作家和文学爱好者的鼓舞力量！

2019年3月6日

第六辑　与文学名家"面对面"

李培战与著名军旅作家党益民

听党益民老师谈写作

作为一名初涉文学领域的爱好者，我有对文学创作的极度热情，也有对文学名人的渴慕崇敬。正因此，著名军旅作家党益民的名字，走进了我的心里。

这一切源于四年前。我那时拜读了党老师的祭母文《众人乃圣人》，深受感动，其文呜呜然，如泣如诉，让我几度哽咽，至今文中的一字一句仍牢牢地镌刻在我心上。我为一个平凡而又伟大的中国母亲的离世感到难过，为一个保家卫国的铁血男儿忠孝难两全而遗憾洒泪，更为党老师质朴无华、不加雕琢的娓娓道来所折服。我亦读过不少名家大作，无不为之动容，但像《众人乃圣人》这种能让我时隔几日就必须拿来一读的文章却是少之又少，然每读每新，每读每泪流。也是从那时起，我便有了写作的冲动，内心深处也早已把党益民老师当成了我文学世界里的表率、楷模。后来才知道，这叫文学启蒙。可是，何日才能与党老师相见并得到他的指导呢？

去年有幸结识了《陕西文学》副主编、长篇小说《胭脂岭》作者李印功老师，李老师给我详细介绍了党益民老师的创作经历及成果，这让我对

第六辑 与文学名家"面对面"

党老师有了更全面的认识和了解，也打心底佩服党老师。我开始如饥似渴地拜读党老师的作品。

2019年元月27日，党益民老师在富平成功举办了新版《喧嚣荒原》首发式暨文学作品分享会，我却因在延安的教学任务未完而不能亲临现场聆听指导，为此抱憾多日。一次见党老师的绝佳机会又与我失之交臂！

但我急于见到党益民老师的初衷始终未变。对，就在2月1日晚上，我发微信给李印功老师，表达我年前渴望见到党益民老师的迫切心情，李老师非常理解我，他在和党益民老师取得联系后，发来微信告诉我，明天就可以见到党老师。我这才盼到了和党益民老师见面的机会。和党老师约好了见面的时间以及地点，我驱车飞一般驰往富平，驰向我仰慕已久的文坛名家。

临近春节的富平县城更是热闹非凡，随处可见的大小"福"字，仿佛诉说着人们喜滋滋的心情；置办年货的人们摩肩接踵，好不喜庆；高高挂起的大红灯笼，似乎也在引吭高歌，歌唱新时代里人们的幸福生活。这一切无不呈现一派勃勃生机，让人心里暖暖的。但此时此刻，我却无心欣赏这些美景，脑子里接二连三地浮现着党益民老师在雪域高原上的种种身影。

在福润垣的走廊里，迎面走来的党益民老师神清气爽、随和大方，他的言谈举止无不彰显着一个军人独有的风采，但又明显流露出作为一个文学前辈的成熟与稳重。

当我迅速站起身，礼貌性地伸出手时，党老师竟直呼出我的名字，这着实让我既惊喜又感动。一落座，我们的交谈便开始了。

党益民老师说："写作源于感动。我是一名军人，每走一次西藏，我的灵魂就会得到一次透彻的洗涤和净化，因为在西藏，有那些平凡的武警筑路兵，我朝圣的是战士们伟大的灵魂。我曾经三十六次走上朝圣之路，用三十八天走完了新藏线、川藏线全程。我就是要让人们知道，为了理想，为了职责，为了国土的完整、社会的安定、人民的安宁，还有那么多默默无闻的战士守在那里。我也要让战士们自豪地对人说：'看，祖国没有忘记我！'"当我问及党益民老师的成名作时，他说《喧嚣荒原》这部小说写的就是渭北的事，关中人看着都会很熟悉，也很亲切。这部小说描写了陕西渭北高原两个同姓的村子为了争做祖先正统继承人而世代厮杀最终却同归于尽的故事，具体描写到了西部民生的野性和疯狂，彰显了儒家文化景象，也是一部弥散着党项民族秘史因子、氤氲着神秘历史幻景的作品，极具可读性的同时将反战、复仇、情欲置于极其严肃深刻、冷静宏大的叙事城堡之中。当然，仁者见仁，智者见智，到底是一部什么样的小说，你最好花些时间去读一下。

党益民老师说："一开始就要写一些短篇的文章，多多练笔。长篇小说不要轻易挑战，毕竟年轻人写作经验和生活阅历还不足，所以多写练笔最好。至于阅读，不同层次的作家，阅读层面也很悬殊。初学写作，阅读应以国内名家的文章为主，比如贾平凹主席的一些散文，那在20世纪80年代就已经别具一格了。还是要多读、多体会。到了一定程度，可以考虑国外的多一点，我目前就读国外的作品比较多，算是取长补短吧！"

关于出书，党益民老师持这样的观点：出一本书很容易，但写作不能急功近利，至少得对得起读者。党益民老师认为，一个合格的作家，第一应该是一位"杂家"，也就是说，作者的知识面要足够宽，涉及的领域要足够广，这样文章才能丰富而又充实。另外，作者还得是一个"行家"，读者读了你的文章，如身临其境。大家都知道，小说是虚构的，但它为什么能让读者或观众看到动情处会声泪俱下？别忘了，任何艺术都是源于生活而高于生活的，文学亦如此。最后，作者还得是个"专家"。曹雪芹就很厉害，《红楼梦》里写秦可卿一段的中医常识，曹雪芹写得细致入微，仿佛中医世家后代。到了大观园的描写，又仿佛成了一位建筑专家，所以说，《红楼梦》是一部百科全书，曹雪芹就是一个专家。做好这三个"家"，作品也便有模有样了。对了，作者还得会读两本书，一本是手里拿的有字的书，一本是看不到字的书，这本书便是"生活"，别小看了"生活"这本书，深奥着呢！元月27日，党益民老师在新版《喧嚣荒原》首发式暨文学作品分享会上讲了这样一段话：

我是职业军人，业余作家。我写书，不是为了当作家，只是有话要说，有故事要讲，有情感要表达！

写作没什么了不起。写作就是用一本书与世界对话，与读者对话。有话则长，无话则短，少说废话。写作是在寻找知己，也是在寻找自己。

文学就是人学。做人永远比写作重要。一个作家，要有胸怀、有担当、有悲悯、有诗性浪漫、有独立精神、有家国情怀！要写出人性最柔软和最坚硬、最温暖和最冰冷、最阳光和最隐秘的地方。也就是说，文学要从现实中来，到灵魂里去。

对一个作家来说，写出硬作品才是硬道理！作家用作品说话。其他话说多了，容易变成废话。

初学写作，先写自己熟知的领域，做到真实，这样也容易打动人。如果文章让读者觉得很假，或者说不可信，读者还会继续读下去吗？党老师果真高屋建瓴，语出不凡，寥寥数语竟将文学创作剖析得深入浅出、明白晓畅，我内心受到了极大的震撼与鼓舞。

2019年2月2日

玉祥门外初见何群仓老师

前些年，电视剧《路上有狼》（又名《绝恋》）热播时，我便知道了何群仓这个名字。

2019年3月，经陈长吟老师和杨媛媛老师的引荐，我有幸拜谒了知名作家、西安市作家协会副主席何群仓老师。

已踏入古稀之年的何群仓老师健步如飞，精神抖擞。他肩上挎一黑色皮包，看样子已有年月，皮包鼓鼓的，里面塞满了各种文稿。老师中等个头，笑容可掬，这让我们的交谈变得轻松又愉悦。

何老师从他的皮包里取出三份材料。一份是他的简介；一份是他的长篇小说《大学毕业》，已于2017年由西安某家影视公司开始拍摄，将打造三十集同名电视剧的国家广电局备案公示；最后一份材料是老师创立的"西安电视剧文学村"的发展情况及村民创作成果。

谈到小说创作，何老师更是兴致高涨。他说小说最难的地方在于结构，也正因此，创作小说前必须有一个策划稿，这个策划稿可能需要数月甚至几年的时间制订。这个过程，也是素材的收集与取舍过程。素材的来源主要有以下几个方面：一是亲身体验过的（这部分最珍贵）；二是走

第六辑 与文学名家"面对面"

李培战与西安市作协副主席、知名作家何群仓老师

访、调查得到的素材；三是参考书目得来的。这些准备充足后，就是安排了。小说分为多少章，每个章具体如何设置节数，老师都做了大概介绍。他说他当年创作长篇小说《路上有狼》，仅策划稿就二百五十五页，而当策划稿完成时，该小说其实已经完成了一半。何老师再三强调，很多细节要写入策划稿里，不必自己去记忆，人物多了，情节多了，谁都记不住的，但纸和笔能做到。更不要玩命写作，要合理安排作息时间，处理好家庭事务，用三年的时间写出一部有分量的作品，也算是颇有成就了。何老师说，不要羡慕你身边的人频频出书，靠文字堆积出一本书，在今天是很容易的一件事。要追求作品的质量，也就是书的生命力。关于这一点，我有所了解，在大平台发一篇短文的难度远远超过了出版一本书。说到小说的语言，何老师声情并茂，神韵兼备。为了让我更好地了解小说的语言，何老师站起来，惟妙惟肖地模仿起虚拟的两个人物之间的对话。他说，对话还是要原汁原味，方言运用恰到好处，人物形象才能更突出。

当我说出我在小说这方面是空白的时，何老师更是鼓励我要敢于构思，敢于下笔，纵观中外，很多伟大的作品都是在作者年轻时创作的。他开玩笑说，不写出一部小说，都对不起你上的中文系了。总的来说，小说还是要关切国家命运，要具备人情人性之美，要弘扬民族精神，要勇于担当。

和智者对话，总会有很大的收获，时间也总是匆匆。分别时，何老师紧紧握住我的手，说："今天就到这里吧，解散！"我笑着说："感谢您！解散！"

2019年3月5日

附录

读李培战《我的文学缘起》之感

文/荒野[①]

李培战先生这篇《我的文学缘起》，我读后感慨颇多。李先生这么年轻，担任了那么多刊物的要职，发表了那么多深受读者喜爱的佳作，并在文学创作人才济济的陕西文坛上占有一席之地，实属不易。

李先生在文学创作领域内所取得的硕果和身上所带的光环，除了有他个人的天分和勤奋努力外，还有一点幸运的，是他遇到了恩师李文君老师。遇上李文君老师后，他的文学梦不再仅仅是一个梦，因为这个梦最终得以实现！

阅读《我的文学缘起》，感到亲切、真实、真诚。感慨万千！这之前最先让我触颇深的是李培战先生是一个知道感恩的人。他的作品《卖桃》虽然在《陕西农村报》副刊上仅占有豆腐块那么小的版面，但他深知李文君老师为他的处女作进行了认真的修改并推荐刊登。他感谢李文君老师给予他的关爱和鼓励。

他深知这篇文章的刊登，犹如李文君老师给他这辆缺油机车的油箱

---

① 荒野，原名吴阿金。1942年生，江苏溧阳人，转业军人，退休干部。

注满了油,他获得了前进的充足动力。他感恩李文君老师在文学创作的起跑线上给了他鼓励,给了他动力。从此他开始了文学创作的人生之路,并取得了骄人的业绩。他没有忘记李文君老师是他实现文学创作"梦"的圆梦人。

文章让我感到李文君老师是那么亲切,那么可敬。李先生与李文君老师之间是否是师生关系我不清楚,但不管如何,李文君老师接到李老师并非完美的《卖桃》初稿,能花时间去审阅修改并推荐发表,十分感人。同时又能向作者说明其文中"真情"的闪光点,并告知作者"文贵以情感人"是写作中必须体现的精髓。李文君老师能如此教诲一个初次涉足文学领地的人,使我感到李文君老师是一个十分亲切又十分可敬的人。

《我的文学缘起》字数不多,结构严谨,语言简洁。作者所讲述的他的文学缘起使我感到很真实可信,因为我有同样的感受。

《我的文学缘起》从字里行间让我看到了作者对李文君老师真诚的感恩。作品《卖桃》的刊登对他在文学创作道路上所起的作用,李先生如此表达:"对我而言,此刊发意义极大,至少足以让我此后疯狂地爱上写作。"这种真诚的表达,充分说明李文君老师在文学创作上给予他的帮助,他是那么的刻骨铭心,他是那么真诚地感谢!

《我的文学缘起》让我敬重、感动、感慨的是:李文君老师从发现人才到培养人才过程中的这一系列所作所为,真让人敬重、敬佩、感慨!她毫无保留地向李先生传授了她在写作方面的经验。她从开始就向李先生表述了"真情"对文学创作的重要,强调"文贵以情感人""真情实感是文章的第一要素",告诉作者"一篇好的文章开头就要吸引人,要让读者产生继续读下去的愿望"。难能可贵的,是当李文君老师发现李先生的文稿不够理想时,能毫不客气地指出问题所在并提出她的建议。

中国文人一般比较清高,"文人相轻"是常有的事,李文君老师为了培养自己发现的人才竟然放下身段，宴请陕西文坛上的资深老前辈，十分谦虚而又诚恳地请求他们帮助作者。如此完美的恩师哪里去找？男儿有泪不轻弹，此情此景作者怎能不动容？怎能不泪满眼眶？我相信此情此景作者一定是刻骨铭心终生难忘的。

  李文君老师在文学创作的专业上，可以说倾其所有给了作者无私的帮助，而在工作生活上她又以一个长辈的身份教育和提醒作者：任何时候都要以家庭为重，以事业为重，然后再做文学，以便提高自身的修养。

  李文君老师是作者的伯乐，她以自己的才华、经验、目光发现了作者是可造之材。她满怀信心地按照她的设计对这块"玉"进行精雕细刻，决心使李先生成为文学界的栋梁之材。她是作者文学创作路途中的导航灯，为作者的文学创作照亮道路、指明方向；她是作者文学创作路上的加油站，为作者加油，使他在文学创作的旅途中跑得更快更好；她是文学殿堂中一位经验丰富的老师，她向作者传授文学创作中的方法和技巧；她是作者心目中的一颗璀璨明珠，恩师的光将永远陪伴在他的身旁。

  李文君老师能如此帮助和培养作者，她对作者的真诚，她给予作者的教诲和栽培，值得文学界所有人学习。愿我们的文学界涌现更多像李文君老师那样的恩师，愿我们的文学界出现更多像作者那样有才华的年轻人。

  祝愿陕西文坛培养出更多的人才，写出更多的传世佳作。

陕西文坛明天将更美好

——读《亦师亦友李印功》一文的启迪

文/荒野

再次读到李培战先生《亦师亦友李印功》的佳文。李先生在文中讲述了他从一个文学爱好者如何在文学创作道路上一步步向前迈进，并在文学创作领域取得了一些成绩，受到了其他文学爱好者和陕西文坛资深前辈们的鼓励和认可。

他在文学创作上的进步和取得的成绩，除了本人对文学创作的兴趣爱好以及刻苦努力外，他庆幸得到了像李文君老师那样的伯乐给予的帮助和推荐，遇到了像李印功老师那样的名师指点和无私的教诲。

他庆幸自己在文学创作的起步阶段遇到了李文君老师，也庆幸自己在文学创作稍有成就时遇到了文坛名师李印功老师。一位文学爱好者在迈向文学创作殿堂的过程中，能受到两位德艺双馨、德高望重的恩师的栽培和教诲，在现实生活中实属少见。从这个意义上说，李先生是幸运的。从另一个角度讲，李先生能被两位恩师看中，说明他是一个可造之材，值得两位老师花时间花精力去栽培，去锻造，去精雕细刻。

在文学创作的道路上，李文君老师从李先生那篇并不完美的首稿《卖桃》中，凭她的经验和慧眼看出他是一位可造之材。于是她倾全力指导他，打造他，推荐他，可谓用心良苦。

　　李先生在文学创作道路上迈步向前的过程中，有幸结识了李印功老师。俗话说，名师出高徒。一般具有一定的文化基础都可以写写文章，但写出的东西是否符合要求，是否吸引人，是否能教育人，那就要看有无扎实的文化功底、渊博的文学底蕴和娴熟的写作技巧。在文学界，有的人一生只写出一本书或只写出一首诗，但就是这样的一本一首却流芳千古。而有的人一生写了很多书却无人阅读。这些书将随着作者回归自然而灰飞烟灭无人知晓。在文学创作上要有所发现，有所发明，有所创造，有所前进，除自己的坚持努力外，名师的指点和教诲是文学爱好者成功的重要条件。

　　李先生年纪轻轻能在文学创作领域中写出许多让读者喜爱的作品，获得文学创作领域中的许多光环，并担任一些刊物的要职，在人才济济的陕西文坛崭露头角，能占有一席之地，与李文君、李印功两位老师给予他的直接教诲是分不开的。

　　李文君老师将李先生引荐给李印功老师的时候，李印功老师打量着李先生并风趣地说："我相信李主任的眼光，不过以我为师我不敢当。但是话说回来，李主任给我介绍的人我不敢怠慢了，我惹不起李主任。"

　　初次见面时简短的语言沟通，说明李印功老师对李文君老师慧眼识人的信赖和认可。现场的打量说明李先生当时的言谈、举止、气质给李印功老师留下了良好印象，也表明李印功老师确认了这个年轻人是一个可造之材，值得他花时间去精心栽培，愿意收这样的高徒。

　　阅读本文使我十分感动的，是李印功老师对他的这位徒弟不是仅仅停留在社交场合上的应付，而是真心实意要把李先生打造成陕西文坛上的精英。

　　为了开阔李先生在文学创作领域的视野，提高李先生对文学认知的境界，使他接触和学到更多的知识，李印功老师将陕西文坛各方面的精英人物介绍给他认识。实际效果如何？李先生深有感触地说："这些老师都给予了我大量的帮助，并且持续关注着我，让我在文学方面少走了许多弯路。与名家、大家交流多了，自身也得到了不少提高。"

　　为了进一步开阔李先生的眼界，李印功老师多次介绍他参加文艺创作座谈会、文学创作学术研讨会。这一次次与文坛名人们的现场学习探讨交流，不仅开阔了李先生的眼界，学到了许多知识，也从中了解到他自己在文学创作、文学修养、文学功底、文学知识等方面与前辈之间的差距，从而明确了自己的努力方向和奋斗目标。

　　李先生在接受李印功老师教诲的过程中，使他十分感动的，是李印功老师把陕西文坛那么多的名人资源毫无保留地介绍给了他。这些名人资源在不同方面、不同程度上给予了他很大帮助。这等于李印功老师将陕西文坛智库大门的钥匙交给了李先生。智库中那些取之不尽、用之不竭的创作材料，李先生可以随时打开取用。这说明李印功老师对他这名高徒已经是在竭尽全力地关爱、培育着。

　　李印功老师对李先生的栽培，不是停留在口头上的理论指导，而是对他撰写的重要作品实打实地亲自进行把关。他逐句审读，耐心校正，通宵达旦，一丝不苟。有的重要稿件发出后突然发现不够理想，随即要求追回进行补充修改。李印功老师对待文学创作那种一丝不苟、尽量做到准确无误、追求完美的"工匠精神"使李先生受用终身。李印功老师对待文学创作的严谨态度深深地影响了李先生，凡是李先生主编的刊物对文稿的审核都很严格，差错很少，赢得了读者的赞誉。

　　李印功老师与他的这位高徒之间的关系既是师生也是朋友，相处得十分融洽。他为徒弟的进步点赞，鼓励并希望他往远处看，要有更大的追求目标；当李先生遇到难处和坎坷时给予他鼓励，并设法帮助解决。他们之间的师生情谊不是亲情胜似亲情，这种情谊确实难能可贵。

　　李先生是一位知恩图报的人。他深知两位恩师在物质上并不需要他有什么回馈，对于两位老师给予他的恩惠和付出，最好的报答方式是在文学创作领域中有所建树，这是对两位恩师及陕西文坛帮助过他的那些精英的最好报答。目前他正在遵照李印功老师为他量身打造的"左手为文、右手为教"发展方式，践行着他的人生价值。

　　我深信李先生在两位恩师的精心栽培和陕西文坛老一辈精英们的帮扶下，再通过自己的不懈努力，一定能成为陕西文坛上的一颗耀眼的星星！

　　陕西是华夏民族的风水宝地，这里物华天宝，人杰地灵。西安曾经是十三个王朝的古都，这里有深厚的中华文化底蕴。改革开放四十多年来，随着经济的高速发展，陕西文坛涌现了许多优秀的作家和优秀的作品。

　　李先生《亦师亦友李印功》一文中，李文君和李印功两位老师全力以赴培养文坛下一代的高风亮节绝非个例。李先生在文学创作道路上得到陕西文坛那么多元老精英给予的无私帮助，使我看到了陕西文坛未来的希望。

　　我深信陕西文坛新秀有老一辈文坛精英们的无私奉献和帮助，一定会涌现许多像陈忠实、贾平凹、路遥那样的中国文坛名人和传世之作。

　　陕西文坛的明天将会更美好！

写给培战

文/曹谷溪[①]

我今年格外忙，最近见到培战，已是中秋节后的第三天了。中秋节当天，他说要带月饼来看望我，我说，月饼还是留给你们自个儿吃吧，我有糖尿病。他又说，访问我的系列散文，连续三期发表在了一个叫《华文月刊》的杂志上，并且在"渭南小说界"进行了长达四个多小时的研讨，他要来向我汇报，顺便送上杂志。这份欣喜，远远胜过了中秋月饼。

我和培战第一次见面是在2018年11月中旬，他给我留下了很好的印象。我不仅给他题写了"天人文学"几个字，临走时，还送给他关于路遥的一些书籍。后来，他隔三岔五就来看望我。出乎意料的，是我们闲拉的一些话，竟被他整理成了三篇万把字的访谈稿，在纯文学期刊上发表了。

我仔细地读了"渭南小说界"关于培战系列散文的研讨情况，从始至终，研讨会洋溢着文友们对我的关注以及对培战这个后生的激励。让我这个即将步入耄耋之年的老汉深受感动，深受鼓舞。培战系列散文研讨会是李文君主持的，之前就听培战提过她好几回，说李文君是他写作上的启

[①] 曹谷溪，1941年2月1日出生于陕西省清涧县郭家嘴村，诗人、作家，著名作家路遥的文学领路人。系中国作家协会会员，陕西省作家协会主席团顾问。

蒙老师，我也签名赠过她几本《路遥研究》，但未曾谋面。她的舅舅陈新民是一位很有艺术功力的国画家，和我非常熟悉，算得上是故交了。评论稿里，詹道军老师说我是"新时期文坛上举足轻重的人物"，这个是万万不敢当的；文君老师说我是"路遥先生的文学领路人和挚友"，勉强讲得通；李庆防老师说我"不图名、不图利"，这倒是我的心里话，到了我这个岁数，名利那些事看淡了。我还认真读了白玉稳、王建立、徐玉虎等同志对这几篇散文的认真点评。

听培战说，"渭南小说界"以前是每周三晚都有点评活动，今年改成了每月逢"八"进行。我一直在想，这到底是怎样的一群人？怎么个"界"法？他说"渭南小说界"有"界长"，我问他"界长"是个甚官？培战嘿嘿一笑，激动地说，"界长"笔名叫关中牛，是渭南市作协分管小说的主席。随后培战翻开手机让我看群，群里目前已有四百多号人了，像冯积岐、李本深那些在文坛有影响力的人物也在群里传经送宝。我说，这可不简单，冯积岐是全国小说界很有影响的大家！培战说，每期的作品点评，主持人、讲评老师都是义务的，而且每次讲评活动都能开展得井井有条，收效显著。自组织活动以来，"渭南小说界"先后培养出了像董刚、张建伟、雨萧等一大批优秀的青年作者。若真是这样，此群的组织形式及其存在价值应予以肯定。一群人，不谋名利，长年坚持，实在难能可贵。

我常想，培养业余作者、推出文学新人和种韭菜一样，一个韭菜芽儿很难突破地皮，一簇一簇地种，力量就大了很多。为了增加突破地皮的合力，农人还在韭菜籽中再加一两粒黄豆，帮助嫩弱的韭菜芽儿破土而出！

培战说，自己写作时间并不长，但他在"渭南小说界"里遇到了像关中牛、李印功、杨文平、王建立、李文君那样默默帮助他的老师，感到很荣幸。以前，我总是在担心文学的传承和文学新人的培养问题，现在看来，这种担心是多余的。有像"渭南小说界"这样的气度和胸怀，陕西文学的再次腾飞指日可待。这状况正好印证了陈忠实的一句名言："文学依然神圣！"

  培战送来的四本《华文月刊》被我小心翼翼地装进了档案袋，并贴上了标签，珍藏在了"谷溪书馆"里作为"渭南小说界"和《华文月刊》的点滴记忆，也是我和培战友谊的见证。我希望和更多的年轻的文学朋友们携起手来，在党中央的领导下，为中华民族的伟大复兴，为社会主义文化事业的繁荣昌盛，奋斗不止！

2019年10月10日

培战系列散文对我们的启示

文/徐玉虎[1]

我把李培战老师的系列散文《访著名诗人曹谷溪》复制在文档中，打印出来有十二页多，九千六百余字。阅读之后，感触颇深。

读完之后，把卷而思，感觉培战老师虽然年轻，刚刚从事文学创作，但他写出的散文却能吸引人、感染人，能启迪人思考。最起码他的系列散文对我有下面几点启示。

作者必须深入生活才能写出好作品。培战老师为了写好这组系列散文，曾三次冒着严寒远足延安。几经曲折，见到曹谷溪先生之后，他认真聆听先生回忆自己对文学追求的艰苦历程，以及和路遥的传奇交往过程，虚心接受先生的教诲，感受先生作为一个老作家对于文学的钟爱，感动于先生和路遥为文学献身的精神。

无论是走访谷溪书馆，还是参观路遥故居，他都是细心观察，深入了解，深切感悟。可以说，没有这次深入的走访，他不可能写出这组接地气、感动人、激励人的好散文。

---

[1] 徐玉虎，渭南市临渭区人，陕西作家协会会员，临渭区作家协会副主席，在省市及多家网络平台发表散文、小说数篇，著有散文集《村庄的印章》。

作者要写出具有时代意义的作品才能打动读者。历史是在不断地演变和发展的,每个时代都有各自的特点,每个时期也都有不同的特色。文学也是如此,它源于生活,也无法摆脱生活的支配和困扰,每个时期的文学都鲜明地体现了时代的气息和时代的背景。

在这组系列散文中,培战以他独特的视角,紧贴时代律动的脉搏,把先生和路遥为民族而歌、为文学而献身的精神在散文中表现得淋漓尽致,从而让人读着备感亲切,颇受鼓励。

作者只有写出倾注真情和理性思考的作品才能感染读者。培战的系列散文的情,首先,表现在自己对文学创作的真诚。他能三次冒着严寒北上,虔诚地拜访曹谷溪先生,拜谒路遥纪念馆,这就为他的这组散文创作打下了坚实的情感基础。其次,在行文中,作者用朴实的文笔向我们叙写了三拜曹谷溪的经过,其情之真,其情之浓,让人感动;叙写了对路遥的敬仰,对路遥精神的褒扬,其情亦真亦切。

当然,培战的系列散文给我们带来的启迪不止这三点,不同的读者有着不同的理解和偏重。

詹道军:怀揣对文学的无限虔诚,对曹谷溪先生的由衷敬佩,作者李培战三度探访曹谷溪老先生,足见彼此间的高度信任和深厚感情。这种深情贯穿于人物的举手投足,流淌在文章的字里行间。

曹谷溪老人是作者心目中的文学大师,是新时期文坛上举足轻重的人物,只有这样的场景才能与之匹配。若在花花草草、虫虫鸟鸟中飘逸而出,未免太不庄重,太小家子气了。文中几度出现贺敬之题写的"谷溪书馆"的匾额,正是作者给书馆和书馆的主人谷溪老人所作的"超凡脱俗"的注脚。

李培战散文的语言淳朴、亲切、动人,不追求辞藻华丽,不故作姿态、故显高雅、故弄玄虚，而是汲取黄土地的养分，用诸多接近口语的白话，反映人物灵魂的高尚、行为的不俗以及对文学的不懈追求、对人生信仰的坚守。

李庆防：读了青年作者李培战的三篇散文，内容是采访著名诗人曹谷溪老人。这是一次十分有意义的系列采访，这是一次文学新人与文学老前辈面对面的心灵沟通。这是三篇很不错的散文。

曹谷溪老人不顾年事已高，热情接待并鼓励青年新人，他不图名、不图利，图的当然就只有他及他们这一辈人终生为之坚守的事业总得有人接过接力棒，不断传承下去。

我们不可想象，如果老一辈文学工作者都随着现实生活的大船，把心操在了名誉与金钱的追求上，我们一代一代青年人把心都操在了车子与房子上，都在自己个人的小天地中独乐独享，我不敢说这个不好，只能说，无法向历史交代。

张建伟：李培战的"三访"著名诗人曹谷溪的散文，让读者在阅读时被主人公的个人魅力深深感染。主人公对路遥先生的娓娓道来，对年轻人的关怀，好像让读者身临其境地接受了一次文人人生的洗礼，我从培战的文章中深深感受到了我们这个民族生生不息的力量，源自文化一代代的传承。

梁炜：李培战的这三篇散文写得比较成功，成功的第一点，我认为是选材选题的成功。找准了这个点，促使作品成为紧扣时代的散文作品，也有着大散文的一点印迹，就如同一位敏锐的新闻工作者找到了一个热点，又如同一位有经验的农人看到春雨即将来临时播在地里的那颗种子。连续的三次拜访，而且是在不长的时间段内，这在许多人应该是做不到的。

刘凯军：李老师的这三篇散文我是一口气看完的，其中生动的细节、真诚的语言令我动容。

三篇散文都是从简单的天气及进门问候开始，而后随着作者与主人公曹谷溪老师的所言之事，生发出作者的联想，或者引出过去的艰辛，或难忘过往。每一篇看似有些雷同，其实又有差别，可以读出不一样的信息。

作者的用词用句上的匠心，比如，他激动的时候只用了"泪湿沾我衣"，这几个字看似简单，实际上却很能打动读者，如果作者再多用几句话，多用上些笔墨，读着反而会觉得有些多余。这种例子文中不少，用词都很简单，这也是一种"神"——不散的"神"，一种用词上的力度，一种功力。

（李印功整理）

散是形式　文是内涵

文/王建立[1]

李培战是擅长散文的，让他闪亮登上文坛的处女作就是散文《鼓缘》。随后一发而不可收，短短数月后小说就被选入《微型小说选刊》。最近，他访谈著名诗人曹谷溪的系列散文，在《华文月刊》二月号、三月号、四月号上连续刊登，并被"渭南小说界"指定为首次散文讲评作品。

散文和小说关系紧密，很多小说家就是从散文写作起步的，在"渭南小说界"也不乏其例。比如刘亮程，还有"渭南小说界"上次、上上次讲评的雨萧（李高艳）、张建伟，都是这样。李培战也是这样。当然，散文有其自身的特点。

散文是一种抒发作者真情实感、写作方式灵活的记叙类文学体裁，可以说宇宙之大、苍蝇之微，无不可谈。李培战三访曹谷溪的系列散文，属于记叙散文范畴，有其个性特点。

李培战的散文做到了形散而神不散。李培战散文的"形散"，主要

---

[1] 王建立，陕西合阳人，现居西安，陕西师范大学中文系毕业。爱好文学，笔耕三十年不辍。他认为，把文学作为事业，那是神圣的事业；把文学当成爱好，那是高雅的爱好。

体现在取材十分广泛自由，不受时间和空间的限制。三访是对曹谷溪的访谈，但作者没有局限于谈话内容，还写了访谈的所见及联想，更广阔的是环境描写和自己内心的波澜——"这让我想到董卿在颁奖晚会上的一句话：'没有在深夜痛哭过的人，不足以谈人生'"。每次拜访，作者都从地域、文化和风景写起。比如第一次拜访："陕北这块古老的黄土地，数千年来充满着浓厚而又独特的文化色彩，象征着中华民族精神的黄河、长城、轩辕黄帝陵相聚于此。这里钟灵毓秀，曾走出过无数英雄儿女，曹谷溪老师便是其中一员。"气势宏大，画面广阔，但聚焦集中，主线突出。接下来，作者没有直接写访谈内容，甚至没有急于拜见仰慕已久的偶像，而是宕开一笔，写了时令景致——"陕北的天已出奇的冷，延河仅存的一掬水也无法征服这天寒地冻，河水结成了白亮如玉的冰带，驻足眺望，犹如一条银色的丝带在河道里前行"。第三次拜访，"天之高，地之广，唯陕北""行走黄土高原，让自己的心灵与这片厚土同步震颤。曹谷溪始终保持着自己对这片土地的赤诚和眷恋"。

作者的访谈，并非惯常所见的一问一答，而是采用了不拘一格的表现手法——叙述访谈本身，"一幕幕往事在老师的健谈中娓娓道来"；对话中还有人物形象的描写，"他（曹谷溪）一边端勺把子，一边还要执笔写诗""（路遥）一身白衣服，腰里系一条麻绳""（路遥）那深邃的眼神，好像诉说着曾经的故事""书馆门口一侧立有两根石柱，顶端刻有雌雄狮子各一，因为几经风雨侵蚀，它们看上去颇有年份，但雄风依旧，炯炯有神的眼睛射出犀利而威严的光芒，仿佛在向每一位来访者诉说此地的庄严肃穆"；更不乏抒情和议论，而且是根据内容需要自由调整、随意变化的，诸如"曹谷溪老师，您是山谷中一汪清溪，生生不息地弹奏着动人的曲调""曹谷溪老师与路遥的人生轨迹是何其相似，同出生在清涧，成长在延川，落脚在延安，都眷恋陕北这片黄土地，都把一生献给了文学""是啊！习主席念念不忘曾经养育他的黄土地，念念不忘陕北的父老乡亲，说明他既是有情之人，也是有心之人，是黄土地忠诚的儿子""曹谷溪老师和著名作家路遥创造的文学精神，将世代成为作家和文学爱好者的鼓舞力量"……

李培战的散文细节生动，文笔简约。三访曹谷溪系列散文，给人留下深刻印象。初见曹谷溪，"我已弓着身子准备解开鞋带"，（曹谷溪说）"不用了，我看你的鞋带有点麻烦"。一句对话生动细致地表达出曹谷溪的平易随和；写回信时，"他拿来纸笔印章，一丝不苟地开始起草回信""修改四五次""修改符号极其规范""用不同颜色的笔标出"简约传神地写出了曹老的"一丝不苟"；"唉，尔格（现在）路遥是走远了，远得拉不上一句话了（曹谷溪老师神情凄然）。不过，路遥不负众望，他是黄土高原的儿子，是陕北人的骄傲"，生动逼真地表现了曹老对路遥早逝的惋惜、追思和两人之间深厚的文学情谊；"伫立路遥雕像前，一种前所未有的敬重感将我团团围住，或许是文学的力量，抑或是路遥本人的气场""路遥并没有走远，他一直都在""他的嘴唇好像动了""（我）眼泪也唰唰下来了"，作者对自己的文学教父那种深情，通过细节准确传递出来，感人至深。

李培战的散文意境深邃，语言优美。李培战的散文注重表达自己对生活的感受，抒情性强，情感真挚。他借助想象与联想，由此及彼、由浅入深、由实而虚地信笔写来，融情于景，寄情于事，展现了深邃的思想性，使读者在情感的洪流中领会出更深的道理。

李培战的散文感情饱满，真实可信。李培战发表在《华文月刊》上的三访曹谷溪系列散文，最大的亮点就是情真。从这三篇人物专访中，我读出了李培战对曹谷溪先生的仰慕和对文学的挚爱。《华文月刊》"连篇累牍"地予以发表，表现了该刊对文学前辈曹谷溪的尊敬，对文学新人李培战的赏识和鼓励。

　　面对这样一个可亲、可敬的老人，李培战数度哽咽流泪——"读到的描写曹谷溪老师与路遥交往的最好的文章，每到动情处，泪湿沾我衣""对曹老有了更多的了解和认识，敬佩之情油然而生，文学之火已被点燃""老师说，自打去年入冬以来，感觉身体每况愈下。他说这些话时，我的眼眶泛起热热的、湿湿的东西""我几乎哽咽着说，我只想祝老师福寿延年"……

　　总之，李培战的散文是可圈可点的。当然，作为一个在路上的文学青年，他的散文还有提升的空间。

寥寥数笔似当面　惊鸿一瞥曹谷溪
——读李培战访著名诗人曹谷溪系列

文/董刚[①]

一

早上在植物园，满脑子都是培战那张帅气、纯真、坦诚、朝气蓬勃的脸，嘴里不由冒出了一句"腹有诗书气自华"。因为我在游玩的过程中是心不在焉的，一大堆事情没有处理，而我老婆休假，不敢不陪，却是"身在曹营心在汉"。陪着老婆，想着培战，这又是为何？

恰巧早上看到了赵晓舟老师朋友圈的《暮色苍茫看劲松——对话张岂之先生》，感觉写得很好，我就想起了培战的访著名诗人曹溪谷系列，这都属于人物专访。马上就给雪峰兄（诗人流沙，现居延安）留言，要他把和曹谷溪先生前段时间的合影给我发过来，并告诉他，我想写个读后感。

绕了一大圈，其实是在谈我写读后感的观点和态度。一般陌生朋友的文章，我是不敢乱评的。因为我明白一个道理：很多人，我们只是听过

---

① 董刚，陕西合阳人，陕西省作家协会会员。在《长江文艺》《延河》《陕西文学》《华文月刊》《西部散文选刊》《西安晚报》《教师报》等报纸杂志及"文学陕军"等文学平台发表小说、散文、评论一百多万字，出版个人文集《一路艰辛是寻常》。

他的名字，却不知道他的故事；即使知道他的故事，却还不知道故事里发生了什么；即使知道故事里发生了什么，也不能像他一般感悟至深。一位作者的文章一旦面世，那就是有价值的，最少对于他本人是有绝对的价值的。一位知名的国际大学教授私下里告诉我，即使只有一位读者，我们都应该写作！

贾平凹更是说："文学书要读，政治书要读，哲学、历史、美学、天文、地理、医药、建筑、美术、乐理……凡能找到的书，都要读读。"明显地感觉到，贾平凹早已明白了这个道理，那就是：我们要敬畏苍天，敬畏鬼神，也要敬畏文字，特别是要敬畏作者。一文之成，何其难也？读者可以走马观花，作者却是备尝艰辛。要么就不要读，要么就认真读，万万不可马虎。而读一个人的文章，往往就是在读这个人。为什么我们沉痛悼念陈忠实？我们每个人都认识他吗？都是他的朋友吗？其实我们悼念的，是他的《白鹿原》，我们是在向文学致敬！

所以我一直想培战，因为我想写他的文章的读后感。要写关于他的文章，岂可不熟悉了解他的人？除了公认的经典作品，大多数文章的解读都需要了解作者。时隔十年再拾笔，时间不长，我就认识了培战，他的热情、豪爽、坦诚深深打动了我，虽然尚未谋面，但已有多次交集，私下里通过网络也有过友好交往。我一直打算呼之为兄，结果发现我年纪大——因为他的文笔老到，让我误以为前辈之人——这是一位有才华的、年轻的、一定有着美好前途的年轻人。

评培战的文章，岂能不慎之又慎？这让我心中有些焦虑。最近事太多，我自己的一大堆事都处理不完，哪有时间来写？虽然"人的相识相知，和时间无关。确认过眼神，阅读过文字，内心是纯净的，情感也是真挚的"，但毕竟未能深入了解，又怎能下笔？游玩过程中，我想起了王继庭老师最近连载的序跋类文章，登时豁然开朗：何须忸忸怩怩？文章本天成，妙手偶得之。王继庭老师的文章已经读了几十篇，哪一篇不是信手拈来？张铖老师"随心而走"的观点更是令我灵光乍现，于是立即告诉老婆：单位有急事，领导找我！

就这样，我离开了游乐场所，回到了电脑前，静静地品读培战的系列散文。这一读，还是大吃一惊——我没有料到，培战竟然深藏不露，写出了大文章！

二

一篇文章的优秀与否，和点击率并没有必然联系，很多点击率高的文章，也不见得都是好文章。我们写作者永远要明白一个道理，别人对你的点赞，大多是礼貌，真正深入文字之骨，细细咀嚼之人少之又少。一篇文章在那儿，写得再好，也是需要发现和品评鉴赏的，否则沙里藏金，终是难以发现。

我先是认认真真反复看了培战的照片（读文即是读人，岂可不看照片），然后走马观花浏览了三篇人物专访，接着细细品读，寻找有价值的地方，最终确定了自己的判断，这是人物专访无疑。人物专访属于记叙文范围，是一种类似报告文学的新闻形式。近几年来，报刊上经常刊登这类文章，很受读者的喜爱。不仅是记者，许多文学爱好者也常把写人物专访作为社会实践和练笔的机会。培战三篇，岂止是练笔，是很优秀的人物专访。为什么我要下这样一个结论？为什么这是优秀的人物专访？

在确定专访对象时，必须熟悉访问对象的大体经历和主要成就。这样，交谈时也就有了话题，便于提出问题，写作时也有助于文章的充实。培战前去，是做了充分的准备的，一开场便气势不凡，极见功力。第一篇开头"陕北这块古老的黄土地，数千年来充满着浓厚而又独特的文化色彩,象征着中华民族精神的黄河、长城、轩辕黄帝陵相聚于此。这里钟灵毓秀,曾走出过无数英雄儿女,曹谷溪老师便是其中一员"。这是简简单单的写景吗?黄河、长城、黄帝陵三个意象营造出了宏大的意境,已经在暗示要拜访人物之不凡!

再看第二篇的开头:"己亥年正月十四日,元宵佳节头一天,陕北的天空中纷纷扬扬飘着零星的雪花,但地面已无雪的踪影,时令到了春天。微风拂面,寒气渐消,带给人更多的是春的气息。"注意"带给人更多的是春的气息",正月十四,陕北零下十几摄氏度,哪里来的春天气息?但作者的眼里雪似乎都要融化了,风吹到脸上都不冷。因为长辈的教诲,让人"如沐春风"!很快作者让读者解了疑惑,"来到楼下,映入眼帘的是由著名诗人贺敬之题写的'谷溪书馆'四字牌匾,清晰醒目,超凡脱俗,初春的陕北依旧苍凉,但匾额雄风不减。我内心感到无比的喜悦和激动"。你要见曹谷溪先生了,难怪那么激动兴奋。

这样巧妙的开头,巧妙的暗示,是一般的写作者具有的写作能力和技巧吗?我已经嫉妒培战了!这么好的话我咋就想不到!看你第三篇又怎么开头!"天之高,地之广,唯陕北",行走黄土高原,让自己的心灵与这片厚土同步震颤。曹谷溪始终保持着自己对这片土地的赤诚和眷恋。"我嫉妒得牙都痒痒的——为啥不带上我?为啥说得这么好听?为啥语言这样有深度、有厚重感?都让我怀疑这是一个陕北小伙了!事实上他是正宗的关中汉子!

在李印功老师和李文君老师的帮助下,陕西文谭网办得有声有色,又与陕西文学网"联姻",结识了张铖老师,又认识了众多的文坛"英豪俊杰",这位帅小伙一定"偷"学了不少知识,三十来岁的年纪,有了五十来岁的文字功底,嫉妒,真是嫉妒!但要写好人物专访,准备充分、起笔不凡还不够,看你怎样做好第二步。

三

"要善于发掘专访对象生活中有趣的故事或独特的兴趣爱好,以便从多方面展现人物丰富的精神面貌和内心世界。"要写好人物专访,这个很关键,"名人逸事"大家很关注,但要写出人物的精神风貌,让读者感同身受,可就比较难了。

系列一写到曹谷溪老师与路遥之间的事:"当然,著名作家路遥也在文中记叙了他与曹谷溪老师交往的传奇故事";《延安山花》的由来以及产生的巨大影响:"在曹谷溪老师的提议下,有了白军民、路遥、陶正等老师的全力配合,延川县终于有了第一本属于自己的诗集——《延安山花》,谁都没有想到,这本薄薄的诗集在国内外发行二十八万八千册。"曹谷溪老师不仅德高望重、著作等身,竟然和李印功老师一样,也是一位"文坛侠客"!

"曹谷溪老师年近八旬,生活如此充实,甚至是忙碌,除了要打理好'谷溪书馆',还要面对众多的来访。老师说他最近头脑发昏,吃着药。年龄大了,精力也有限,一般不接受采访了。名利那些事情,现在对他来说,什么也不是。但有一点,文学创作上若有人需要他的帮助,只要身子骨还能行,他就会竭尽全力,而且是无偿的。"我似乎看到了曹谷溪老师的模样,即使不看他的照片。培战呀,你怎么可以这样?让我们以后还怎么写人物专访?你这寥寥数笔,就把曹谷溪老师从陕北请到了《华文月刊》《陕西文学》,还有"渭南小说界",看到这儿,谁还不知道曹谷溪老师呀!这又是让我"吃醋嫉妒牙发痒"!

"'像牛一样劳动,像土地一样奉献'是路遥的人生格言,也是路遥精神最简洁的概括。路遥这种精神,不论是在过去、现在,还是未来,都会激励人们奋进,激励人们为人类的文明和进步而奉献!""紧接着,曹谷溪老师又带我参观了他的书房，用'著作等身'来形容曹老的文学创作似乎程度有点轻了，几十年来，曹老的文学集子早已是他身高的几倍。我用手轻轻地抚摸着这些诗歌文集，敬佩之情油然而生。"这是系列二和系列三里，我认为的经典之处，还是读者自己品读吧。培战这个小伙已经"成精"，我已经不想再多说了。

写到此处，我想每个人对曹谷溪老师的敬仰更是深了一层。培战文章的巧妙就在于，不是干巴巴地介绍，寥寥数笔，看似轻描淡写，实则用心良苦。换一种介绍方式，我们做个比较：

曹谷溪，陕西清涧人，中共党员。1941年2月1日出生于陕西省清涧县郭家嘴村。1962年毕业于陕西省延川中学。1962年参加工作，历任延川县贺家湾公社及县委炊事员、通讯员，贾家坪公社团委书记，县革委会政工组通讯干事、宣传组副组长、通讯组组长，《山花》文艺报主编，延安地区文艺创研室副主任，《延安文学》副主编，文联党组成员、常务副主席，《延安文学》主编、编审，中国延安文艺学会理事，陕西省作家协会常务理事。1963年开始发表作品。1991年加入中国作家协会。著有诗集《延安山花》（合作）、《第一万零一次希望》《我的陕北》，文论集《与文学朋友谈创作》；主编《新延安文艺丛书·诗歌卷》、《西北作家文丛》两辑（21本）、《绥德文库》（18卷20册，与人合作）纪实文学集《追思集》《高天厚土》《大山之子》《奉献树》《人民记者冯森龄》等。1999年获陕西省人民政府"1949—1999首届炎黄优秀文学编辑奖"和陕西省作家协会"双五文学奖"等。

很明显，培战"空谷轻烟"式的介绍，曹老就不再沉睡在文字里，而是精神矍铄地向我们走来，甚至还向我们打招呼呢。我一直佩服林喜乐老师的飘逸灵动，培战何尝不灵动飘逸？然而，这依然不够，人物专访还要注意突出重点，勾画出访问对象的举止、神态和性格特点。只要培战能做到，那这三篇人物专访就是上乘之作了。

四

我的标题是《惊鸿一瞥曹谷溪　寥寥数笔似当面》，为什么？鸿，即鸿雁，也叫大雁。惊鸿，指轻捷飞起的鸿雁。曹植《洛神赋》用"翩若惊鸿，婉若游龙"来描绘洛神美态，后来就用"惊鸿"形容女性轻盈如雁之身姿。形容女子轻盈艳丽的身影，多就远望而言。"一瞥"，很快地看一下。"惊鸿一瞥"似乎与"掠影"的意思相近，但感情色彩更强烈，意思是女子不经意的一眼，却勾人魂魄，给人留下强烈、深刻的印象。

那么诸位请先明白一点，"惊鸿一瞥"在这里使用到了修辞手法，否则，是讲不通的。曹谷溪老师和培战不是女子，但他们的文字却是"轻盈艳丽"的，所以我用到了"惊鸿一瞥"。另外，培战的"轻鸢剪掠"式的勾画，也称得上"惊鸿一瞥"，寥寥数笔，曹谷溪老师便如在当面。""需要换鞋吗？'我已弓着身子准备解开鞋带。'不用了，我看你的鞋带有点麻烦。'"这是首次会面的对话。似乎家常，作者行文之中，却看得出来曹老的热情、不拘小节、对后辈的关爱，也看得出培战的文章内容选材的独到之处。大象无形，大音希声，越是漫不经心平凡处，越是能见功力处。这个家常拉得好啊，连我都读得情不自禁，想去找曹老啦，这不恰恰就是培战的用笔巧妙之处吗？

"便缓缓起身寻找信纸和印章。我担心老师身体吃不消，本想阻拦，但一颗对文学炽热的心，一份关心文学青年的朴素情怀是我能阻挡得住的吗？这是曹谷溪老师带给我的又一个惊喜吗？是的。他拿来纸笔印章，一丝不苟地开始起草回信了。修改四五次后，让我拿到二楼打印。待我细看曹老手稿时，不由得心里一怔，老师的修改符号极其规范，而且能用不同颜色的笔标出,他对待文字的严谨值得我终生学习。敬畏文字,我能否一直坚持做到?"读一读这段话,曹老的精神感受到了吗?培战的语言魅力感受到了吗?

"'培战,进来!'曹谷溪老师示意我赶紧进去。约定的时间还没到,他早已在书馆里等候。曹老说:'书馆总算布置妥当了,你这个后生来得正巧,今天我带你好好看看。'他一口浓重的陕北方言让我备感亲切。"这样刻画人物,多么接地气,而曹老的举止、神态之中,性格特点也全表现了出来,人物专访的要点也全具备了,这难道不是一系列经典的上乘人物专访之作吗?

后　记

初涉文坛时，我以写散文为主。《卖桃》首发了，紧接着《鼓缘》发表了。我的创作激情，仿佛在一瞬间被点燃，且愈发高涨。越是被认可，越是不停地写。几年下来，存在网盘里的底稿可以编一本书了。

说到出书，内心又惶恐起来。文学作品，要对历史负责，对读者负责，对自己负责。而我的文字能承担得起这样的使命吗？出一次书，得用多少纸！纸是由树木造出来的，是以树的牺牲为代价的，真希望我的文字能对得起死去的树。

这本文集围绕生我养我的家乡展开，以写人记事为主，还夹杂有游记、访谈等。总的看来，算是乡土题材的散文集了。

高中毕业之前，我没有走出过家乡。村北的古庙，生在那里的人，发生在那里的事，甚至一株草、一抔土，我至今也能清晰地记得它们当年的模样。八〇后的我，虽未被饥饿的恐怖气氛笼罩过，但也深知农民的不易。春天，家乡的人要给刚刚吐出嫩芽的苹果树喷石硫合剂；夏天，他们在灼灼烈日下割麦碾场；秋天，他们一边收割着，一边犁耧耙耱，播下来年的希望；冬天，他们仍没闲着，修剪果树，冬灌施肥。若碰上雨雪天气，他们被迫歇在家里，这算是一年中的节假日了。家乡的人有时为了地畔争吵不休，有时遇到了难事，又不得不放下脸面，一家去求另一家帮忙。他们一边爱着，一边恨着，上演着一幕幕的悲欢离合。

我的家乡坐落在渭北的黄土高原上，人们视地如命，靠天吃饭。几十户人的村庄，平整的土地，一辈又一辈人在这里出生，在这里埋葬。如今，留在村里的人越来越少，大多数人把眼光聚焦在了村子以外的世界。

家乡，给予了我写作上源源不断的精神素材，我感激着它。路遥先生说："我是一个地道的农民的儿子，我个人认为这个世界是一个普通人的世界，普通人的世界当然是一个平凡的世界，但也是一个永远伟大的世界。"我当然写不出像《平凡的世界》那样伟大的作品来，但我也在极力写好家乡那些普普通通的人。他们可能是我的亲人，或许还不是；他们有的是已故之人，有的是健在之人，如传授我老鼓技艺、一辈子勤勤恳恳的任爷和益民伯，叫我"双喜"、给我童年带来无限欢乐的森虎伯，一生任劳任怨、最后没有留下只言片语便匆匆离去的祖母，一辈子无儿无女、倒在高温天气里的老姨，将一沓皱巴巴的钱票塞进我手里的陕南乡村教师孙子政……这些人，普通得不能再普通，平凡得不能再平凡，也正是这些人，走进过我的生命，让我感受过人性的温暖，让我体验过活着的美好。我觉得，我应该为他们写点什么，哪怕写不好。

这本书里的文章，大多在一些报纸杂志或媒体平台上发表过，这次重新编排整理了一下，以书的形式再次呈现给读者和自己，也算是对自己这些年来在写作上的一个交代吧。这些文章里，也能隐约窥见我的成长历程。

《道德经》里讲"知人者智，自知者明"，诗句"不识庐山真面目，只缘身在此山中"，大概就是在告诫人们，不要陷入了"当局者迷"的误区，或沉迷于"自我感觉良好"的错觉之中。至于文字的质量如何，任凭

后记

大家去说。有人说过，书就像是作者的娃，娃长得是美是丑、是白是黑，不管别人爱不爱，自己都要爱。作为我，自知才疏学浅，笔拙文劣，以后的日子，唯有静下心来潜心历练，才有可能写出更好的作品来。

我写作的这些年里，亲历了世界格局前所未有的巨变，祖国日渐走入强国之列，第五代移动通信技术领先全球，也见证了新冠疫情疯狂肆虐之时，在习近平总书记的英明领导下，举国上下，众志成城，战胜疫情的伟大时刻。

因此，我心里常怀感激。在该书付梓之际，感恩自己生在这样一个国度里，且欣逢盛世；感恩一直以来，在文学上帮助和指导过我的老师们。

最后，祝福伟大的祖国繁荣昌盛，日益强大；祝福我的老师们幸福安康，人笔双健。

2021年5月4日青年节